Paula Leonhardt

Tollkirschenjahre

Paula
Leonhardt

Tollkirschen
Jahre

Roman

Sehr gut

Ullstein

Besuchen Sie uns im Internet:
www.ullstein.de

MIX
Papier
FSC® C083411

ISBN 978-3-86493-122-2

Originalausgabe im Ullstein Paperback

Gesetzt aus der Quadraat Pro powered by pepyrus.com
Druck und Bindearbeiten: CPI books GmbH, Leck

I. Teil

Sommer 1872 – Winter 1873

Und er sprach:
Das größte Rätsel, süßes Kind,
das ist die Liebe –
doch wir wollen es nicht lösen.

Heinrich Heine

1.

Paris im Sommer 1872

Die Strahlen der Nachmittagssonne glitzerten auf der Wasseroberfläche der Seine. Selma hatte die Hand über die Augen gelegt und betrachtete mit skeptischem Blick die Zeichnung auf ihren Knien. Sie hatte eine Gruppe Schwäne gezeichnet, die sich auf der Seine treiben ließen – bis eine Malerin ihre Aufmerksamkeit erregt hatte, die ganz in der Nähe vor ihrer Staffelei saß, einen breitkrempigen Sonnenhut auf dem Kopf. Ihre Hingabe und Versunkenheit hatten Selma fasziniert, und sie hatte darüber nachgedacht, wie schön es sein musste, die Kunst, das Malen so lieben zu können.

Sie hatte ihr Studium längst abgeschlossen und vertändelte ihre Zeit, unfähig, eine klare Entscheidung zu treffen.

Wollte sie als Malerin in Paris bleiben oder in ihre Heimatstadt zurückkehren?

Selma mochte die französische Lebensart, ihr gefielen die Freundlichkeit und Wärme der Menschen, das unbeschwerte Lachen, wenn man sich auf der Straße begegnete und ein paar Sätze plauderte, obwohl man sich kaum kannte.

Sie spazierte gern durch die Stadt, besuchte den Jardin des Tuileries und den Palais. Selma hatte eine Schwäche für Schlösser, und sie liebte den Park mit seinem achteckigen Brunnen.

Es bereitete ihr großes Vergnügen, den spielenden Kindern auf der Straße zuzusehen, den Katzen, die träge auf den Fensterbänken lagen und dösten, und den alten Männern, die vor den Häusern saßen und würfelten, einen Zigarettenstummel im Mundwinkel.

Sie liebte das ganz besondere Licht im Frühling, in das die Stadt getaucht war, und den morgendlichen Duft, der aus den Boulangerien strömte.

Die Malerin hob den Kopf, ihre Blicke trafen sich, ein kurzes Lächeln, dann malte sie weiter.

Ich wünschte, ich könnte auch hin und wieder eins sein mit meinem Bild, meiner Zeichnung.

Eine Gruppe Kinder kam auf Selma zugelaufen, und für einen kurzen Augenblick befürchtete sie, umgerannt zu werden. Doch im letzten Moment stoben die Kinder auseinander, kreischend vor Lachen und Übermut.

Könnte ich doch wieder ein kleines Mädchen sein, das in den Tag hineinträumen durfte. Ohne Gewissensbisse, weil es die Zeit vertrödelte.

Selma legte den Block beiseite, streckte die Beine unter ihrem langen Rock aus und ließ sich auf die Ellbogen zurückfallen. Sie hob das Gesicht in die Sonne und schloss die

Augen. Ihr Vater wartete auf einen Brief, sie sollte sich am Abend hinsetzen und ihm schreiben.

Sie hörte Schritte hinter sich und Kleiderrascheln, kurz darauf umschlossen sie von hinten zwei Arme, kräftig und braun gebrannt, und warme Lippen hauchten einen sanften Kuss auf ihre Stirn. Lippen, die ihr vertraut waren.

Auch der Geruch, der dem Hemd entstieg, war ihr vertraut; der Geruch von Tabak, Wein und Leinöl.

»Pierre.« Selma lächelte, die Augen noch immer geschlossen.

»Es sieht wunderschön aus, wie du hier in der Sonne sitzt«, flüsterte er ihr ins Ohr und knabberte an ihrem Ohrläppchen.

Sie musste lachen und versuchte sich frei zu machen, doch seine Arme hielten sie fest.

»Du willst mir doch nicht etwa davonlaufen?«, raunte er, die Stimme heiser vor Begehren.

Sie kannte diesen Klang bereits. »Wie könnte ich, wo du mich umklammerst wie ein Bär.«

Sie machte die Augen auf und betrachtete ihn. Sein Hemd war fleckig wie meistens und hing ihm aus der Hose. Seine dunklen Locken waren zerzaust, seine Wangen unrasiert, und um den Mund hatte er ein feines, amüsiertes Lächeln.

Wie oft hatte sie die Konturen seines Gesichts mit dem Finger nachgezeichnet, seine vollen Lippen, die aristokratische Nase, die sich leicht kräuselte, wenn er grinste, und die hohe Stirn.

Ein paarmal hatte sie versucht, ihn zu zeichnen, aber er

weigerte sich standhaft. »Ich bin ein Maler, kein Modell. An mir ist nichts, das sich zu malen lohnt.«

Selma erinnerte sich noch gut an den Tag, als sie sich das erste Mal begegnet waren. Sie kam gerade aus der Académie, und Pierre eilte mit einer Leinwand unter dem Arm auf sie zu.

Selma machte einen Schritt nach rechts, während er gleichzeitig nach links ausweichen wollte. So standen sie erneut voreinander und versuchten es ein weiteres Mal: diesmal Selma nach links und Pierre nach rechts.

Beide lachten kopfschüttelnd, und er meinte: »So wird das wohl nichts, Mademoiselle.« Er trat beiseite, und sie schlüpfte an ihm vorbei.

Sie war kaum drei Schritte entfernt, da rief er ihr nach: »Werden Sie morgen wiederkommen, Mademoiselle?«

Selma drehte sich zu ihm um. »Möglicherweise.«

Er hatte eine Verbeugung gemacht und die freie Hand auf sein Herz gelegt. »Ich werde hier sein.«

Jetzt sagte Pierre: »Die ist gut, ganz hervorragend sogar.« Er war neben ihr ins Gras gesunken, die Beine über Kreuz, und hatte ihre Zeichnung in die Hand genommen.

Mit einem Nicken legte er sie zurück in ihren Schoß. »Seit wann bist du hier?«

»Ich weiß nicht.« Selma zuckte die Schultern. »Seit heute Mittag?« Sie fühlte sich schläfrig. Am liebsten hätte sie sich im Gras zusammengerollt und geschlafen.

»Lass uns etwas essen gehen.« Er beugte sich zu ihr und küsste sie auf den Mund.

»Ich habe keinen Hunger.«

»Natürlich hast du Hunger.« Er nahm eine ihrer Haarsträhnen, die sich aus dem Knoten gelöst hatten, und ließ sie durch seine Finger gleiten.

»Woran denkst du gerade?«, fragte sie ihn.

»Daran, wie du auf meinem Bett liegst, Chérie.«

Sie mochte seine Anspielungen und Anzüglichkeiten nicht, weil sie sich damit unter Druck gesetzt fühlte. Das wusste er auch.

Pierre nahm ihre Hand und zog sie hoch. »Komm, Chérie.«

»Ich sagte doch, ich bin nicht hungrig.« Sie musste dennoch lachen und fügte sich schließlich.

Sie räumte ihre Zeichensachen zusammen und warf der Malerin einen letzten Blick zu. »Au revoir!«

Pierre nahm ihr die Ledertasche ab, in der sie Pinsel und Farben verstaute. Beides hatte sie heute nicht gebraucht.

»Was hältst du von einem Glas Wein und einer Taubenpastete?«

»Wein sehr gerne.«

»Aber du musst auch etwas essen, Chérie. Sieh dich an, du bist viel zu dünn.«

»Ich weiß, ihr Franzosen mögt üppige Frauen.«

Er verdrehte die Augen, und sie wusste nicht, ob es als amüsiertes Bejahen oder Verneinen gemeint war.

Pierre hatte sein Studium bereits beendet, als Selma nach Paris gekommen war. Er war begabt und ging in seiner Malerei, seinem Schaffen auf. Etwas anderes als Künstler werden zu wollen, war ihm noch nie in den Sinn gekommen.

Auch sein Vater war Maler, ein recht berühmter sogar, der ihn von Anfang an bestärkt hatte. Seine Mutter dagegen hatte die Hände über dem Kopf zusammengeschlagen.

Nach dem Essen gingen er und Selma in sein Atelier, wo er eine Flasche Wein öffnete. »Auf uns, Chérie!« Er prostete Selma zu.

»Ich bin schon ein bisschen beschwipst.«

Er winkte ab. »Umso besser.«

»Was meinst du denn damit?«, fragte sie gespielt entrüstet.

In diesem Moment ging ihr durch den Kopf, was ihr Vater wohl denken würde, wenn er sie so sähe. Vermutlich wäre er empört, entsetzt. »Das also ist dein Leben, Selma? Du lebst in den Tag hinein, trinkst am Nachmittag Wein und sitzt an der Seine im Gras, um Zeichnungen anzufertigen, die dich doch nicht zufriedenstellen?«

»Was hast du?«, fragte Pierre und setzte sich neben sie. Er verschüttete etwas Wein auf ihrem Kleid und wischte halbherzig über den Fleck. »Du sahst aus, als hättest du einen Geist gesehen.«

»Keinen Geist, nur meinen Vater.« Sie ließ ihren Wein im Glas kreisen.

»Du glaubst, dass er deinen Lebensstil nicht gutheißt.« Er nickte grinsend. »Kann ich mir vorstellen. Du kommst aus gutem Hause. Ich dagegen ...« Er zuckte die Schultern. »Mir war es schon immer egal, was andere von mir denken. Ich tue das, was mir Spaß macht. Das solltest du auch.«

Er zog sie an sich und küsste sie. »Mach dich frei von diesen Gedanken«, flüsterte er ihr ins Ohr. Seine Zunge spielte mit ihrem Ohrläppchen. »Lass das alles hinter dir. Das hier ist Paris, Chérie, das süße Leben, und du bist eine begnadete Malerin.«

»Du übertreibst maßlos«, murmelte sie und ließ sich gegen ihn fallen. Es tat gut, in seiner Nähe zu sein, immer in der Hoffnung, etwas von seiner spielerischen Leichtigkeit würde auf sie abfärben. Häufig geschah das auch.

»Unsinn.« Er knabberte an ihrem Ohr und strich über ihr helles, krauses Haar. Seine Hand löste den Knoten und entwirrte ihre Locken, sodass sich ihr langes Haar über ihre Schultern ergoss. Pierre liebte diesen Anblick, das wusste sie. Oft schon hatten dann seine Augen geleuchtet, und er hatte sich an sie gepresst.

Auch jetzt drückte er sein Gesicht in ihre Locken und stöhnte leise auf. »Lass dich fallen, Chérie.«

Eine Weile ließ sie ihn machen. Ließ ihn mit ihrem Haar spielen, seine Hände über ihre Schultern streichen und versuchen, ihr Kleid zu öffnen. Dann jedoch setzte sie sich auf und schüttelte den Kopf. »Nicht, Pierre, bitte.«

Er seufzte. »Aber wir kennen uns nun seit ...« Er tat so, als müsste er überlegen, wie lange. »Seit einer Ewigkeit, Selma. So lange schon«, betonte er und sah sie mit einem Blick an, der gekränkt und flehend zugleich war.

»Es geht nicht, Pierre.« Selma stand abrupt auf, zupfte den Ausschnitt ihres Kleides zurecht und steckte ihr Haar mit zwei Handgriffen zu einem Knoten zusammen. »Wo sind meine Kämme?«

Pierre hatte das Interesse bereits verloren, war aufgestanden und zu seiner Staffelei gegangen. »Such sie selbst.«

»Pierre. Nun sei doch nicht so.« Sie ging zu ihm und lehnte den Kopf an seinen Rücken. »Ich mag dich sehr, das weißt du, aber ich kann mich dir nicht hingeben. Das solltest du auch wissen.«

Er drehte sich um und zog sie in seine Arme. »Verzeih, ich benehme mich manchmal wie ein Junge, der nicht mit seinem geliebten Spielzeug spielen darf.« Er küsste sie aufs Haar. »Wenn du willst, heirate ich dich.«

Selma hob das Gesicht. »Wie bitte?«

»Ich werde dich heiraten.« Es klang ernst, entschlossen.

Sie schaute ihn an, dann lachte sie lauthals. »Du Kindskopf.«

Sie nahm ihre Tasche vom Stuhl und entdeckte dabei die beiden Bernsteinkämme unter dem Bett. Sie hockte sich hin, um sie aufzusammeln, und schob sie zurück ins Haar. »Ich kann dich nicht heiraten.«

»Und wieso nicht?« Nun klang er wirklich wie ein kleiner Junge, dem man sein Spielzeug weggenommen hatte. »Weil dein Vater will, dass du einen reichen Kaufmann heiratest?«

»Nein.« Selma ging zur Tür. »Weil ich dich nicht glücklich machen würde.«

»Sei nicht albern.« Pierre kam angelaufen und hielt sie fest. »Wir würden sehr glücklich sein, unendlich glücklich.«

»Nein, das würden wir nicht. Wir würden einem Traum hinterherjagen, Pierre.«

Er starrte sie verdutzt an, kratzte sich am Kopf und runzelte die Stirn. »Glaubst du?« Plötzlich lachte er. »Du hast recht, ich bin ein Dummkopf. Wir sind *jetzt* glücklich, nicht wahr? Weil wir frei sind, zu tun und zu lassen, was wir wollen.«

Das hatte sie zwar nicht gemeint, aber sie ließ es so stehen. Die Wahrheit war: Sie schwankte beinahe täglich zwischen dem Wunsch, auf ewig so weiterzuleben, und dem Bedürfnis, ihrem Tag möglichst rasch eine Bedeutung, einen tiefen Sinn geben zu können. Beides schloss sich gegenseitig aus, und es fühlte sich unwirklich, vollkommen verrückt an, überhaupt so zu empfinden. Doch es war so, und Pierre verstärkte ihren Zwiespalt nur noch.

Selma legte die Hand auf seine Wange, die ein wenig kratzte. »Adieu.« Dann machte sie die Tür hinter sich zu.

Madame Bertrand, bei der Selma zur Untermiete wohnte, war noch auf, als sie zur Tür hereinkam. »Mademoiselle! Ich habe mir schon Sorgen gemacht.« Sie saß in ihrer winzigen Stube, eine Stickarbeit im Schoß, die Nachthaube auf dem Kopf.

»Das müssen Sie nicht, Madame.« Selma unterdrückte ein Gähnen. Urplötzlich fühlte sie sich schläfrig. Hinter ihrer Stirn begann es zu pochen. Ein Vorzeichen. Sie kannte das bereits.

Sie war zwölf oder dreizehn gewesen, als das Kopfweh das erste Mal gekommen war und sich wie eine Faust um Stirn und Schläfen geschlossen hatte. Zu der Zeit war ihre Mutter schon krank gewesen, und sie hatte befürchtet, an der gleichen Krankheit zu leiden. Unheilbar krank zu sein.

Deshalb hatte sie ihrem Vater lange Zeit nichts gesagt, er sollte sich nicht auch noch um sie sorgen müssen. Irgendwann konnte sie es dann nicht mehr verheimlichen, und er schickte sie sofort zu ihrem Hausarzt.

Doch der hatte auch nach gründlicher Untersuchung nichts feststellen können. »Du bist rasch gewachsen, Selma, das wird der Grund sein.« Er hatte ihr ein Migränepulver gegeben, das sie bei den ersten Anzeichen in Wasser aufgelöst einnehmen sollte.

»Ich gehe zu Bett«, sagte sie nun. »Bonne nuit, Madame.«

Selma ging in ihr Zimmer und legte sich aufs Bett. Der Schmerz wurde schlimmer, stechender, klopfender. Die Wände des Zimmers steuerten aufeinander zu, als würden sie jeden Moment zusammenstoßen und das Fenster zwischen sich zermahlen.

Selma presste die Faust an die rechte Schläfe, dorthin, wo der Schmerz am heftigsten war.

Manchmal sah sie während einer Schmerzattacke bizarre Muster in grellbunten Farben. Es war, als würde sie durch ein Kaleidoskop schauen. Die Muster veränderten sich ständig, liefen zusammen und wieder auseinander. Ein paarmal hatte sie zu malen begonnen, und es waren ungewöhnlich lebendige Bilder entstanden. Es war verlockend, sich dem Rausch, dem besonderen Sog hinzugeben.

Selma setzte sich auf, öffnete ihr Kleid, zog es aus und kuschelte sich im Unterkleid unter das Plumeau. Vielleicht hatte sie Glück, und der Schmerz würde einfach wieder verschwinden, wie er gekommen war.

Sie drehte sich auf die Seite. Kürzlich hatte sie das Buch eines gewissen Julius Beermann gelesen, eines deutschen

Arztes und Wissenschaftlers, der eine Heilmethode mit ganz neuen Ansätzen entwickelt hatte. Es ging um die Lebenskraft des Menschen, darum, dass man auf seinen Geist genauso achten sollte wie auf seinen Körper. Weil das eine nicht ohne das andere möglich war. Wenn der Geist krank war, konnte der Körper nicht gesund sein. Beermanns Ansicht nach wirkten sich Eifersucht, Rachegedanken, Trauer und Angst nicht nur auf das Wohlbefinden und den Schlaf aus, sie konnten auch chronische Schmerzen auslösen. Er war der Meinung, dass die Selbstheilungskräfte des Körpers angestoßen werden mussten. Und er war sicher, dass Aderlässe den Körper nur unnötig schwächten. Seit wenigen Jahren praktizierte Beermann in Paris.

Selma war fasziniert von seiner Sichtweise. Auch sie hinterfragte die Schulmedizin, war ihrer überdrüssig.

Als junges Mädchen hatte sie davon geträumt, Ärztin zu werden, nachdem sie sämtliche medizinischen Fachbücher verschlungen hatte, die sie in die Finger bekam.

Doch je älter sie geworden war, desto mehr musste sie begreifen, dass sie mit den Methoden der Ärzte nicht einverstanden war. Auch sie glaubte nicht, dass es förderlich war, einen Kranken, der ohnehin geschwächt war, zur Ader zu lassen oder zu schröpfen.

Sie beschloss, Beermann aufzusuchen. Vielleicht war er imstande, sie von ihrem wiederkehrenden Kopfschmerz zu befreien.

2.

Das kleine, schmale Haus in der Rue de l'Echiquier wirkte ein wenig schäbig, und Selma war eine Weile davor stehen geblieben. Sollte sie umkehren? Womöglich war Beermann ein Scharlatan, der große Worte für das fand, was er tat, weil er fest genug daran glaubte.

Dann jedoch hatte sie beschlossen, es auf einen Versuch ankommen zu lassen.

Das Wartezimmer war ein winziger Raum mit drei Stühlen und einem Fenster, das auf einen Hinterhof hinausging, in dem eine einsame, schief gewachsene Birke ihr karges Dasein fristete.

Es roch nach Kampfer, und eine ältere Frau, die nach ihr hereinkam, zog ein Taschentuch hervor und hielt es sich unter die Nase.

Selma musste nicht lange warten, bis sie von einer freundlichen älteren Dame in das Behandlungszimmer gebeten wurde. Beermann saß mit dem Rücken zu ihr und blätterte in einem Buch. Er hatte schlohweißes, im Nacken etwas längeres Haar, das sich kräuselte.

Selma räusperte sich leise und wartete, dass er sich zu

ihr umdrehte. »Einen Augenblick«, murmelte er, dann richtete er sich auf und wandte sich ihr zu. »Bonjour. Weshalb sind Sie zu mir gekommen, Madame …?«

»Mademoiselle Jung. Ich komme wegen meines Kopfwehs. Ich habe Ihr Buch gelesen und dachte … Nun, ich hoffe, dass Sie mir helfen können, Monsieur.«

»Sie sind Deutsche.« Er lächelte. »Es ist schön, mal wieder meine Sprache zu hören. Woher kommen Sie, Mademoiselle?«

»Aus Lübeck.«

»Lübeck.« Er nickte. »Ich war einmal dort auf einem Kongress.« Neugierige und muntere haselnussbraune Augen musterten sie.

Sie überlegte, wie alt er sein mochte. Mindestens so alt wie ihr Vater, vermutlich älter.

»Sie werden also von Kopfweh gequält. Beschreiben Sie es mir«, bat er.

Selma wies auf ihren Nacken. »Sie beginnen meistens hier und breiten sich langsam über den Hinterkopf aus. Früher begannen sie in der linken Schläfe.«

»Früher, aha. Dann hat sich der Schmerz also verändert.« Er deutete auf einen Paravent, der in der Ecke stand. »Legen Sie dort bitte ab.«

Sie räusperte sich. »Alles?«

»Nur Ihre Bluse, damit ich Nacken und Wirbelsäule untersuchen kann.«

Selma schlüpfte aus ihrer Bluse, legte sie über einen Stuhl und setzte sich anschließend auf einen niedrigen Hocker, der etwas wacklig war.

Beermann, der wieder in dem Buch geblättert hatte, stand auf und stellte sich hinter sie. Mit beiden Händen strich er über ihren Nacken, die Schultern und schließlich die Wirbelsäule. »Sie sind ungewöhnlich groß für eine Frau.«

Was sollte sie dazu sagen? Dass er recht hatte und sie als junges Mädchen unter ihrer Größe gelitten hatte? Dass sie deswegen immer ein wenig den Kopf eingezogen hatte, um sich kleiner zu machen?

Sanft betastete er erneut ihre Schultern. »Haben Sie hier hin und wieder Schmerzen?«

Selma schüttelte den Kopf, dann aber nickte sie zögernd. »Doch, gelegentlich.«

»Was für einen Schmerz?«

»Als hätte ich mich verhoben, bisweilen brennt es auch etwas.«

Jetzt drückte er mit zwei Fingern auf einen Punkt an ihrem Nacken. »Und hier?«

Sie verzog das Gesicht und nickte.

Beermann ging einmal um sie herum, legte dabei den Kopf schief und betrachtete sie. »Gefällt es Ihnen, so groß zu sein, Mademoiselle?«

»Inzwischen schon«, gab sie zu.

»Dann nehme ich an, Sie sind früher ein wenig geduckt gegangen, um kleiner zu erscheinen.«

Sie stutzte. »Das stimmt.«

»Dazu muss man kein Hellseher sein«, meinte er, wahrscheinlich, um ihrer eventuellen Frage zuvorzukommen. »Haben Sie Geschwister?«

»Nein, leider nicht.«

Warum fragte er sie das alles?

»Seien Sie so gut und stellen sich dort drüben mit dem Rücken an die Wand«, bat er sie, und sie tat, wie ihr geheißen.

Beermann sah sie aufmerksam an, nickte schließlich und winkte sie heran. »Gehen Sie langsam auf mich zu.«

Er kniff die Augen zusammen, murmelte: »Ah ja«, und nickte wieder. »Sie haben einen schönen, aufrechten Gang. Ich nehme an, Sie sind ein sehr disziplinierter Mensch.«

»Ich weiß nicht, ja, ich denke schon.« *Eigentlich bin ich das*, fügte sie für sich hinzu. *Aber ich scheine es verlernt zu haben. Stattdessen lebe ich in den Tag hinein.*

»Und Sie sind beherrscht.«

Sie ließ es unkommentiert stehen, da es nicht wie eine Frage geklungen hatte.

»Sind Sie musisch veranlagt?«

Sie nickte.

»Ziehen Sie sich wieder an, Mademoiselle.«

Selma ging zurück hinter den Paravent. Beermanns Fragen waren ungewöhnlich, und sie ging sie im Geiste noch einmal durch. Hatte sie alle so beantwortet, dass er damit etwas anfangen konnte?

»Wenn Sie fertig sind, kommen Sie bitte in das Zimmer rechts neben dem Paravent.«

Dann war die Untersuchung noch nicht abgeschlossen? Was hatte er nun vor?

Sie kleidete sich an und betrat danach einen kleinen

Raum, in dem ein Schreibtisch und ein Bücherregal standen.

Beermann saß am Schreibtisch und bat sie, auf dem Stuhl Platz zu nehmen, der davorstand. »Erzählen Sie mir von Ihrer Kindheit.«

Sie seufzte verhalten.

»Und bitte seien Sie unbedingt ehrlich.« Er sah sie ernst an. »Ich unterliege der Schweigepflicht. Hatten Sie eine schöne Kindheit, Mademoiselle? Sind Sie behütet worden?«

»Von meinem Vater, ja.«

»Und Ihre Mutter?«

»Meine Mutter war viele Jahre sehr krank. Eine Nervenkrankheit. Es wurde irgendwann so schlimm, dass mein Vater mich aus dem Haus bringen musste.«

»Warum?«, fragte er erstaunt.

»Meine Mutter war immer unberechenbarer geworden. Sie schrie mich aus irgendeinem hanebüchenen Grund an, sprang plötzlich auf, um mich zu schlagen, und eines Tages ...« Selma verstummte.

»Ja?« Er sah sie interessiert an.

»Sie schrie mich wieder an, ich sei ungehorsam und würde sie mit Absicht provozieren.«

»Und? War es so?«

»Nein, ganz und gar nicht. Ich war eine brave Tochter.«

»Bitte erzählen Sie weiter.«

»Sie lief hinter mir her, wollte mich festhalten. Ich rannte die Treppe hoch, wollte in mein Zimmer. Sie holte mich ein, riss mich am Arm, und ich stürzte die Treppe hinunter. Mir ist Gott sei Dank nicht viel passiert, nur ein paar Prellungen und eine Gehirnerschütterung.«

»Haben Sie seitdem diese Kopfschmerzen?«

»Nein, die begannen schon früher.«

»Und dann?«

»Mein Vater wollte sich nicht mehr ständig um mich sorgen müssen, also hat er mich zu meinem Patenonkel gebracht.«

»Fühlten Sie sich dort wohl?«

Sie zögerte. »Ja. Nein, nicht sehr«, gab sie schließlich zu. »Mein Onkel ist Maler und hat mich unterrichtet, als er sah, dass ich talentiert war. Und später bin ich dann nach Paris gegangen, um Malerei zu studieren.«

»Sie sind also nicht nur musisch veranlagt. Das Malen ist eine besondere Art, sich auszudrücken, nicht wahr?«

Selma nickte verblüfft.

»So können Sie alles um sich herum vergessen, loslassen. Sie können sich damit abgrenzen. Es verschafft Ihnen den Abstand, nach dem Sie sich sehnen. Hab ich recht, Mademoiselle?«

»Ich möchte ganz ehrlich sein, Monsieur ...«

»Darum bat ich Sie.«

»Ich mag es, zu zeichnen und zu malen, aber es ... berührt mich nicht mehr so wie früher.«

»Und woran, glauben Sie, liegt das?«

»Wenn ich das wüsste.« Sie zuckte mit den Schultern. »Vielleicht habe ich mich verändert. Ich sehne mich danach, etwas zu tun, das mich erfüllt, das meinem Leben einen

Sinn gibt.« Sie war ganz überrascht, dass sie so viel von sich preisgab.

»Malen Sie auch, wenn Sie Schmerzen haben, Mademoiselle?«

Sie berichtete ihm von den ungewöhnlichen Farben und Formen, die sie bisweilen sah, und dass sie dann zu ganz besonderen Bildern fähig war. »Es ist häufig eine starke Versuchung, aber ich gebe ihr nicht immer nach. Ich kann nicht zulassen, dass das Kopfweh meine Muse ist.«

In Wahrheit glaubte sie, nie besser zu malen. Der Schmerz und die damit verbundenen Visionen waren wie der Zugang zu einer anderen Welt, einer Welt, die nur aus Farben und Formen bestand; die vollendete Kunst.

»Es hin und wieder zu nutzen, finde ich nur klug.« Beermann hatte die ganze Zeit mitgeschrieben. »Bringt Ihnen Wärme Linderung?«

»Nein, meistens hilft mir ein kühles, feuchtes Tuch.«

»Was ist mit Berührung?«

»Es hilft zuweilen, wenn ich mit beiden Händen fest auf die schmerzende Stelle drücke.«

Ganz unvermittelt fragte er: »Sind Sie gerne eine Frau, oder haben Sie sich dann und wann gewünscht, ein Mann zu sein? Oder wünschen es sich womöglich immer noch?«

»Als ich klein war, habe ich mir manchmal vorgestellt, wie es wäre, ein Junge zu sein. Dann und wann verkleide ich mich als Mann und spaziere abends durch die Stadt.« Sie räusperte sich, weil sie sich plötzlich albern vorkam. »In Lübeck habe ich das getan«, erklärte sie rasch, »hier in Paris nicht.«

»Es bedeutet für Sie Freiheit und Selbstbestimmung. Und es hält Ihnen die Männer vom Leib.«

»Nicht alle«, erwiderte sie trocken, und er lachte.

»Erzählen Sie mir, was Sie nachts träumen.«

»Ich träume dann und wann von meiner Mutter. Und von einem großen Haus mit leeren Zimmern. Die Fenster sind mit schweren Vorhängen verdunkelt, und ich gehe umher und wünsche mir, sie öffnen zu können.«

»Aber es geht nicht?«

»Nein.«

»Was empfinden Sie dabei?«

»Ich bin furchtbar enttäuscht, zuweilen auch wütend.«

»Auf wen? Sich selbst?«

»Ich weiß nicht, ja, vielleicht.«

»Treten die Schmerzen häufiger auf, wenn Sie unruhig sind? Wenn Sie sich vor etwas fürchten?«

Sie nickte zögernd. Noch nie hatte ihr jemand so intensiv zugehört. Beermann schien ihr Innerstes nach außen zu krempeln und jeden noch so abwegigen Gedanken für wichtig zu halten.

»Können Sie mir helfen, Monsieur?«, fragte Selma nach einer Weile, in der Beermann geschrieben und sie ihm dabei zugesehen hatte.

Er hob den Kopf und sah sie an. »Das denke ich schon, Mademoiselle.«

Er erzählte ihr von der Ähnlichkeitsregel, wie er es nannte. »Die Tollkirsche zum Beispiel verursacht unter anderem Kopfschmerzen. Aufbereitet und in abgeschwächter und verdünnter Form wird sie gegen den Schmerz eingesetzt. Ich betrachte den Menschen, seine Konstitution und seine Geschichte, also seine Vergangenheit, als Einheit, als Ganzes. Ich denke, Ihnen wird Belladonna, die Tollkirsche, helfen.«

Er erklärte ihr, wie das Mittel einzunehmen war. »Die Kügelchen werden mit ein wenig Wasser angefeuchtet auf die Zunge gelegt. Oder aber Sie lösen sie in Wasser auf und schütteln kräftig. Es ist wichtig, dass Sie es mit einem Holzlöffel und nicht mit einem Silberlöffel einnehmen. Silber kann die Wirksamkeit verändern. Anfangs wird es sehr wahrscheinlich zu einer Verschlimmerung der Schmerzen kommen, vielleicht kommen sie auch häufiger. Ich nenne es die Erstverschlimmerung, ein gutes Zeichen, dass das Mittel, das ich verabreicht habe, das richtige ist.«

Selma nickte. »Ich habe in Ihrem Buch darüber gelesen. Eine Zeit lang habe ich darüber nachgedacht, auch Medizinerin zu werden«, gestand sie ihm. »Aber die Art und Weise, wie die Ärzte an eine Erkrankung und damit auch an einen Erkrankten herangehen, hat mich abgeschreckt.«

Sie erzählte ihm, dass sie sich während ihres Kunststudiums in die Sezierräume des medizinischen Instituts geschlichen hatte, um sich einen toten menschlichen Körper anzusehen. »Das, was ich dort zu sehen bekam, brachte mich in den folgenden Nächten um den Schlaf. Ich habe nie wieder einen Fuß in die Räume gesetzt.«

Beermann nickte, als wäre er nicht sonderlich überrascht. Er strahlte Güte und Weisheit aus, Eigenschaften, die Selma schon immer imponiert hatten. Sie fühlte sich wohl in seiner Gegenwart. »Ich habe lange als Arzt und Wissenschaftler gearbeitet und habe nur das Symptom, die Erkrankung gesehen, nicht den Menschen. Es war nicht nur so, dass ich glaubte, ihnen nicht wirklich helfen zu können, ich war der Meinung, dass ich das Falsche tat. Ich begann an der falschen Stelle, zäumte das Pferd von hinten auf, anstatt die Wurzel des Übels, des Problems zu suchen und auch die Psyche des Erkrankten, seine Lebensgeschichte miteinzubeziehen.«

Selma hatte bei jedem seiner Worte genickt. Sie wusste genau, was er meinte. Ihr wäre es als Ärztin wohl genauso gegangen. Vielleicht war es absurd, aber in diesem Moment sah sie sich als seine Verbündete. »Sie haben die wahre Medizin entdeckt«, sagte sie leidenschaftlich.

»Anfangs waren meine Frau und meine Kinder meine Versuchsobjekte. Ich musste wissen, ob ich auf dem richtigen Weg war. Selbstverständlich habe ich es auch an mir selbst getestet. Möglicherweise war es manchmal nicht ganz ungefährlich. Ich habe Chinarinde eingenommen, nachdem ich ein medizinisches Fachbuch eines schottischen Chemieprofessors übersetzt hatte. Es gab etliche Unklarheiten, Ungereimtheiten im Text, und ich sah mich gezwungen, das Mittel an mir selbst auszuprobieren. Ich entwickelte Wechselfiebersymptome, und mir wurde klar, dass ich auf dem richtigen Weg war.«

»Sie waren sehr mutig, Monsieur.«

»Vor allem war ich neugierig und wollte mir und der Welt etwas beweisen.«

»Es ist Ihnen gelungen. Etwas Neues, Bahnbrechendes

zu versuchen, bedeutet oft, an seine Grenzen zu gehen. Und bisweilen auch darüber hinaus.«

»So ist es. Als meine Frau starb, brach eine Welt für mich zusammen. Sie war meine Weggefährtin, Vertraute und Begleiterin. Wir teilten die Leidenschaft für die Homöopathie, mit einem Mal kam ich mir entsetzlich allein vor, so, als müsste ich von vorn beginnen.«

Selma war gerührt, dass er sie in seine Seele blicken ließ. »Ihre Frau war auch Ärztin?«

»Nein.« Er schüttelte bedächtig den Kopf, schien weit weg zu sein. »Sie war die Stieftochter eines Apothekers und genau wie ich sehr neugierig. Sie wollte den Dingen immer auf den Grund gehen.«

Den Dingen auf den Grund gehen, nach der Wahrheit suchen und sie vor allem auch erkennen, war etwas, das Selmas Vater sie ebenfalls gelehrt hatte.

»Meine Frau war in alles involviert, was ich tat«, sprach Beermann weiter. »Oft war mir gar nicht klar, dass sie keine Medizinerin war. Sie hatte sich so viel Wissen angeeignet, dass sie mir meiner ebenbürtig erschien.« Er seufzte. »Und sie hat mich so genommen, wie ich nun mal bin: ein unruhiger Geist.«

Wie liebevoll er von seiner Frau sprach und wie nah die beiden sich gestanden haben mussten. Sie schienen ihre Aufgabe im Leben, ihre Bestimmung gefunden zu haben.

»Sie sind nicht verheiratet«, sagte Beermann. »Darf ich fragen, aus welchem Grund? Sie sind eine schöne, kluge Frau und werden die Verehrer kaum zählen können.«

Selma zögerte, und er entschuldigte sich für seine neugierige Frage. »Sie müssen sich nicht entschuldigen, Monsieur. Es gibt Verehrer, ja, aber niemand ist dabei, dem ich mein Herz schenken kann.« *Auch nicht Pierre*, dachte sie und spürte etwas wie Enttäuschung und Ernüchterung. Sie würde ihm nie das geben können, was er brauchte. Und umgekehrt war es nicht anders.

»Ich verstehe. Außerdem wollen Sie Ihre Eigenständigkeit nicht aufgeben. Hab ich recht?«

»Eigenständigkeit?« Selma lachte unfroh auf. »Ich lebe von dem Geld, das mein Vater mir schickt. Ab und an verkaufe ich ein Bild, das deckt meinen Lebensunterhalt aber bei Weitem nicht.«

»Wie steht Ihr Vater zu dem, was Sie tun?«

»Er hat mich immer darin bestärkt, mein Glück, meine Erfüllung in der Kunst zu finden. Und das, obwohl er die Vernunft für eine der wichtigsten Tugenden und Charaktereigenschaften hält.«

Es klopfte an der Tür, und die ältere Frau, die Selma ins Behandlungszimmer gebeten hatte, trat ein. »Monsieur? Pardon, ich weiß, dass Sie nicht gestört werden möchten, aber es handelt sich um einen Notfall.«

Er nickte nur und stand auf. »Wir müssen unser Gespräch unterbrechen, Mademoiselle.«

»Darf ich ein anderes Mal wiederkommen?«

»Aber natürlich. Die Behandlung ist nicht abgeschlossen. Lassen Sie sich von Madame Morel einen Termin geben.«

Selma nickte, verabschiedete sich und verließ das Zimmer.

Zwei Tage später saß sie wieder in seinem Behandlungszimmer und wartete auf ihn.

Beermann hatte das gefunden, wonach sie noch immer suchte: eine Bestimmung, den Sinn des Lebens. Er wusste, wofür er lebte, warum er Morgen für Morgen aufstand.

Als die Tür aufging, fuhr sie zusammen. »Ah, Mademoiselle Jung.« Er reichte ihr die Hand. »Schön, dass Sie gekommen sind. Hatten Sie wieder Schmerzen?«

»Nein.«

Er setzte sich, nahm seinen Federhalter auf und sah sie erwartungsvoll an. »Erzählen Sie mir von Ihrem Leben, Ihrem Alltag.«

»Da gibt es nicht viel zu erzählen. Ich stehe morgens auf, mache einen Spaziergang und überlege, was ich tun will.«

Sie verstummte, beinahe erschrocken, weil es sich furchtbar anhörte. »Ich male oder zeichne«, sprach sie stockend weiter. »Und am Abend gehe ich zu Bett, meistens recht spät, weil ich früher keinen Schlaf finden kann.«

»Grübeln Sie viel?«

»Viel zu viel.«

»Wie sah Ihr Alltag daheim in Lübeck aus, Mademoiselle?«

»Nicht viel anders. Nur dass ich noch mehr Gewissensbisse hatte. Ich hatte immerzu das Bedürfnis, mich vor meinem Vater zu rechtfertigen.«

Beermann schwieg, und sie fragte sich, was er wohl über sie dachte.

»Wenn mein Vater ein Abendessen gab, zu dem Geschäftspartner und Freunde eingeladen waren – ich glaube, ich vergaß zu erzählen, dass er Tuchkaufmann ist –, saß ich unter all den schwatzenden Ehefrauen, die es zu genießen schienen, sich nur um sich selbst kümmern zu müssen. Die Mode für ein spannendes Thema hielten. Ich will damit nicht sagen, dass ich mich über diese Frauen erhebe und sie belächle. Ich möchte damit nur sagen, dass mir das zu wenig ist.«

Sie hatte bei jedem Wort etwas lauter gesprochen, vehementer, eindringlicher, als glaubte sie, Beermann überzeugen zu müssen. Dabei war sie es selbst, die überzeugt werden wollte. »Unter einem erfüllten Dasein verstehe ich mehr, Monsieur. Ich brauche eine Aufgabe, eine Herausforderung.«

Er schwieg wieder einen Moment, dann nickte er schließlich und sagte: »Ich könnte Sie ausbilden. Ich bin alt, Mademoiselle. Ich würde mich gern in naher Zukunft zur Ruhe setzen und wissen, dass meine Arbeit fortgeführt wird.«

Selma war so perplex, dass sie zunächst nichts erwidern konnte. Dann lachte sie ungläubig. »Sie wollen mich ausbilden? In der Heilkunde?«

»Sie interessieren sich dafür. Ich habe in Ihren Augen ein Feuer gesehen, Mademoiselle. Ein Feuer, das angefacht wurde. Denken Sie einfach darüber nach.«

Er stand auf und ging zu einem kleinen Schränkchen, in dem Dutzende braune Fläschchen standen. Er legte den Kopf schief, griff nach einem und stellte es vor sie auf den Tisch. »Dieses Mittel wird Ihnen helfen.«

Selma betrachtete das Fläschchen, noch immer ganz verwirrt.

Beermann lächelte, als sie den Kopf hob und ihn anschaute. »Vertrauen Sie mir, Mademoiselle, und vertrauen Sie der Heilkunde.«

»Das tue ich.«

»Und denken Sie in Ruhe über meinen Vorschlag nach.«

Selma erhob sich und strich ihren Rock glatt. »Das muss ich nicht, Monsieur. Aber ich danke Ihnen für Ihr Vertrauen.«

»Nicht so voreilig. Geben Sie sich und meinem Vorschlag eine Chance.«

Sie musste erneut lachen. »Ich bin Künstlerin, Malerin und keine heilkundige Frau. Nein.« Sie schüttelte den Kopf und öffnete die Tür. »Merci, Monsieur, au revoir.«

3.

Paris im Herbst desselben Jahres

Pierre hatte schallend gelacht, als sie ihm von Beermanns Vorschlag erzählt hatte. »Du bist Malerin, und er fragt dich allen Ernstes, ob du dich von ihm ausbilden lassen willst?«

»Er ist auf der Suche nach jemandem, der in seine Fußstapfen tritt.«

»Und da hat er ausgerechnet dich im Sinn?« Wieder hatte er kopfschüttelnd gelacht. »Die Kunst würde eine äußerst talentierte Malerin verlieren.« Er hatte sie an sich gezogen und geküsst. »Und das wäre doch ein Jammer.«

An diesem Oktobertag, die Sonne schien hell und warm, hatte Selma einen Spaziergang an der Seine gemacht. Es war jetzt drei Monate her, dass sie bei Beermann gewesen war, und ihr Kopfweh war nicht wiedergekommen. Lag das an den Belladonna-Kügelchen? An Zufall wollte sie nicht glauben, es hatte einige Ereignisse gegeben, auf die sie normalerweise mit Kopfwehattacken reagiert hätte – doch die waren ausgeblieben. Beermanns Heilkunde schien ihr wirklich zu helfen.

Sie schlug den Weg zu Pierres Atelier in der Rue de Martyrs ein, sie wollte ihn mit einem Besuch überraschen.

In der Garküche von Madame Cluny kaufte sie zwei Hühnchenpasteten, Pierres Lieblingspastete, und schnupperte beim Gehen daran. Ihr Magen knurrte, sie hatte seit dem Frühstück nichts mehr gegessen.

Am Morgen war ein Brief von ihrem Vater gekommen, er hatte geschrieben, dass er darüber nachdenke, die Geschäfte einem jungen Mann zu überschreiben.

Ich möchte mich zurückziehen, und Gustav Klee genießt als Nachfolger mein Vertrauen.

Den Namen hatte sie bereits gehört, ihr Vater hatte ein-, zweimal von ihm gesprochen. Sie war überrascht, dass er sich zurückziehen wollte, so alt war er noch gar nicht.

Die Fenster in dem Haus, in dem Pierre sein Atelier hatte, waren weit geöffnet, und Klaviermusik war zu hören.

Selma blieb kurz stehen und lauschte.

Dann schob sie mit der Hüfte die verkratzte Holztür auf und musste sich einen Moment an das schummrige Licht im Treppenhaus gewöhnen. Sie lief die Treppe hinauf und gab acht, dass das Fett, das aus den Pasteten tropfte, nicht ihr Kleid bekleckerte. Mit dem Ellbogen klopfte sie an die Ateliertür.

»Pierre?«

Es war mucksmäuschenstill, ob er gar nicht da war?

Dann Kleiderrascheln und Schritte.

Kurz darauf stand er vor ihr, die Tür nur einen Spaltbreit geöffnet. »Selma.«

Ein verwundertes Lächeln huschte über sein Gesicht,

und sie glaubte einen weiteren Ausdruck zu sehen: Erschrecken. Sein Haar war zerzaust, die Wangen gerötet, und das Hemd hatte er nur achtlos in die Hose gesteckt.

Hinter ihm knarzte das Bett, sie kannte das Geräusch, weil sie meistens darauf saßen, wenn sie bei ihm war.

»Wer ist das, Pierre?« Eine Frauenstimme.

Selma erstarrte.

»Es ist nicht, wie du denkst, Chérie«, flüsterte er. »Angélique ist mein Modell.«

»Und ich nehme an, sie ist unbekleidet.«

»Es sind Studien, Selma, nichts weiter«, beteuerte er und warf einen hastigen Blick über seine Schulter.

Selma drückte ihm die Pasteten in die Hand. »Hier. Mir ist der Appetit vergangen.«

Sie wirbelte herum und lief die Treppe hinunter. Hinter sich hörte sie seine Schritte.

Unten im Flur holte er sie ein und hielt sie am Arm fest. »Sei nicht albern, Selma. Sie bedeutet mir nichts.«

»Aber sie war immerhin so fügsam, sich in dein Bett zu legen, nicht wahr?«

Er verdrehte die Augen. »Wenn du nicht so störrisch gewesen wärst ...«

Selma machte sich rüde los. »Vergnüg dich nur mit ihr, Pierre!«, fuhr sie ihn an. »Ich bin froh, dass ich mich dir nicht hingegeben habe.«

»Chérie!«, flehte er, die Stimme weinerlich. »Sie bedeutet mir rein gar nichts, so glaub mir doch!« Er umfasste ihre Schulter.

»Ich glaube dir gar nichts mehr, Pierre. Und jetzt lass mich los!«

»Erst, wenn du mir zugehört hast. Sie ist meine Muse, nichts weiter.«

»Deine Muse?« Selma lachte bitter auf. »Das war ich auch einmal, erinnerst du dich?«

Er seufzte tief. »Ein Maler braucht Inspiration, du solltest das wissen.«

»Und deshalb suchst du dir eine neue Muse?« Wieso hörte sie ihm überhaupt noch zu?

»Ich liebe nur dich, das musst du mir glauben.«

Einen Augenblick lang starrte sie ihn an, dann schnaubte sie. »Liebe? Was weißt du von Liebe, Pierre? Vermutlich genauso wenig wie ich.« Damit machte sie sich los und gab ihm einen Stoß. »Fass mich nicht wieder an!«

»Dann geh doch! Verschwinde!«

Und genau das tat sie.

Selma schlief die ganze Nacht nicht. Sie war wütend, aufgewühlt – und ernüchtert. Das Ereignis hatte ihr die Augen geöffnet. Sie konnte und wollte so nicht weitermachen: in den Tag hineinleben und malen, wenn die Inspiration kam. Sie wollte etwas tun, das ihrem Leben einen Sinn gab.

Beermanns Angebot war verlockend, nicht nur das, es könnte die Chance ihres Lebens sein.

Unruhig ging sie in ihrem Zimmer umher. Sollte sie annehmen?

Im Morgengrauen hörte sie Madame Bertrand in der Küche

mit Geschirr klappern und ging zu ihr. Sie musste mit jemandem darüber reden, ihre Gedanken in Worte fassen.

»Sie sehen aus, als hätten Sie nicht gut geschlafen«, wurde sie begrüßt.

»Ich habe gar nicht geschlafen. Kann ich Ihnen helfen, Madame?«

»Das ist nicht nötig.« Madame Bertrand stellte das Butterfässchen auf den Tisch und schnitt ein paar Scheiben helles Brot ab. »Hatten Sie wieder Kopfweh, Mademoiselle?«

»Nein, seit ich bei Monsieur Beermann war, geht es mir viel besser.« Selma trank einen Schluck Kaffee. »Er hat mir angeboten, mich auszubilden, und seit heute Nacht denke ich darüber nach anzunehmen.«

Madame Bertrand setzte sich ihr gegenüber und schenkte sich Kaffee ein. »Aber Sie sind doch Malerin, Mademoiselle. Was denkt er sich denn dabei?«

»Ich glaube an seine Heilkunde. Sie erscheint mir als die wahre Medizin. Als junges Mädchen wollte ich Ärztin werden, habe es aber wieder verworfen, weil ich nicht so werden wollte wie die anderen Ärzte.« Selma bestrich ihr Brot mit etwas Butter. »Die Heilkunde aber ... Sie sieht den Menschen als Ganzes. Nur in einem gesunden Körper kann ein gesunder Geist wohnen.«

Madame Bertrand nickte nachdenklich. »Pardon, wenn ich das so direkt frage, aber halten Sie Monsieur Beermann für ... aufrichtig? Für ehrenwert?«

»Sie meinen, ob er lautere Absichten hat?« Selma musste lachen. »Monsieur Beermann muss älter sein als mein Vater.«

»Oh, Sie wären nicht die erste hübsche junge Frau, die auf einen Mann hereinfällt, der ihr Vater sein könnte.«

»Keine Sorge, Monsieur Beermanns Herz schlägt für die Heilkunde, nicht für junge Frauen.« So viel Menschenkenntnis traute sie sich wahrlich zu. »Ich glaube, ich werde nach Lübeck reisen und mit meinem Vater darüber sprechen.«

Nach dem Frühstück machte sie einen Spaziergang, um ihre Gedanken zu ordnen. Plötzlich hatte sie kein Auge mehr für die Blumen, die am Ufer der Seine wuchsen, oder die Maler, die am Boulevard Montmartre ihre Bilder verkauften. Sie interessierte sich nicht mehr für das fröhliche Lachen der Marktfrauen, die ihre Stände aufbauten, oder für die Kinder, die in schmutzigen Kleidern auf der Straße vor ihrem Zimmer lauthals *Frère Jacques* sangen.

Sie würde ihrem Vater eine Depesche schicken und sofort ihre Sachen packen. Sie ahnte, dass er ihre Pläne nicht gutheißen würde, aber sie wusste mit einem Mal mit wohltuender Gewissheit, dass sie das Richtige tat.

4.

Lübeck, im Monat darauf

»Was möchtest du?«, fragte ihr Vater entgeistert, nachdem Selma sich frisch gemacht und umgezogen hatte. Sie reiste grundsätzlich als Mann verkleidet, weil es ihr Sicherheit bot und die Möglichkeit gab, auf einen Begleiter zu verzichten.

Ihr Vater hatte sie in die Bibliothek gebeten.

»Ich glaube, dass es mein Weg sein könnte, Papa.«

Er schüttelte missbilligend den Kopf und zündete sich eine Pfeife an. »Du kennst diesen Beermann doch gar nicht.«

»Er will mich ausbilden, nicht heiraten.«

»Oh, vielen Dank, dass du das klarstellst.« Er schnaubte und rauchte eine ganze Weile schweigend.

Dann schwenkte er plötzlich auf ein anderes Thema um. »Hansen war neulich da und hat sich deine Bilder angesehen.«

Nach ihrem ersten Jahr in Paris hatte sie ein paar Bilder mitgebracht, die sie dort gemalt hatte. Danach hatte sie hin und wieder eins geschickt, das ihr besonders gut gefiel. Ihr

Vater hatte die Bilder im Haus aufgehängt, und es kam immer wieder vor, dass ein Geschäftspartner oder Freund eines kaufen wollte.

»Ich meine es ernst, Vater«, betonte Selma. »Gleichgültig, wie oft du noch versuchen wirst, das Thema zu wechseln.«

»Ich will nichts mehr davon hören.« Er hatte die Beine übereinandergeschlagen und blickte aus dem Fenster. »Hansen möchte *Die Balletttänzerin* kaufen. Bist du einverstanden?«

»Warum sollte ich nicht einverstanden sein? Die Bilder hängen hier, damit du sie verkaufen kannst.«

Ihr Vater schaute sie an und runzelte die Stirn. »Hängst du an keinem deiner Bilder?«

»Nein.«

»Hast du dir Gedanken über den Preis gemacht?«

»Nenn ihm einfach einen Preis, der dir angemessen erscheint.«

Er schnalzte mit der Zunge. »Dann hast du dein altes Leben bereits aufgegeben und willst ein gänzlich neues beginnen?«

»Wenn du es so nennen willst.« Sie war gereizt und ärgerte sich darüber. Sie hatte schließlich damit gerechnet, dass ihr Vater so reagieren würde.

»Du weißt nicht, wo dein Platz im Leben ist, Selma, das macht mir Sorgen.« Er blickte den Rauchkringeln nach.

»Das ist es ja, Papa. Jetzt endlich weiß ich, wo mein Platz im Leben sein könnte.«

Er lachte auf. »Bei diesem Beermann in Paris?«

»Ich kann seine Nachfolge antreten.«

Ihr Vater stand auf und ging umher, die Pfeife in der Hand. »Ich werde das nicht zulassen«, sagte er schließlich, und es klang, als würde er keine weitere Diskussion erlauben.

»Möchtest du mich einsperren?«

»Wenn es sein muss.«

Sie sahen einander an, beide ernst und entschlossen.

Ihr Vater setzte sich wieder. »Dieckhoff hat um deine Hand angehalten.«

Hanno Dieckhoff war ein langjähriger Kunde; ein wohlhabender, hochmütiger Mann, der etwas Verschlagenes, Unberechenbares an sich hatte. Selma machte am liebsten einen Bogen um ihn, doch ihre spröde Zurückhaltung schien ihn noch anzustacheln.

Sie wollte lachen, doch es blieb ihr im Hals stecken. »Du willst mich wirklich mit diesem Ekel verheiraten?«

»Komm endlich wieder zur Vernunft, Selma.«

»Ich war selten so vernünftig wie jetzt, Papa.«

»Dieckhoff kann dir eine Menge bieten, und er hat mir versichert, dass er nicht versuchen würde, dich ...« Ihr Vater verstummte und sah sie nachdenklich an, nun wieder einlenkend und versöhnlich. »Er würde dich nicht zu etwas machen wollen, das du nicht bist. Wir beide wissen, dass du nicht dazu geschaffen bist, nur für ein gemütliches Heim zu sorgen und festliche Abendessen zu veranstalten, Selma.«

»Mit ›wir beide‹ meinst du dich und Dieckhoff?«

»Ich lasse nicht zu, dass du dich ins Unglück stürzt, indem du einem Hirngespinst, einer Flause nachgibst. Du hast dich doch immer für Kunst, Literatur, Geschichte und Archäologie interessiert.«

»Ach, und Dieckhoff möchte mit mir durch die Museen und Ausstellungen spazieren, mit mir über Literatur diskutieren und sich Vorträge über den Fund des Steins von Rosetta anhören?«, fragte sie spöttisch.

Er legte seine Pfeife in den Aschenbecher. »Ich mache mir doch nur Sorgen um dich, verstehst du das denn nicht? Es würde mich beruhigen, dich gut versorgt zu wissen. Du bist jetzt sechsundzwanzig, Selma. Was ist mit einer eigenen Familie? Wünschst du dir keine Kinder?«

Bislang hatte sie kaum darüber nachgedacht, ihr war noch kein Mann begegnet, den sie heiraten wollte. Und wenn sie ganz ehrlich war, hatte sie Angst, eines Tages so werden zu können wie ihre Mutter: launisch, ungerecht, hysterisch und unberechenbar. Ihre Mutter hatte ihr ihre Liebe entzogen, eine sehr schmerzhafte Erfahrung.

»Ich weiß nicht, Papa.«

Er betrachtete sie nachdenklich. »Du befürchtest, so werden zu können wie deine Mutter, nicht wahr? Sie war krank, und du weißt, was Doktor Thomsen gesagt hat.«

»Er kann nicht ausschließen, dass die Krankheit erblich ist.«

Das war es nicht, was ihr Vater gemeint hatte, das wusste sie. Aber es war die Wahrheit.

»Ich wünschte, du könntest ihm vertrauen, Selma.«

»Genau das ist ja der Punkt: Ich vertraue den Ärzten schon lange nicht mehr.«

»Du wolltest selbst Ärztin werden«, erinnerte er sie.

»Das war einmal. Ich glaube nicht mehr an die konventionelle Medizin.«

Er verdrehte die Augen. »Bitte nicht, sprich es nicht aus. Ich will nichts mehr davon hören.«

Sie presste die Lippen aufeinander.

»Es ist ein Hirngespinst, Selma, eine verrückte Idee, nichts weiter.«

»Für dich vielleicht, Papa, für mich …«

Er hob die Hand. »Nein! Du solltest über eine Heirat, eine Familie nachdenken.«

»Du findest also wirklich, ich sollte Dieckhoff heiraten? Einen Mann, den ich nicht liebe, den ich sogar verabscheue?«

»Ich bin immer nachsichtig mit dir gewesen, vermutlich zu nachsichtig, das wird mir jetzt klar. Ich erlaube nicht, dass du nach Paris gehst und dich von diesem Quacksalber ausbilden lässt!«

Selma sprang auf. »Aber das werde ich, Papa.« Sie klang ganz ruhig, auch wenn sie aufgebracht und wütend war.

»Und ich werde es zu verhindern wissen.«

»Und wie? Indem du mich ans Bett fesselst, mich knebelst und meine Zimmertür verschließt?«

Er funkelte sie an. »Nein, indem ich an deine Vernunft appelliere.« Auch er klang nun ruhig. »Man kann lernen, sich in einer Ehe zurechtzufinden«, sprach er sanft weiter.

»Aber ich will es gar nicht lernen!«, ereiferte sie sich und lief zur Tür. »Und ich werde mich nicht zwingen lassen!«

Sie stürmte aus dem Zimmer.

»Darüber ist das letzte Wort noch nicht gesprochen!«, rief er ihr nach.

Im Gehen griff sie nach Mantel und Hut. Sie brauchte dringend frische Luft.

Selma schlenderte an der Trave entlang, den Hut ins Gesicht gezogen. Es war ein fast windstiller Tag, und zwei kleine Jungen hatten ein Spielzeugboot aus Baumrinde aufs Wasser gesetzt. Aufgeregt und laut miteinander schwatzend liefen sie am Ufer entlang.

Selma blieb stehen und schaute den beiden einen Moment zu.

Ihr Vater würde es nicht fertigbringen, sie zu zwingen, Dieckhoff zu heiraten. Er war ungehalten und verstimmt und in Sorge, was sie sogar verstand.

Doch ihr Entschluss stand fest: Sie würde nach Paris zurückkehren und sich von Beermann ausbilden lassen. Auch gegen den Willen ihres Vaters.

Sie steuerte eine Bank an und setzte sich. Der unbequeme, höchst unpraktische Rock ihres Kleides bauschte sich, und sie zupfte ein wenig gereizt daran. Früher hatte sie manchmal darüber nachgedacht, wie es wohl wäre, wenn sie als Junge zur Welt gekommen wäre. Vielleicht hätte ihre Mutter sie dann lieben können.

Ich werde ungerecht. Sie hat mich geliebt, sie konnte es am Ende nur nicht mehr zeigen.

Sie hatte geglaubt, dass sie beide noch Zeit haben würden, sich auszusprechen und wieder zueinanderzufinden.

Doch der plötzliche Tod ihrer Mutter hatte diese Hoffnung zunichtegemacht.

Warum erinnere ich mich nicht mehr daran, wie sie vor ihrer Krankheit gewesen ist? Warum sehe ich sie nur als hysterische Furie mit weit aufgerissenen Augen und wirrem Haar vor mir, die mich anschreit, dass ich ihr zu gehorchen habe?

»Fräulein Jung?«

Eine Stimme riss sie aus ihren Gedanken, und sie hob den Kopf.

Vor ihr stand Emilie Jakoby, die Frau eines Geschäftspartners ihres Vaters. »Darf ich mich einen Moment zu Ihnen setzen?«

»Aber natürlich.« Selma rückte ein wenig zur Seite. Sie erkundigte sich nach Frau Jakobys Tochter, die unter Krampfanfällen litt.

»Der letzte Anfall liegt eine Weile zurück, ihr Mann mag sie kaum noch allein lassen. Der Arzt ist am Ende mit seinem Latein, fürchte ich.«

Selma unterdrückte ein Seufzen. »Wenn sie mit dem Aderlass nicht weiterkommen, sind sie ratlos.« Es war ihr herausgerutscht. »Verzeihung, das hätte ich nicht sagen sollen.«

»Sie erzählten, dass Sie darüber nachgedacht haben, eine medizinische Laufbahn einzuschlagen.« Frau Jakoby sah sie fragend an. »Aber mir scheint, Sie haben keine sehr hohe Meinung von Ärzten.«

Selma überlegte, ob und wie ehrlich sie sein konnte. »Ich wäre gern Ärztin geworden, aber vermutlich würde ich meine Visionen über Bord werfen und wie all die anderen Mediziner werden.«

Emilie Jakoby schaute verwundert, sagte jedoch nichts.

Nach einer kleinen Weile erhob sie sich wieder und strich ihr Kleid glatt. »Es war nett, mit Ihnen zu plaudern, Fräulein Jung. Meine Grüße an Ihren Vater. Wir werden uns doch sicher am kommenden Sonnabend sehen?« Sie spannte ihren Sonnenschirm auf.

»Sonnabend?«, fragte Selma zurück.

»Das Essen bei Ihrem Vater.«

»Oh, natürlich, das Essen.« Sie nickte und unterdrückte ein Aufstöhnen. Das Essen hatte sie vollkommen vergessen. »Ich denke, ich werde dann bereits wieder in Paris sein.«

»Wie bedauerlich. Auf Wiedersehen, Fräulein Jung.« Emilie Jakoby spazierte weiter. Der Saum ihres dunklen Rockes schleifte raschelnd über das Pflaster.

Selma blickte in die Ferne. Hin und wieder hatte sie an den Abendessen, die ihr Vater gab, teilgenommen. Sie hatte ihm eine Freude machen wollen, sie selbst machte sich nichts aus gesellschaftlichen Verpflichtungen.

Sie würde am Freitag nach Paris zurückkehren und noch heute eine Depesche an Beermann schicken.

5.

Ihr Vater saß noch immer in der Bibliothek, die Augen geschlossen.

»Du solltest schlafen gehen«, sagte sie leise, und er fuhr hoch. »Verzeih, ich wollte dich nicht erschrecken.«

»Schon gut.« Er griff nach ihrer Hand. »Setz dich einen Moment, ja? Ich weiß, du bist jung, und da kommen einem die seltsamsten Ideen ...«

Sie seufzte. »Es ist keine seltsame Idee, Papa, ich brauche eine Aufgabe, ich will etwas Sinnvolles tun. Mein Entschluss steht fest: Ich werde mich von Beermann ausbilden lassen. Ich werde am Freitag abreisen.«

»Ich dachte, du würdest wenigstens bis zum Wochenende bleiben. Ich möchte am Sonnabend meinen Nachfolger vorstellen und würde mich freuen, wenn du dabei wärst.«

Einen Augenblick dachte sie darüber nach. »Na schön«, sagte sie schließlich. »Ich werde dir den Gefallen tun.«

Er lächelte das erste Mal, seit sie über Beermann gesprochen hatten. »Das freut mich.«

Als sie sagte, dass sie in diesem Fall am Sonntag abreisen würde, wurde er wieder ernst. »Ich bin kein kleines Mädchen mehr, Papa«, sagte sie weiter. »Ich habe lange und ausführlich darüber nachgedacht. Es ist kein Hirngespinst, keine verrückte Idee. Ich möchte mich zur Homöopathin ausbilden lassen.« Sie holte tief Luft. »Ob du nun einverstanden bist oder nicht.«

Er schwieg eine Weile, dann nickte er. »Wie du meinst. Aber mit meiner Unterstützung darfst du nicht rechnen.«

Sie ging nicht darauf ein. »Soll ich Dieckhoff selbst sagen, dass ich ihn nicht heiraten werde, oder willst du es tun?«

»Du hast Glück, er ist Sonnabend nicht da.«

»Dann schreibe ich ihm.«

Ohne ein weiteres Wort stand ihr Vater auf und ging hinaus.

Kurz darauf verließ sie erneut die Villa.

Sie trug wieder einen Anzug mit Weste und Gehrock, das Haar unter einem Hut und einen Schnurrbart aus Ziegenhaar, der sie in der Nase kitzelte und an den sie sich wohl nie gewöhnen würde.

Auf der Straße pfiff sie vergnügt vor sich hin, schritt dabei weit aus und schwenkte den Gehstock, den sie bei sich hatte. Die Absätze ihrer flachen Schuhe hallten auf dem Kopfsteinpflaster.

Als eine ältere Frau mit einem Korb voller Eier an ihr vorbeiwollte, machte sie Platz. »Guten Abend, die Dame.«

»Guten Abend, der Herr.«

Selma spazierte weiter und pfiff ihr Lied. Sie bog in eine

schmale Gasse ein, es war nicht mehr weit bis zum Haus von Apotheker Hellwege, dem Mann ihrer Freundin Ruth.

Direkt über ihr ging ein Fenster auf, und eine Frau rief mit schriller Stimme: »Herr Kürschner? Na, Sie haben Nerven, sich um diese Zeit noch blicken zu lassen!«

»Das muss eine Verwechslung sein, werte Frau.« Selma tippte sich an den Hut und deutete eine kleine Verbeugung an, bevor sie weiterging.

»Oh bitte verzeihen Sie. Nichts für ungut.« Das Fenster wurde wieder geschlossen.

Selma blieb vor dem hutzeligen Fachwerkhaus mit der Nummer sechs stehen und klopfte an.

Es dauerte eine Weile, dann waren Schritte zu hören und gleich darauf Ruths Stimme. »Wer ist da?«

»Ich bin's, werte Frau Hellwege.«

»Und wer ist ›ich‹?«

»Herr Jung, Anselm Jung.« Den Namen hatte Selma sich gegeben, als sie das erste Mal als Mann verkleidet gereist war.

Ihre Freundin kicherte. »Ach so, natürlich, Herr Jung. Hatten wir eine Verabredung?«

»Aber gewiss doch, Frau Hellwege. Ich verzehre mich schon den ganzen Tag nach Ihnen.«

»Oh, aber nicht doch! Wenn mein Mann uns hört!«

Die Tür wurde geöffnet, und die Freundinnen fielen sich lachend um den Hals.

»Möchtest du einen Schnaps, oder trinkt ein Mannsbild wie du etwa Sherry?«, fragte Ruth.

»Gerne einen Sherry. Es sieht mich ja niemand.«

Als junges Mädchen war sie das erste Mal in Herrenkleidung durch Lübeck gestreift und hatte die Erkenntnis gewonnen, dass Männer sich nahezu alles herausnehmen konnten. Sie durften auf offener Straße laut lachen, schäbige Witze machen und sich flegelhaft benehmen.

Als Anselm tat Selma nichts von alldem, sie beobachtete nur und zog ihre Schlüsse: Ein Mann hatte es so viel leichter als eine Frau. Er durfte offen seine Meinung kundtun – es wurde sogar von ihm erwartet –, während eine Frau am besten nicht einmal über Dinge nachdachte, die sie ohnehin nicht verstand. Ein Mann suchte sich die Frau aus, die er zu heiraten gedachte, und durfte fortan über sie bestimmen.

Ruth schenkte ihnen beiden einen Sherry ein, und sie setzten sich an den Küchentisch.

»Wo ist dein Mann?«, fragte Selma.

»Er liegt in der Stube auf dem Sofa und schläft den Schlaf der Gerechten. Wenn er abends aus der Apotheke kommt, isst er eine Kleinigkeit, legt sich hin und ist innerhalb weniger Minuten eingeschlafen. Beneidenswert.«

»Allerdings. Ich liege oft bis nach Mitternacht wach.« Selma nippte an ihrem Sherry und erkundigte sich nach Ruths Tochter, der zweijährigen Sophie. Ruth hatte ihr geschrieben, dass das Mädchen schon zum dritten Mal in diesem Jahr eine Ohrenentzündung hatte.

»Besser. Heute Abend ist sie rasch eingeschlafen. Danke für deinen Rat, ihr auch nachts ein Mützchen anzuziehen.«

Selma nickte mit einem Lächeln und trank ihren Sherry aus. »Dieckhoff hat um meine Hand angehalten«, sagte sie nach einer Weile.

»Ach du lieber Himmel! Aber du wirst ihn nicht heiraten?«

»Natürlich nicht. Er ist ein Widerling. Du hättest sehen sollen, wie er mich manchmal angeschaut hat. Als überlegte er, mich zum Mittagessen zu verspeisen.«

»Du bist eine gute Partie, vergiss das nicht.«

»Dieckhoff ist wohlhabend genug, er braucht unser Geld nicht. Und bevor ich einen Mann wie ihn heirate, bleibe ich lieber bis zum Ende meines Lebens allein.« Es klang verblüffend abgeklärt, doch in ihrem Inneren sah es ganz anders aus. Wollte sie wirklich für den Rest ihres Lebens allein bleiben? »Aber ich habe ohnehin andere Pläne. Ich werde nach Paris zurückgehen und mich in der Heilkunde ausbilden lassen.«

Sie erzählte ihrer Freundin von der Begegnung mit Beermann.

Ruth sagte zunächst nichts, sie hatte nur überrascht die Augenbrauen gehoben. Schließlich meinte sie: »Ist das nicht etwas überstürzt? Du bist Künstlerin, Selma.«

»Ich glaube an die Homöopathie. Ich habe lange nach einer Aufgabe gesucht, jetzt habe ich sie endlich gefunden.«

Sie hatte ihrer Freundin nie von Pierre erzählt. Ruth wäre schockiert, was für ein liederliches Leben sie in Paris geführt hatte. Sie war im Nachhinein ja selbst schockiert.

Sie hatte Pierre gemocht, aber nicht geliebt. Er hatte ihr gezeigt, wie leicht man das Leben nehmen konnte, und das hatte ihr gefallen.

»Was sagt dein Vater dazu?«

»Er ist wütend auf mich. Er findet, ich solle erwachsen werden, heiraten und eine Familie gründen.«

Ruth legte ihr die Hand auf den Unterarm. »Nicht alle Männer sind wie Dieckhoff.«

»Du hast gut reden. Du hast Glück gehabt mit deinem Erich.«

»Mit Glück allein führt man noch keine gute Ehe. Es bedeutet Arbeit. Für beide.«

Selma bat um einen weiteren Sherry. »Ich möchte einen Mann lieben, auch wenn das ein irrwitziger Wunsch ist.«

»Es wird diesen Mann geben, den du lieben kannst.«

Selma schüttelte den Kopf. »Daran glaube ich nicht mehr.«

»Seit wann glaubst du nicht mehr an die Liebe?«

»Ich weiß nicht, ob ich überhaupt je daran geglaubt habe.« Selma trank ihren Sherry aus, erhob sich und dehnte ihr Kreuz. Der Anzug kratzte grässlich. Vielleicht hatten Männer es doch nicht uneingeschränkt gut und deutlich bequemer. Sie kratzte sich ein wenig verstohlen am Bein.

Ruth brachte sie zur Tür. Aus der Stube war Erichs Schnarchen zu hören. »Wie kannst du bei dem Krach schlafen?«, flüsterte sie.

Ihre Freundin zuckte die Schultern. »Ich habe mich daran gewöhnt.«

»Gewöhnt.« Selma nickte nachdenklich. Vielleicht war das des Rätsels Lösung: Gewohnheit. Würde sie selbst sich an einen Mann wie Dieckhoff gewöhnen können?

Sie setzte den Hut auf und schob ihr Haar darunter.

»Weswegen hast du den Kopf geschüttelt?«, fragte Ruth.

»Ich dachte gerade, ob es das ist, was eine gute Ehe ausmacht: die Gewohnheit.«

»Möglicherweise ist das ein nicht ganz unwichtiger Punkt.« Ruth küsste sie auf die Wange. »Es war schön, dass du da warst. Kommst du noch einmal, um dich zu verabschieden?«

Selma nickte. »Ich werde erst am Sonntag reisen. Ich habe meinem Vater versprochen, bei seinem Geschäftsessen am Sonnabend dabei zu sein.«

6.

Selma hatte sich für ein fliederfarbenes, weit ausgeschnittenes Kleid entschieden. Wenn Dieckhoff gekommen wäre, hätte sie es nicht angezogen, weil er vermutlich den ganzen Abend auf ihr Dekolleté gestarrt hätte.

Ihr Haar hatte sie mit Kämmen und Spangen kunstvoll hochdrapiert und mit Bändern und Schleifen geschmückt, wie es gerade Mode war. Selma war fest entschlossen, sich an diesem Abend zu amüsieren.

Als sie die Treppe hinunterkam, waren die ersten Gäste bereits eingetroffen. Sie begrüßte sie und plauderte ein paar Sätze mit ihnen.

»Was für ein bezauberndes Kleid«, meinte eine der Frauen. »Sie müssen mir unbedingt den Namen Ihres Schneiders verraten.«

Selma versprach es, machte noch ein wenig Konversation und ging dann in den großen Salon, um sich zu vergewissern, dass der Tisch fertig gedeckt war.

Das Dienstmädchen war noch dabei, die Bestecke zurechtzurücken. Es knickste, als sie hereinkam. »Ich hoffe, es ist alles zu Ihrer Zufriedenheit.«

Selma lächelte. »Aber ja, danke, Anna.«

Das Mädchen verschwand in der Küche, um der Köchin zur Hand zu gehen.

Draußen in der Diele ging es unterdessen immer lebhafter zu, laute Stimmen und Gelächter waren zu hören.

Selma atmete tief durch, hielt noch einen Moment inne und öffnete dann die beiden Flügeltüren, um die Gäste hereinzulassen.

Das Essen war fantastisch, und für ihre Verhältnisse hatte sie mit recht großem Appetit gegessen und sich sogar ein weiteres Mal auftun lassen. Sie zupfte verstohlen an ihrem eng taillierten Kleid. Sie trank einen Schluck Weißwein und nickte ihrer Nachbarin zur Rechten freundlich zu, die sich kleinlaut dafür entschuldigte, sie angestoßen zu haben. »Diese Ärmel sind todschick, aber schrecklich unpraktisch, finden Sie nicht auch?«

»Da haben Sie völlig recht«, bestätigte Selma.

Ihr Vater stand auf und klopfte an sein Weinglas.

»Ich unterbreche ungern Ihre Unterhaltungen ...« Er lächelte in die Runde, und Selma fiel wieder einmal auf, wie charmant er sein konnte. »Liebe Freunde, ich freue mich, dass Sie alle meiner Einladung gefolgt sind.« Er räusperte sich. »Ich möchte etwas bekannt geben: Ich werde mich in absehbarer Zeit aus dem Geschäft zurückziehen und habe Herrn Klee die Nachfolge angeboten.«

Einige schauten sich verblüfft an, andere tuschelten miteinander. Die Nachricht schien alle zu überraschen.

Selma ließ den Blick schweifen. Wer von den anwesenden Männern mochte Gustav Klee sein?

Ihr Vater nickte jemandem zu und hob sein Glas. »Gustav? Ich trinke auf Ihr Wohl.«

»Ich würde auch gern etwas sagen, Herr Jung.«

Diese Stimme! Selma hätte sich gern weiter vorgebeugt, um einen Blick auf Klee werfen zu können, der ein paar Plätze neben ihr zu sitzen schien. Er hatte eine dunkle, äußerst angenehme Stimme.

»Bitte.« Ihr Vater setzte sich wieder.

»Ich danke Ihnen, Herr Jung. Für Ihr Vertrauen in mich und die Chance, die Sie mir bieten. Als Sie mich gefragt haben, ob ich mir vorstellen könne, Ihr Nachfolger zu werden, war ich ...«

Er schien nach Worten zu suchen, und die ältere Frau, die ihm gegenübersaß – sie konnte Selma gut sehen –, lachte leise. »Nun, ich war sehr verwundert, dass Sie ausgerechnet mich auserkoren hatten. Ich habe eine Weile darüber nachgedacht, bis mir klar wurde, dass man derartige Gelegenheiten, wenn sie sich einem bieten, niemals ausschlagen sollte. Meine Mutter würde sagen: ›Wenn dir ein vierblättriges Kleeblatt vor die Füße fällt, wirst du es aufheben und nicht daran vorbeigehen wollen.‹ Und wie das mit Müttern so ist: Sie haben meistens recht, nicht wahr?« Die Frau ihm gegenüber applaudierte mit verzücktem Gesichtsausdruck. »Ich freue mich auf die neue Aufgabe und werde hoffentlich ein würdiger Nachfolger sein.«

Alle klatschten und prosteten ihm zu.

Selma hatte mit angehaltenem Atem gelauscht. Klees

Stimme hatte sie so neugierig gemacht, dass sie beschloss, ihren Vater gleich nach dem Essen zu bitten, sie miteinander bekannt zu machen. Sie war ungeheuer gespannt auf den Mann.

Etwas später standen sie sich gegenüber.

Sie waren sich in der Diele begegnet, als Selma in ihr Zimmer gehen und Parfüm nachlegen wollte. Ihr Vater war mit Klee aus der Bibliothek gekommen, in die die Männer sich zurückgezogen hatten, um zu rauchen und über Politik zu sprechen.

»Ah, Selma!«, sagte ihr Vater erfreut. »Darf ich dir Gustav Klee vorstellen? Gustav, das ist meine Tochter Selma.«

Die beiden schüttelten einander die Hand und schauten sich in die Augen. Es kam Selma unschicklich vor, ihn so anzustarren, doch sie konnte nicht anders. Der große, stattliche Mann vor ihr war also Gustav Klee. Er hatte hellbraunes, leicht welliges, tadellos geschnittenes Haar und war dem Anlass entsprechend elegant gekleidet. Ein zweifellos sehr attraktiver Mann.

Sie blinzelte verwirrt, als ihr die Worte ihres Vaters wieder durch den Kopf gingen: »Du könntest heiraten und eine Familie gründen.« In diesem Augenblick erschien ihr diese Vorstellung ausgesprochen verlockend.

Sie räusperte sich und musste husten.

»Fräulein Jung.« Klee nahm vorsichtig ihre Hand, als wäre sie aus Glas, und hauchte einen Kuss darauf. »Ich freue mich sehr, Sie kennenzulernen.«

»Ganz meinerseits, Herr Klee«, hörte sie sich mit kratziger Stimme sagen. Hatte sein Anblick sie so durcheinandergebracht? Das hatte noch kein Mann vor ihm geschafft.

»Sie sind Malerin, erzählte Ihr Vater.« Er lächelte sie an, und sie spürte, wie sich ihr Magen zusammenzog und ihr Herz einen Satz machte. »Das Bild dort drüben stammt von Ihnen, nicht wahr?«

Von welchem Bild sprach er? Sie wusste gerade kaum, wo sie sich befanden. Ihre Füße schienen den Fußboden nicht zu berühren. »Das Bild, ja ...«, stammelte sie.

»Das Holstentor«, half er ihr auf die Sprünge und lächelte wieder.

»Ach ja, das Holstentor.« Sie erwiderte das Lächeln.

Seine Mundwinkel zuckten belustigt.

Selma überlegte, die Hand auszustrecken und mit dem Finger die Linien seiner Lippen nachzuziehen. Gottlob tat sie es nicht, auch wenn sie meinte, ihre Hand tatsächlich kurz gehoben zu haben.

»Das Bild gefällt mir sehr.«

Sie gefallen mir auch sehr. Sie schluckte. Himmel, konnte es sein, dass dieser im Grunde vollkommen fremde Mann im Bruchteil eines Moments ihr Herz erobert hatte? Das Herz, das sie nicht mehr verschenken wollte, weil sie zu misstrauisch, zu ernüchtert war?

»Sie haben in Paris studiert, erzählte mir Ihr Vater.«

Sie nickte.

»Würden Sie mir ein bisschen von der Stadt erzählen?«, bat er. »Ich war noch nie dort, es muss ein aufregender Ort sein.«

Sie spürte, wie ihr das Blut ins Gesicht schoss, und ihr wurde heiß. Paris war gerade so weit weg wie der Mond.

Klee hatte graublaue Augen, Augen, in denen sie versinken wollte. »Das ist wahr.« Sie musste sich erneut räuspern. »Paris ist traumhaft schön.«

Ihr Vater legte ihr die Hand auf die Schulter. »Plaudert nur ein wenig. Wenn ich mich dann zurückziehen darf?«

Geh nicht!, flehte sie im Stillen. *Lass mich nicht mit ihm allein!* Zugleich schrie alles in ihr, dass sie genau das wollte. Sie wollte mit Gustav Klee irgendwo sitzen und ihn in aller Ruhe anschauen dürfen. Sie wollte sich sein Gesicht einprägen, seiner Stimme lauschen, ihn lächeln sehen.

»Wollen wir in den kleinen Salon gehen?«, fragte er, und sie nickte.

Auf wackligen Beinen folgte sie ihm und war froh, als sie sich in einen der Sessel setzen konnte.

»Darf ich Ihnen etwas zu trinken bringen?«

Wieder nickte sie. Sie fühlte sich wie betäubt.

Es dauerte eine kleine Ewigkeit, bis sie sich das Paris, wie sie es erlebt und lieben gelernt hatte, wieder ins Gedächtnis und vor Augen gerufen hatte, um Klee davon berichten zu können. Bis dahin hatte sie sich mit einer Hand an ihrem Sherry festgehalten und mit der anderen an ihrem Kleid gezupft. Ihr Blick war unruhig durchs Zimmer gehuscht und gleich wieder zu Klee zurückgekehrt.

Mit einem Mal überkam sie ein lächerlicher, fast überwältigender Drang, aufzuspringen und durchs Zimmer zu tanzen, die Hände über dem Kopf wie eine Primaballerina.

Das Leben war wunderbar! Das war es doch wirklich, nicht wahr?

Und während sie ihm von Paris erzählte, ließ sie ihn keinen Moment aus den Augen und prägte sich sein Gesicht ein: seine gerade, etwas zu große Nase, die graublauen Augen, die so viel Wärme und Güte ausstrahlten, und seine Lippen, die sie zu gern berühren würde.

Sie verschwendete nicht einen Gedanken daran, dass sie eigentlich am nächsten Tag nach Paris zurückkehren wollte.

Es gab nur noch sie und Gustav Klee – und die zunächst noch vage Vorstellung, dass ihr Leben eine vollkommen andere Wendung nehmen könnte, als sie je gedacht oder auch nur in Erwägung gezogen hatte.

7.

Am Sonntag lief Selma durch die Stadt, um ihre Gedanken zu ordnen. Wie auf Wolken schwebte sie umher, die Farben um sie herum waren leuchtender, intensiver, das Blau des Himmels kräftiger und das Rauschen des Windes wie Musik in ihren Ohren. Sie würde nicht nach Paris zurückfahren, es kam ihr gerade vollkommen absurd vor, auch nur darüber nachzudenken.

Als sie heimkam, saß ihr Vater mit Gustav Klee in der Bibliothek. Wie vom Blitz getroffen blieb sie in der Tür stehen. Ihr Herz klopfte bis zum Hals, und sie überlegte fieberhaft, was sie sagen sollte.

»Selma«, begrüßte ihr Vater sie. »Du warst lange weg. Warum setzt du dich nicht zu uns?«

Sie blickte rasch an sich hinab. Sie hatte am Morgen nicht groß darüber nachgedacht, was sie anziehen sollte, und nach dem Kleid gegriffen, das am Schrank hing.

Während sie zum Stuhl ging, strich sie über ihr Haar. Eine Strähne hatte sich gelöst, und sie schob sie hinters Ohr.

Sie setzte sich und warf Klee einen flüchtigen Blick zu.

Er sah sie an, lächelte und nickte ihr zu. In seinen Augen funkelte es. Ihretwegen?

Sie erwiderte das Lächeln und schluckte mehrmals hintereinander. Sie sollte etwas Kluges sagen, nur fiel ihr leider nichts ein.

Am Abend zuvor hatten sie lange miteinander geredet, erst über Paris, dann über die Kunst, die Malerei und schließlich über Literatur, für die er sich sehr interessierte.

»Ein herrliches Wetter, nicht wahr?«

Du Dummerchen! Etwas Kluges, Selma!

Klee lächelte wieder. »Oh ja, ich mag den Herbst sehr.«

»Ich auch«, hauchte sie.

»Hast du schon gepackt?«, riss ihr Vater sie aus einem Tagtraum, in dem sie und Gustav Hand in Hand einen Spaziergang machten, buntes, knisterndes Laub zu ihren Füßen.

»Wie bitte?«, fragte sie zerstreut. Dann schluckte sie wieder. »Nein, ich …« Sie räusperte sich. »Ich werde nicht nach Paris zurückkehren.«

Ihr Vater stutzte. »Ach so? Weshalb erfahre ich das erst jetzt?«

»Weil ich … ich habe meine Meinung geändert.« Sogar in ihren Ohren klang das wie die Worte eines Kindes, das mal Hü, mal Hott sagte. Noch vor wenigen Tagen war sie fest entschlossen gewesen, einen anderen Weg einzuschlagen, ihren Weg, und nun saß sie hier und plapperte davon, dass sie ihre Meinung geändert habe, praktisch über Nacht.

»Sie wollten wieder nach Paris?«, durchbrach Klee ihre Gedanken.

»Ja, ich …« Sie verstummte.

»Nun, darauf sollten wir anstoßen.« Ihr Vater stand auf und schenkte ihnen ein Glas Portwein ein. »Auf meine Tochter! Ich freue mich, dass du dich entschlossen hast zu bleiben.«

Hatte er ihr zugezwinkert? Ahnte er, was der Grund für ihre Meinungsänderung, ihren Stimmungswechsel war?

Gustav prostete ihr zu. Sie musste den Blick abwenden, weil ihr heiß und kalt wurde.

Ihr Vater stellte sein Glas ab und stand auf. »Ich habe noch etwas Wichtiges zu erledigen. Darf ich euch einen Moment allein lassen?«

»Natürlich«, kam es aus ihrem und Gustavs Mund.

Als ihr Vater an ihr vorbeiging, war ihr, als zuckten seine Mundwinkel leicht.

»Sie haben mir gestern kein Sterbenswort davon gesagt, dass Sie nach Paris zurückwollten«, sagte Gustav, nachdem sich die Tür hinter ihrem Vater geschlossen hatte.

Selma schwieg. Was sollte sie auch sagen?

»Es ist seltsam.« Er räusperte sich. »Wir wissen kaum etwas voneinander, und trotzdem habe ich das Gefühl, Sie schon sehr lange zu kennen.«

Sie versank in seinem Blick, in seinen Augen.

Kurz flammte etwas wie Panik in ihr auf, er hatte recht, sie wussten doch gar nichts voneinander. Sie sollte vorsichtiger sein, ihre Gefühle hinterfragen, vielleicht sogar ihre Entscheidung überdenken. Wenn es doch nur nicht so überwältigend wäre, so himmlisch!

»Sie sind eine beeindruckende, hinreißende Frau.« Gustav räusperte sich erneut und stand rasch auf. »Verzeihung, das hatte ich gar nicht ... Ich sollte jetzt gehen.«

Er war so schnell aus der Tür, dass Selma für einen Moment glaubte, geträumt zu haben: Sie und Gustav in der Bibliothek bei einem Glas Portwein, und er nannte sie eine hinreißende Frau?

Sie wollte aufstehen, ihm nachlaufen, doch sie blieb sitzen; verwundert und irritiert. Hatte sie sich in ihm getäuscht? Hatte sie sich geirrt, als sie glaubte, sie habe auch sein Herz erobert?

Am Abend ging sie zu Ruth, sie musste es sich dringend von der Seele reden. Mit ihrem Vater konnte und wollte sie nicht darüber sprechen. Sie hatte den Mann getroffen, auf den sie, ohne es gewusst zu haben, ihr ganzes Leben gewartet hatte. Noch vor zwei Tagen war ihre Welt eine andere gewesen, hatte die Erde sich anders gedreht.

Als sie durch die Gassen lief und das Rascheln ihres langen Rockes hörte, fühlte sie sich, als wäre sie durchsichtig und jeder könnte in ihr Inneres blicken. Sie kam sich schutzlos und verängstigt vor.

Sie klopfte an die Tür des Fachwerkhauses und horchte. Vielleicht war Ruth gar nicht da. *Bitte*, flehte sie, *ich will nicht wieder heimgehen, ohne es erzählt zu haben.*

Die Tür wurde geöffnet. »Selma. Du kommst so spät, um dich zu verabschieden?«

»Ich möchte mich nicht verabschieden. Darf ich hereinkommen?«

Ihre Freundin trat beiseite. »Ich habe gerade Sophie ins Bett gebracht. Lass uns in die Küche gehen.«

Selma setzte sich an den Tisch und stützte die Ellbogen auf. Sie konnte das breite Lächeln nicht abstellen.

»Was ist mit dir?«, fragte Ruth. »Du strahlst ja so.«

»Ich glaube, ich habe mich verliebt, Ruth.«

»Wie bitte?«

»Ich habe ihn gerade erst kennengelernt, aber ich weiß schon jetzt, dass ich ... Er ist wunderbar, Ruth, attraktiv und gebildet, klug und sanftmütig.«

»Hat er auch einen Namen?«

»Gustav. Gustav Klee. Er ist der Nachfolger meines Vaters.«

»Weiß dein Vater, wie sehr dieser Mann dich beeindruckt hat?«

»Nein, ich weiß es ja selbst erst ... Ich bin mir noch gar nicht sicher ...«

»Ob du wirklich verliebt bist?« Ihre Freundin schmunzelte. »Dann schau in den Spiegel, Selma.«

»Es kommt mir vor wie ein Traum. Vor zwei Tagen sagte ich noch, es gebe keinen Mann, den ich lieben könnte, und nun ...« Sie seufzte. »Nun habe ich Gustav getroffen. Mein Leben steht kopf, Ruth.«

»So ist das mit der Liebe.«

»Ich kann mir plötzlich vorstellen, zu heiraten und eine Familie zu gründen. Mit Gustav.« Selma musste zu Atem kommen, sie hatte so schnell gesprochen.

»Dann wirst du nicht nach Paris zurückgehen?«

»Nach Paris? Um Himmels willen, nein!«

Sie sahen einander an und mussten gleichzeitig lachen.

Am Tag darauf saß Selma in der Bibliothek und las Goethes *Die Wahlverwandtschaften*. Viel hatte sie bisher nicht wahrgenommen, die Worte und Buchstaben sprangen vor ihren Augen umher wie junge Lämmer. Es war eigenartig, dass sie sich ausgerechnet dieses Buch aus dem Regal gegriffen hatte: die Beziehung eines Paares, dessen Ehe nicht von Liebe, sondern Vertrautheit geprägt ist.

Meine Ehe sollte von Liebe geprägt sein, dachte sie.

Es klopfte an der Tür, und sie hob zerstreut den Kopf. »Ja, bitte.«

Sie sprang auf, das Buch fiel zu Boden, als Gustav hereinkam. »Ihr Vater sagte mir, dass Sie hier sind. Ich störe hoffentlich nicht.«

»Gustav! Ich meine, Herr Klee!«

»Ich musste Sie sehen, Selma.« Er setzte sich neben sie und nahm ein wenig schüchtern ihre Hand. »Ich kann nicht mehr schlafen. Ich kann nicht einmal mehr klar denken.«

»Das geht mir auch so«, flüsterte sie.

Wie vertraut wir uns sind. Als wäre längst alles zwischen uns geklärt.

Er führte ihre Hand an seine Lippen und küsste sie.

Selma schnappte nach Luft. Es fühlte sich himmlisch an.

»Warum sind wir uns erst jetzt begegnet?« Es klang zutiefst bedauernd. »Alles wäre anders, wenn wir uns früher begegnet wären.«

»Ist das wirklich wichtig?«, sagte sie leise. »Ist nicht nur wichtig, dass wir uns begegnet sind?«

Er lächelte traurig und küsste erneut ihre Hand. »Ich wusste nicht, dass ich jemals so für eine Frau empfinden kann. Ich dachte immer ...« Er brach ab und sah sie nur an. Langsam legte er einen Finger unter ihr Kinn und hob es an. »Ich habe mich in Sie verliebt, als Sie das erste Mal vor mir standen.«

Sie schluckte. »Wenn mein Vater uns so sieht ...«

Sofort ließ er ihr Kinn los. »Sie haben recht, ich sollte nicht ...« Es flackerte in seinem Blick, und für einen Moment glaubte sie, dass er sie an sich ziehen würde, doch er erhob sich. »Ich sollte jetzt wieder gehen. Ich musste Sie unbedingt sehen, aber ich sollte wirklich gehen.«

»Was haben Sie denn?« Sie war ebenfalls aufgestanden.

Er ging zur Tür, und sie folgte ihm. »Gustav! So warten Sie doch. Mein Vater wird froh sein, glücklich, dass wir ...«

Er drehte sich zu ihr um, dann huschte erneut ein unendlich trauriges Lächeln über sein Gesicht; das Gesicht, das sie seit ihrer ersten Begegnung jede Minute vor sich gehabt hatte. »Auf Wiedersehen, Selma.«

»Es geht zu schnell, Sie haben recht, Gustav. Mir ist auch ganz schwindelig, aber wir ...« Wie ein junger Hund lief sie hinter ihm her bis zur Haustür.

Das Dienstmädchen kam aus der Küche. »Der Herr möchte schon gehen?«

»Ich mache das schon, Anna.« Selma wartete, bis Anna wieder in der Küche verschwunden war, dann flüsterte sie: »Wir müssen es nicht überstürzen, Gustav.«

»Nein, Sie haben recht.« Nun klang seine Stimme wieder zärtlich, liebevoll.

Ehe sie sichs versah, hatte er sie an sich gezogen und geküsst. Ein Kuss, der ihr durch und durch ging. Und ein Kuss, den sie nie vergessen würde, niemals, das wusste sie.

Rasch ließ er sie wieder los. »Es tut mir leid.« Es klang erschrocken, gequält. Er schlüpfte aus der Tür und lief mit großen, eiligen Schritten zur Gartenpforte.

Selma blieb in der Tür stehen, den Druck seiner warmen Lippen noch immer auf ihren. Sie hob die Hand, doch er drehte sich nicht mehr um.

8.

Am folgenden Tag hatte Selma ihren Vater wie beiläufig nach Gustavs Adresse gefragt, so, als hätte er es bereits irgendwann erwähnt und sie es nur wieder vergessen.

Anschließend zog sie sich an und machte sich auf den Weg.

Sie glaubte nicht, dass sie den Mut finden und anklopfen würde.

Warum sie also zu ihm lief, wusste sie nicht. Sie wusste nur, dass sie nicht untätig herumsitzen und die Zeit totschlagen wollte. Gustav hatte sich ausgesprochen seltsam verhalten, und sie erwartete eine Erklärung.

Als sie die Klee-Villa von Weitem sah, zog sich ihr Magen vor Furcht zusammen. Sie sollte besser gleich wieder kehrtmachen.

Doch ihre Beine liefen von allein weiter, blieben an der schmiedeeisernen Pforte stehen, und ihre Augen wanderten umher und suchten die Fenster ab, die zur Straße hinausgingen.

War Gustav zu Hause?

Sie duckte sich hinter die Hecke – eine ganz ähnliche

umsäumte auch die Villa ihres Vaters –, als sie meinte, die Umrisse eines Mannes in einem der Fenster entdeckt zu haben. Gustav? Stand er dort und beobachtete sie? Würde er herauskommen und sie bitten einzutreten? Würde er sie seiner Mutter vorstellen?

Von ihrem Vater wusste sie, dass sein Vater vor einiger Zeit verstorben war und er mit seiner Mutter und einer Haushälterin in der elterlichen Villa wohnte.

Selma lugte hinter der Hecke hervor. Stand er noch da?

Nein, es war niemand mehr zu sehen. Sie hielt den Atem an. Würde sich gleich die Haustür öffnen?

Als sich nichts tat, war sie für einen Moment enttäuscht.

Dann besann sie sich und schüttelte den Kopf. Was hatte sie denn erwartet?

Selma wollte gerade wieder gehen, als die Tür tatsächlich geöffnet wurde. Blitzschnell hatte sie sich an die Hecke gedrückt. Die Zweige pikten sie, und der intensive harzige Geruch stieg ihr in die Nase. Hoffentlich musste sie nicht niesen. Sie nestelte in ihrer Manteltasche nach einem Taschentuch und hielt es sich unter die Nase.

Das Trappeln von Pferdehufen auf Kopfsteinpflaster war zu hören. Eine Kutsche näherte sich.

Selma lief auf die andere Straßenseite. Dort versteckte sie sich in einem Hauseingang und warf einen Blick auf die Villa.

Gustav stand an der Pforte. Offenbar hatte er die Kutsche bestellt.

Ihr Herz pochte gegen den Rippenbogen, und ihr Magen zog sich zusammen. Es war schön, ihn zu sehen – wenn auch nur von Weitem –, zugleich kam sie sich wie eine Diebin vor, die sein Haus ausspionierte. Sie würde so gerne zu ihm laufen, ihn fragen, warum er einfach davongeeilt war. Ob er sich seiner Gefühle nicht sicher war? Aber auch darüber könnten sie sprechen. Selma war sich ihrer Gefühle ja auch nicht sicher, und sie wäre dankbar, wenn sie ihm davon erzählen könnte.

Die Kutsche hielt an, und Gustav stieg ein.

Sie hatte jeden seiner Schritte, jede seiner Bewegungen beobachtet. Mit einem Mal war sie sich sicher. Wie hatte sie bis eben noch denken können, sie sei es nicht?

Sie liebte ihn. Er war der Mann, den sie sich immer erträumt hatte, den sie heiraten und dem sie Kinder schenken wollte.

Sie spürte einen Kloß im Hals und presste die Hand auf den Mund, weil sie glaubte, weinen zu müssen. Vor Glück, Sehnsucht und Liebe. Emotionen, die sie überforderten, sprachlos machten. Nie zuvor hatte sie so empfunden, sie hatte sogar gedacht, nie so empfinden zu können.

Als die Kutsche losfuhr, blickte Selma ihr nach, bis sie nicht mehr zu sehen war. Sie stellte sich vor, dass sie neben Gustav saß, den Kopf an seiner Schulter. *Wo fahren wir eigentlich hin?*

Das ist eine Überraschung, mein Liebling. Er würde sie auf den Mund küssen, und ihr Hut würde verrutschen. Lachend würde sie ihn richten, und Gustav würde ihr dabei zusehen.

Selma lehnte den Kopf an die kalten Steine des Hauses.

Sie schüttelte ihren Tagtraum ab, gleichgültig, wie schön er auch gewesen war.

Mit einem Brennen im Magen, einem wild galoppierenden Herzen und einem umherkreisenden Gedankenkarussell trat sie den Heimweg an.

Selma wartete und wartete. Darauf, dass Gustav kam und sich ihr erklärte. Doch er kam nicht.

Sie wartete zwei Tage, dann hielt sie es nicht mehr aus. Sie zog sich warm an – an diesem Tag fegte ein ungemütlicher Wind über die Stadt hinweg – und machte einen Spaziergang an der Trave. Um sich auf eine Bank zu setzen, war es zu kalt. Deshalb stand sie eine Weile am Ufer und starrte aufs Wasser. Hoffentlich verhalf ihr die kalte, frische Luft zu einem klaren Kopf.

Wie lange sollte sie noch warten? Es kam ihr bereits vor, als wartete sie seit Wochen. Warum war er davongelaufen? Vor ihr, so hatte es doch ausgesehen. Sie wollte den Grund für sein seltsames Verhalten wissen, wollte seine Stimme hören, ihn ansehen und seinen Duft einatmen.

Sie blieb noch einen Moment stehen, zitternd vor Kälte.

Ihr fiel plötzlich ein, dass sie vergessen hatte, Beermann Bescheid zu geben. Auch er wartete.

In der letzten Depesche, die sie ihm geschickt hatte, stand, dass sie sich darauf freute, von ihm ausgebildet zu werden. Sie sollte ihm noch heute schreiben.

Er wird furchtbar enttäuscht sein. Für einen Moment überkam Selma das schlechte Gewissen; schon wieder würde sie jemanden enttäuschen.

Mit einem Ziehen im Magen wandte sie sich ab und beschloss, einen kleinen Umweg zu machen und in der Kirche eine Kerze für ihre Mutter anzuzünden.

Als sie in eine Seitengasse einbog, kam ihr eine junge Frau entgegen. Um ein Haar wären sie ineinandergelaufen.

»Selma?« Die Frau war vor ihr stehen geblieben, den Kopf zur Seite geneigt.

Selma hatte sie sofort erkannt. »Luise.«

Sie waren zusammen zur Schule gegangen, seitdem hatten sie sich nicht wiedergesehen. Luise war damals ein hübsches, anmutiges Mädchen mit rotblondem Haar gewesen, immer ein wenig blass und häufig kränklich.

Hübsch und anmutig war sie immer noch – und so elegant! Sie trug einen edlen Wollmantel mit passendem Hut und Handschuhen, sogar ihr kleines Täschchen passte ganz hervorragend dazu.

»Ich scheine mich nicht sehr verändert zu haben.« Sie lachte. »Du hast dich auch nicht verändert. Wir sind wohl nur ein bisschen älter geworden.« Sie schlang die Pelerine enger um ihre Schultern. »Huh, ist das kalt heute.«

»Dann lebst du noch immer hier in Lübeck?«, fragte Selma.

»Ja. Und du?«

»Ich habe ein paar Jahre in Paris gelebt. Ich habe dort Malerei studiert.«

»Paris.« Luise seufzte. »Ich möchte unbedingt auch mal hin.« Sie kam einen Schritt näher. »Vielleicht verbringen wir unsere Flitterwochen ja dort.«

»Oh, dann wirst du heiraten.« Selma lächelte wieder. *Wer weiß, vielleicht werde ich auch bald heiraten.*

Luise zog den linken Handschuh aus und wedelte mit der Hand. Ihre hellblauen Augen strahlten mit ihrem Verlobungsring um die Wette. »Ja, Anfang des Jahres. Wir haben vergangene Woche unsere Verlobung bekannt gegeben. Ich würde eine Hochzeit im Mai ja viel schöner finden, aber Vater möchte es so. Was ist mit dir, Selma?« Sie warf einen Blick auf Selmas rechte Hand, an der weder ein Verlobungs- noch ein Ehering prangte. Dafür ein sehr hübscher Ring, den ihre Großmutter ihr geschenkt hatte.

»Ich bin weder verlobt noch verheiratet.« *Aber dafür schrecklich verliebt!*

Luise legte ihr die Hand auf den Arm. »Du strahlst so, ich wette, es gibt einen hübschen jungen Mann, an den du gerade denken musstest, nicht wahr? Meine Eltern geben morgen Abend ein kleines Fest für uns. Ich würde es wundervoll finden, wenn du auch kommst.«

Selma war etwas überrascht über diese spontane Einladung. »Meine Eltern werden sich freuen«, erklärte Luise rasch und lachte fröhlich. »Ich finde es so schön, dass wir uns wiederbegegnet sind, Selma. Was ist, kommst du?«

Selma nickte ergeben. »Wenn deine Eltern wirklich einverstanden sind ...«

»Ach, das freut mich aber!« Luise griff in ihre Handtasche und gab Selma ein kleines Kärtchen, auf dem mit goldener Prägung die Adresse der Gröners stand. »Bis morgen Abend um sieben!«

Sie lief weiter, nach ein paar Schritten drehte sie sich zu Selma um und winkte ihr zu. »Ich freue mich!«

Warum waren wir eigentlich nie befreundet?, fragte Selma

sich, als auch sie weiterging in Richtung Kirche. *Ich habe Luise immer gemocht, aber wir waren wohl zu unterschiedlich, um Freundinnen zu werden.*

Als sie die schwere Eichentür der Kirche öffnete, huschte ein wehmütiges Lächeln über ihr Gesicht. Sie wünschte, sie könnte am nächsten Abend gemeinsam mit Gustav zu den Gröners gehen.

9.

Selma hatte ihr hübschestes Kleid angezogen, der Stoff war aus Seidentaft. Ihr Vater hatte ihr eine Kutsche bestellt, auch wenn sie kurz überlegt hatte, zu Fuß zu gehen. Es war ein so herrlicher, milder Abend, obwohl Dezember war. Die Sterne funkelten an einem klaren Himmel.

Sie freute sich auf einen vergnüglichen Empfang. Vielleicht könnten Luise und sie jetzt Freundschaft schließen.

Ein klein wenig wurde ihre Freude dadurch getrübt, dass sie noch immer nicht wusste, woran sie mit Gustav war. Ging er ihr aus dem Weg?

Ein Dienstmädchen ließ sie ins Haus. Die Gröners besaßen keine Villa wie Selmas Vater, aber ihr Haus war dennoch sehr hübsch und einladend. Alle Räume waren hell erleuchtet, und aus einem der Zimmer erklang Klaviermusik.

Selma legte Mantel und Hut ab, zog ihre Handschuhe aus und blickte sich um, als Luise herbeigelaufen kam. »Selma! Wie schön, dass du gekommen bist.«

Selma nahm ein Glas Sherry von einem der Tabletts, die

herumgereicht wurden. »Das ist ein wirklich schönes Haus, Luise. Werdet ihr, du und dein Verlobter, hier wohnen?«

»Nein, wir werden in seinem Elternhaus wohnen. Oh, dort drüben ist mein Vater! Komm, ich möchte dich gerne vorstellen.«

Luise stellte Selma ihre Eltern, Großeltern und ihre Patentante vor. Selma taten schon bald die Mundwinkel weh vom vielen Lächeln und »Freut mich sehr«-Sagen.

Nur einen hatte sie noch nicht zu Gesicht bekommen: Luises Verlobten. »Er wird hier irgendwo sein und plaudern«, hatte Luise gemeint und gelacht. »Aber ich werde ihn loseisen, damit ich euch in Ruhe einander vorstellen kann.«

Als Luise sich um andere neu hinzugekommene Gäste kümmern musste, nahm Selma ein weiteres Glas Sherry und stellte sich damit ans Fenster. Von hier aus hatte sie einen wunderbaren Blick auf alles. Ihr Magen knurrte. Was es wohl zu essen gab?

Einige Schritte entfernt entdeckte sie Luise, die mit dem Rücken zu ihr stand, neben ihr ein großer Mann. Ihr Verlobter?

Etwas an seiner Haltung kam Selma bekannt, seltsam vertraut vor. Sie nippte an ihrem Sherry und betrachtete ihn.

In diesem Moment drehte Luise sich zu ihr um und winkte ihr zu. Sie kam angelaufen, die Hand ausgestreckt. »Und jetzt möchte ich dich endlich meinem Verlobten vorstellen.« Sie zog Selma mit sich.

Mit jedem Schritt, den Selma näher kam, war sie sich sicherer, dass sie den Mann kannte.

Und dann drehte er sich um.

Sie erstarrte. Nein, das konnte nicht sein!

»Selma, darf ich dir meinen Verlobten vorstellen? Gustav, das ist Selma. Wir sind zusammen zur Schule gegangen. Selma? Was hast du denn?«

Sie war ohnmächtig geworden, das erste Mal in ihrem Leben.

Als sie wieder zu sich kam, fand sie sich auf einer Chaiselongue wieder, um sie herum besorgte, betretene Gesichter.

Neben ihr saß Luise, die Hand in ihrer. »Geht es dir besser, Selma?«

Sie setzte sich hastig auf. Wie außerordentlich unangenehm, so angestarrt zu werden! »Ja, danke, ich ...«

Erst jetzt fiel ihr wieder ein, was passiert war.

Um Himmels willen! Sie musste schleunigst fort von hier! Weg, nur weg!

Sie erhob sich und stakste zur Tür.

»Was ist denn, Selma?«, rief Luise ihr nach.

»Nichts, gar nichts.« Sie drehte sich nur kurz um. »Ich ... fühle mich unwohl. Bestimmt nur eine kleine Magenverstimmung. Es tut mir leid, Luise.« Dann floh sie.

In der Diele kam eine Frau auf sie zu. »Fräulein Jung?«

War das Luises Mutter? Sie erinnerte sich nicht mehr.

»Der Kutscher wartet vor dem Haus. Oder soll ich Ihren Vater benachrichtigen lassen? Sie können hier auf ihn warten.«

»Nein, das ist nicht nötig. Aber vielen Dank.«

Jemand half ihr gerade in den Mantel, als Luise angelaufen kam. »Soll ich dich begleiten? Du bist kreidebleich, Selma.«

Selma schaffte ein Lächeln, immerhin. »Das ist lieb, aber nicht nötig.«

»Wenn du wirklich meinst ...« Luise sah verwirrt aus, enttäuscht.

»Es tut mir leid«, brachte Selma erneut hervor und verließ das Haus.

Als die klare, eisige Luft über ihr Gesicht strich, hielt sie den Atem an. Ein weiteres Mal stand ihr Leben kopf. Wie oft denn noch? Wie oft musste sie noch erleben, dass sich der Boden unter ihren Füßen auftat und sie in die Dunkelheit fiel? In ein Loch, das sie verschlang und nicht wieder freigeben würde?

Sie sagte dem Kutscher, dass er warten solle, sie wolle nur ein paar Schritte gehen, und er nickte gleichmütig. Die beiden Pferde schnaubten, als sie an ihnen vorbeiging.

»Fräulein Jung? Selma?« Gustavs Stimme ließ sie wie angewurzelt stehen bleiben. »Bitte warten Sie doch. Ich muss das erklären.«

Sie ging einfach weiter. »Sie müssen mir gar nichts erklären, Herr Klee. Es genügt, was ich gesehen und gehört habe.«

»Aber es ist nicht, wie Sie denken.«

»Ach nein? Dann sind Sie nicht Luises Verlobter und werden sie bald heiraten?« Ihre Stimme bebte, und ihre Zähne schlugen aufeinander.

»Ich wollte es Ihnen sagen, Selma ...«

»Nennen Sie mich nicht so!«

»So oft wollte ich es Ihnen sagen, aber ich konnte nicht.«

Sie lief weiter, und er folgte ihr.

»Als ich Sie das erste Mal sah ...«

Selma blieb stehen und wirbelte herum. »Wie konnten Sie nur!«

»Meine Gefühle für Sie sind echt, das müssen Sie mir glauben. Mir ist noch nie eine Frau begegnet, die ...«

»Schluss damit! Ich will nichts davon hören! Sie sind verlobt und werden bald heiraten. Mehr muss ich nicht wissen.«

Er sah unglücklich aus, das konnte sie sogar im Dämmerlicht sehen. »Luise und ich kennen uns, seit wir Kinder waren. Wir sind uns versprochen worden, als ...«

»Ich sagte, ich will kein Wort davon hören!«

»Aber Sie müssen es wissen! Weil es die Wahrheit ist. Ich wollte Ihnen sagen, dass ich verlobt bin.«

»Aber Sie haben es vorgezogen, zu schweigen und mich im Unklaren zu lassen«, entgegnete sie kalt. Sie war selbst ganz überrascht. »Ich sollte zurückgehen und Luise sagen ...«

Er nickte. »Tun Sie es, nur zu.« Es klang resigniert.

Sie starrte ihn eine Weile an, dann schüttelte sie den Kopf. »Nein, sie hat es nicht verdient. Sie sah so glücklich aus, und ich will nicht diejenige sein, die ihr Glück zerstört.«

»Glauben Sie, ich möchte das? Aber ich liebe Sie, Selma. Ich kann an nichts anderes mehr denken, ich ...«

»Gehen Sie wieder ins Haus, Herr Klee. Zu Ihrer Verlobten.« Selma hob das Kinn und legte so viel Verachtung in ihren Blick, wie sie konnte. »Dort ist Ihr Platz.«

Sie machte kehrt und stieg in die Kutsche. »Zur Villa Jung, in die Rotkehlchenstraße.« Gustav würdigte sie keines Blickes mehr. War sie vor Kurzem noch geschwebt, hatte tanzen wollen und die ganze Zeit lächeln müssen, fühlte sie sich nun um Jahre gealtert, träge und schwerfällig, als hätte man ihr einen Sack mit Bleigewichten umgehängt. Mit ihnen würde sie sich fortan bewegen müssen, das wusste sie plötzlich.

»Leb wohl, Gustav«, flüsterte sie.

Dann kamen die Tränen.

Selma hatte nicht schlafen können. Wie sollte sie auch Ruhe finden, wenn ein Kampf in ihrem Inneren tobte?

Draußen schlugen die Äste der Birke ans Fenster, und Regen prasselte an die Scheibe. All das geschah in einer anderen Welt, so kam es Selma vor. Sie drückte ihr Gesicht ins Kissen und wartete darauf, dass der Himmel über ihr einstürzen und sie unter sich begraben würde.

Waren ihre Gefühle für Gustav Einbildung gewesen, ein Trugschluss? Hatte sie ihn verklärt und sich selbst noch dazu?

Im Morgengrauen stellte sie sich ans Fenster und sah zu, wie der Tag erwachte.

Wenigstens habe ich für einen kurzen, sehr kurzen Moment eine Vorstellung davon haben dürfen, wie mein Leben hätte verlaufen können. Vielleicht wäre ich sogar wirklich Mutter geworden.

Sie machte sich frisch, zog ein Kleid an, das sie wahllos aus dem Schrank genommen hatte, und ging nach unten.

Eine Entscheidung hatte sie da bereits getroffen.

Selma frühstückte ohne ihren Vater, er hatte für einen wichtigen Geschäftstermin zeitig das Haus verlassen.

Sie hatte sich anschließend in die Bibliothek gesetzt, ein Buch aus dem Regal genommen und aufgeschlagen.

Doch sie las keine einzige Zeile. Ihr Geist war hellwach, auch wenn sie nicht eine Stunde geschlafen hatte.

Es klopfte, und das Dienstmädchen kam herein. »Eine junge Dame möchte Sie sprechen, Fräulein Jung.«

»Wie ist ihr Name?«

»Luise Gröner.«

Selma setzte sich ruckartig auf. »Sagen Sie ihr ... ich sei krank. Oder spazieren gegangen. Sagen Sie ihr irgendetwas, Anna.«

Das Dienstmädchen nickte. »Wie Sie wünschen, Fräulein Jung.« Sie schloss die Tür.

Selma stand auf und schlich zur Tür. Sie legte ihr Ohr daran. Sie hörte erst Anna etwas sagen und gleich darauf die Haustür, die ins Schloss fiel. Vorsichtig öffnete sie die Tür und spähte um die Ecke.

Anna kam und reichte ihr einen kleinen Umschlag. »Den soll ich Ihnen geben, Fräulein Jung.«

»Vielen Dank.« Selma ging zurück zu ihrem Platz und öffnete den Umschlag.

Liebe Selma,

ich bin in Sorge. Geht es Dir besser? Du bist so schnell davongelaufen.
Bitte lass mir eine Nachricht zukommen.

Deine Luise

Selma zerriss den Brief und warf die Schnipsel in den Kamin.

In der Diele war die Stimme ihres Vaters zu hören, kurz darauf kam er herein. »Ich bin gerade Luise Gröner begegnet. Sie sagte, sie habe mit dir sprechen wollen, aber du seist krank. Was fehlt dir denn?«

Sie errötete. »Gar nichts. Ich wollte nur nicht mit ihr reden.«

»Und warum nicht?«

»Mir war einfach nicht danach.«

Er betrachtete sie einen Moment, dann wandte er sich ab. »Ich bin im Kontor.«

Am Nachmittag ging sie zu ihm.

Er saß am Schreibtisch und notierte sich etwas. »Setz dich, Selma, ich bin gleich fertig.«

Sie nahm auf dem Lehnstuhl am Fenster Platz, die Hände im Schoß. Die Pendeluhr auf dem Sekretär tickte, und sie konzentrierte sich auf das Zifferblatt.

Schließlich legte ihr Vater seinen Federhalter beiseite

und schaute sie auffordernd an. »Nun? Was hast du auf dem Herzen?«

»Ich werde doch nach Paris gehen«, sagte sie ohne Umschweife. »Und mich von Beermann ausbilden lassen.«

Er runzelte die Stirn. »So plötzlich? Ich dachte, du hättest den Gedanken längst ad acta gelegt.«

Heiße Tränen brannten hinter ihren Lidern. »Ich muss ... ich kann nicht ...« *Nimm dich zusammen!*

»Was ist denn nur passiert, Selma? Du wirkst ja ganz aufgelöst. Vor zwei Tagen machtest du noch einen glücklichen Eindruck.«

Vor zwei Tagen war meine Welt auch eine andere.

Sie ballte die Fäuste und bohrte die Fingernägel in ihre Handfläche. Der Schmerz sollte sie daran hindern, etwas preiszugeben, zu dem sie nicht bereit war. Ihr Vater durfte nie erfahren, was geschehen war. Er durfte nicht wissen, dass sie und Gustav sich ineinander verliebt hatten. Oder wusste, ahnte er es bereits?

Wieder spürte sie Gustavs Lippen auf ihren, fühlte das Brennen, das sich so wunderbar angefühlt hatte. Sie wollte wieder die Hand auf seine Wange legen, ihm in die Augen schauen ...

Nein! Erneut bohrte sie ihre Fingernägel in die Handfläche.

»Glücklich?« Sie lachte heiser auf.

»Was ist geschehen, Selma, das dich so durcheinandergebracht hat? Ich verlange, dass du mir die Wahrheit sagst. Hat es etwas mit Luise zu tun? Gab es Streit?«

»Nein. Ich kann nicht, Vater«, entgegnete sie leise und

ging zur Tür. »Bitte verzeih, aber ich kann einfach nicht.« Sie war bereits halb aus der Tür, als sie noch etwas hinzufügte. »Es tut mir leid, dass ich dir so viel Kummer mache.«

10.

Paris, im Monat darauf

Am Tag zuvor hatte es genieselt, der Himmel war wolkenverhangen, und die Stadt war in ein tristes Grau getaucht. Es passte zu Selmas niedergeschlagener, todtrauriger Gemütsverfassung. Seit sie aus Lübeck abgereist war – ihr Vater hatte kein Wort des Abschieds gesagt und sie nur stumm und anklagend angesehen –, hatte sie viel geweint oder wie gelähmt dagesessen und versucht, das Geschehene zu verstehen.

Gustav war verlobt, mit ihrer früheren Schulfreundin Luise. Sie hatte Luise immer gemocht, nun jedoch hasste sie sie. Sie hatte ihr den Mann weggenommen, den sie liebte, für den ihr Herz schlug.

Dann wieder sagte sie sich: *Nein, ich darf Luise nicht hassen, sie kann ja nichts dafür, sie wurde ja selbst betrogen. Vermutlich wird sie mich hassen.*

Selma glaubte, kaum noch einen klaren Gedanken fassen zu können. Alles drehte sich im Kreis. Mal hasste sie

Gustav, mal Luise und gleich darauf sich selbst. Oft hasste sie alle zusammen.

Der Einzige, der sich uneingeschränkt freute, war Julius Beermann. Er hatte über das ganze Gesicht gestrahlt, als sie in seinem Behandlungszimmer gesessen und erklärt hatte, dass sie ihre Meinung geändert hatte und sich von ihm ausbilden lassen wollte.

Sie versuchte verzweifelt, sich nicht anmerken zu lassen, wie es tief in ihr drin aussah, wie zerrissen und wund sie sich fühlte.

Auch in der vergangenen Nacht hatte sie kaum geschlafen. Mit Gliedern schwer wie Blei war sie aufgestanden und hatte sich, eingewickelt in die Überdecke, ans Fenster gestellt.

In wenigen Tagen war Weihnachten, und sie hatte entschieden, in Paris zu bleiben. Es war das erste Mal, dass sie die Weihnachtstage allein, ohne ihren Vater, feiern würde.

Feiern. Sie presste die Lippen aufeinander. Nach Feiern war ihr ohnehin nicht zumute. Sie würde sich ins Bett legen und die Decke über den Kopf ziehen. Und erst wieder aufstehen, wenn Weihnachten vorbei war.

Wie es Gustav wohl ging? Auch das fragte sie sich zum hundertsten Male. War es nicht gleichgültig, wie es ihm ging? Sollte er sich doch quälen! Er hatte sie alle in diese schreckliche, unwürdige und kaum zu ertragende Lage gebracht! Er war schuld daran, dass sie alle leiden mussten.

»Mademoiselle?« Es klopfte an der Tür. »Es ist schon spät. Haben Sie verschlafen?«

Grundgütiger! Der Tag war längst erwacht, und sie

stand hier im Nachthemd, eingemummelt ins Plumeau, und hing ihren Gedanken nach. Beermann wartete auf sie.

»Ich komme gleich!«, rief sie. »Merci, dass Sie mir Bescheid gegeben haben.«

In wenigen Minuten war sie fertig angezogen und ordentlich frisiert, hatte sich Gesicht und Arme gewaschen und war zu Madame Bertrand in die Küche gelaufen.

»Ich habe frischen Kaffee gekocht, Mademoiselle.«

»Vielen Dank, Madame. Was täte ich nur ohne Sie?«

Ihre Zimmerwirtin lächelte glücklich.

Wenigstens sie ist glücklich ...

»Da ist ein Brief für Sie gekommen, Mademoiselle.«

Selma nickte, sie hatte ihn soeben entdeckt, er lag neben ihrem Teller. Er war von ihrem Vater. Sie beschloss, ihn erst am Abend zu lesen, wenn sie von Beermann zurück war.

Am Nachmittag saß sie in der kleinen Kammer, die Beermann ihr zur Verfügung gestellt hatte. Sie lag gleich neben seinem Behandlungszimmer. »Hier ist es ruhig«, hatte er gemeint.

Ruhig war es tatsächlich – und auch entsetzlich karg und trist. Wie herrlich war dagegen die Aussicht, die sie von ihrem Zimmerfenster daheim in Lübeck genießen konnte.

Aber das hier war Paris und nicht Lübeck.

Sie würde von nun an auf eine graue Hauswand blicken, an der ein jämmerliches Geißblatt rankte, um das sich niemand zu kümmern schien. Rechts von der Wand stand eine windschiefe Birke, jemand hatte eine Bank daruntergestellt. Vorhin war eine der Nachbarskatzen gekommen und hatte sich daraufgelegt, um rasch wieder zu verschwinden, weil man die Sonne dort vergeblich suchte.

Selma überlegte, zwei Vasen mit frischen Blumen ins Fenster zu stellen, damit das Zimmer etwas Lebendiges, Fröhliches bekam. Aber wozu? Sie würde hier nur lernen und nicht wohnen.

Sie war unkonzentriert und fahrig, deshalb kam sie auf so dumme, überflüssige Gedanken. Außerdem spürte sie einen Anflug von Kopfweh, das erste Mal seit längerer Zeit.

Sie rieb sich Nacken und Stirn und lockerte die Schultern. Schließlich stand sie auf und ging ein paar Schritte.

Das Kopfweh wurde heftiger, und vor ihren Augen flimmerte es. Bitte nicht! Sie hatte geglaubt, es sei vorbei.

Selma öffnete das Fenster und atmete die kalte Luft ein. Vielleicht würde das helfen.

Nach einer Weile setzte sie sich wieder, stützte die Ellbogen auf und las die letzten Zeilen erneut. Himmel, so schwer konnte es doch nicht sein!

Sie senkte den Blick über das Buch und runzelte die Stirn. *Beermann befürwortet eine strenge Diät während einer Behandlung, mit Gemüse, das keine Arzneikraft hat.*

Darunter junge grüne Erbsen, grüne Bohnen, Möhren und über Wasserdampf gesottene Kartoffeln.

Sie hob den Kopf. Hatte Beermann sie gerufen?

Nein, er würde sie nicht stören, im Gegenteil, er legte größten Wert darauf, dass sie in Ruhe lernen konnte.

Sie las weiter.

Vier bis sechs Kügelchen täglich von der dreißigsten Potenz mit wenig Wasser angefeuchtet oder in einer bestimmten Menge Wasser aufgelöst und verschüttelt. Das Verschütteln findet am besten auf einem in Leder eingebundenen Buch statt. Man nimmt das Fläschchen und schlägt es kraftvoll auf das Buch.

Sie runzelte wieder die Stirn, als sie über das zuvor Gelesene nachdachte. »Weiße Bohnen. Nein, grüne Bohnen.«

Sie schlug mit der flachen Hand auf den Tisch, als Gustavs Gesicht vor ihr auftauchen wollte. Nein, verflucht! Sie würde nicht mehr an ihn denken und so tun, als wären sie sich nie begegnet, als würde es ihn gar nicht geben.

Ihr Vater entschuldigte sich in seinem Brief, dass er sie habe ziehen lassen, ohne mit ihr zu reden.

Ich hoffe, Du verzeihst mir, Selma, und ich hoffe inständig, dass Du mir eines Tages erzählst, was geschehen ist. Geht es Dir gut?
Ich nehme an, Du bist fleißig und lernst viel.
Ich habe mir eine Gastritis zugezogen. Dr. Thomsen sagt, es liege an zu viel fettem Essen. Was meinst Du, hat er recht?

Sie freute sich, dass er sie um Rat fragte, und beantwortete den Brief noch am selben Abend.

Ich verzeihe Dir, Papa. Im Grunde gibt es gar nichts zu verzeihen. Du warst wütend, weil ich ohne ein Wort der Erklärung fortgegangen bin. Aber ich konnte es Dir nicht sagen. Vielleicht kann ich es irgendwann.

Du hast recht, ich bin fleißig und habe bereits ungeheuer viel gelernt. Beermann ist ein guter, umsichtiger Lehrherr. Ich bewundere ihn sehr.

Ich bin übrigens nicht der Meinung, dass Deine Gastritis von zu viel fettem Essen kommt. Hast Du Deinem Arzt gesagt, dass Du am liebsten nur mageres Rindfleisch isst?

Ich vermute, es hat vielmehr mit Deinem Rückzug aus dem Geschäft zu tun. Du bist nicht sicher, ob Du die richtige Entscheidung getroffen hast, nicht wahr? Du haderst mit Deinem Entschluss.

Als sie zu Ende geschrieben hatte, schlüpfte sie unters Plumeau und schloss die Augen. Die Kopfschmerzen hatten ein wenig nachgelassen. Vielleicht würde sie diesmal schlafen können.

Wenige Tage später – es war bereits Abend – saßen sie sich gegenüber: Beermann an seinem Schreibtisch, Selma davor. Sie hatten über die Essens- und Schlafgewohnheiten der Patienten gesprochen und über deren Kaffee- und Alkoholkonsum. Ein spannendes Thema, das Selma brennend interessierte.

Beermann hatte ihre »außerordentliche Auffassungsgabe« gelobt. »Ich bin beeindruckt von Ihrem Verstand, Mademoiselle Jung.«

Sie war errötet, so sehr hatte sie sich über das Lob gefreut.

»In Ihnen scheine ich in der Tat eine würdige Nachfolgerin gefunden zu haben.«

Ihr war ganz heiß geworden. Wann hatte zuletzt jemand etwas so Nettes, Wohltuendes zu ihr gesagt?

»Man sollte einem chronisch Kranken den Ratschlag erteilen, seinen Kaffee- und Alkoholkonsum einzuschränken. Er sollte auch auf Fleisch verzichten, sich vor übermäßigem Essen hüten«, wiederholte sie nun das, was er kurz zuvor erzählt hatte.

Er nickte zustimmend, und sie redete weiter. »Die Allopathie greift den Körper an, schwächt ihn noch mehr. Eine Magenverstimmung zum Beispiel ist auch eine Gemütsstörung und als solche zu erkennen und zu behandeln.«

»Welches Mittel ist zu empfehlen?«, fragte er sie.

»*Pulsatilla*, die Küchenschelle.«

»Sehr gut.« Er nickte zufrieden. »Wo kann sie noch eingesetzt werden?«

»Bei einem Gerstenkorn am Augenoberlid.«

»Ganz richtig. Welches Mittel geben Sie, wenn der Patient unter Niedergeschlagenheit und Kummer leidet?«

»*Ignatia*, die Ignazbohne.«

»Ich bin wahrlich beeindruckt, Mademoiselle, wie ungeheuer rasch Sie das alles gelernt haben.«

»Sie sind ein guter Lehrherr.«

»Vielen Dank, das freut mich zu hören. Wollen wir es für heute gut sein lassen?« Er streckte seinen Rücken. »Ich bin hungrig und möchte mich gleich schlafen legen.«

Schlafen, dachte sie sehnsüchtig. Wie gerne würde sie einmal wieder richtig schlafen, tief und traumlos.

»Nur eins noch, Monsieur ...« Sie schlug das Buch wieder auf, das vor ihr lag, und fuhr mit dem Finger über die

Zeilen, konnte jedoch die richtige Stelle nicht gleich finden. »Die homöopathischen Mittel sollten zum Charakter des Patienten passen«, murmelte sie leise.

»Sie *müssen* zum Charakter passen.«

Sie nickte. »Sie brachten ein Beispiel, das ich gerade nicht finden kann ...«

»Aconitum napellus ...«, half er ihr auf die Sprünge.

»So ist es! Napell-Sturmhut. Es wird selten bei stillen, besonnenen Menschen helfen. Im Gegensatz zur Ignazbohne.«

Er rieb sich die Hände. »Sehr gut, Mademoiselle. Nun wollen wir aber wirklich für heute Schluss machen.«

Am Tag darauf hatte sie etwas über den Zustand nach Einnahme eines Mittels gelernt, Beermann nannte ihn Erstverschlimmerung.

Am Abend saßen sie wieder an seinem Schreibtisch, das dicke Lehrbuch vor Selma, in dem sie den ganzen Tag gelesen hatte.

»Sie wissen inzwischen, dass in den ersten Stunden nach der Einnahme des Mittels oft eine Verschlimmerung des Zustandes eintritt«, sagte Beermann.

Sie nickte und musste ein Gähnen unterdrücken. Es war ein langer Tag gewesen,

»Wollen wir es für heute dabei belassen? Sie sehen müde aus, Mademoiselle.«

»Ich schlafe zurzeit schlecht.«

Er wollte das Buch zuklappen, doch sie legte einen Finger hinein. »Warten Sie, Monsieur. Nur noch ein paar Minuten.«

Er lächelte amüsiert. »Schön, wie Sie meinen.« Er schien sich eine Frage zu überlegen. »Nehmen wir einen Hautausschlag«, brachte er ein Beispiel, und sie war gleich wieder hellwach.

»Er verschlimmert sich zunächst.«

Beermann nickte. »Nennen Sie mir ein Mittel, das Sie verabreichen würden.«

»*Viola tricolor*. Wildes Stiefmütterchen.«

»Welche Eigenschaften hat es?«

»Es ist entzündungshemmend, fiebersenkend und blutreinigend.«

»Richtig. Wobei kann es noch eingesetzt werden?«

Selma dachte kurz nach. »Bei trockenem Husten und festsitzendem Schleim.«

»Und bei welchen Hauterkrankungen noch?«

»Bei Milchschorf, Schuppenflechte und Juckreiz.«

»Sehr gut, Mademoiselle.«

Sie warf einen kurzen Blick auf ihre Notizen. »Wann zeigen Sie mir, wie eine Verreibung hergestellt wird?«

»Bald.« Er schien sich über ihren Wissensdurst sehr zu amüsieren. Er war aber auch hochzufrieden, das war ihm anzusehen.

Selma streckte sich und schob ihre Notizen beiseite. »Bis morgen, Monsieur.«

»Warten Sie.« Er erhob sich schwerfällig und ging zum Regal mit den kleinen Fläschchen.

Nach einem Augenblick kam er zurück und gab ihr eins. »Hier. Das dürfte Ihnen helfen.«

»Kamille?« Sie betrachtete das Etikett.

Beermann nickte. »Ich weiß nicht, was geschehen ist, aber ich glaube, Sie brauchen nicht nur erholsamen Schlaf, sondern auch etwas Trost.«

Sie errötete und senkte den Blick.

»Gute Nacht, Mademoiselle.«

Die Weihnachtstage verbrachte Selma mit Madame Bertrand, die verwitwet und kinderlos war. Sie bereiteten gemeinsam ein festliches Mahl zu, saßen anschließend zusammen und plauderten bis in den späten Abend hinein.

Selmas Vater hatte ihr kurz vor den Feiertagen noch geschrieben, er würde sich wünschen, dass sie über Weihnachten heimkomme. Doch das änderte ihre Meinung nicht. Sie brauchte Abstand, sie wollte möglichst weit entfernt sein von Gustav.

Und sie wollte auf gar keinen Fall Luise begegnen.

Ihr Vater hatte auch Gustavs Heirat erwähnt.

Ich bin ehrlich, Selma. Für einen Moment dachte ich wirklich, er wolle Dir den Hof machen. Aber es ist, wie es ist.

Ja, es ist, wie es ist, hatte sie gedacht, und ihr Inneres hatte sich wund angefühlt.

Am liebsten wäre ihr, sie könnte sich Gustav aus dem Herzen reißen, gleichgültig, wie sehr es auch schmerzen würde. Der anhaltende Schmerz, das wunde Gefühl in ihrem Inneren war weit weniger zu ertragen.

11.

Paris im Frühjahr 1873

Selma hatte große Fortschritte gemacht und durfte Beermann bereits dann und wann assistieren. Er wirkte häufig ein wenig zerstreut und kränklich, versicherte aber jedes Mal, wenn sie sich besorgt nach seinem Befinden erkundigte, dass es ihm gut gehe.

Wie immer genoss Selma den Frühling in der Stadt. Es war angenehm warm, und am Ufer der Seine wuchsen Narzissen und Märzenbecher.

Beermann hatte ihr erzählt, dass im Sommer dort auch Bärenklau und Ehrenpreis zu finden waren. »Früher bin ich frühmorgens dort gewesen, um ein paar Stängel zu pflücken. Aber inzwischen bleibe ich lieber länger im Bett.«

»Dann werde ich das übernehmen«, hatte Selma gemeint. »Und sehen, was ich dort sonst noch finde.«

An diesem Vormittag hatte sie vom Zuckerbäcker neue Kügelchen geholt, aus denen die Arznei-Streukügelchen gefertigt wurden. Sie bestanden aus einer Mischung aus Stärkemehl und Rohrzucker.

Selma schüttete sie in ein Sieb. Später wurden sie noch durch einen Durchschlag gegeben, bevor sie weiterverarbeitet wurden.

Es klopfte, und Beermann kam herein. Seine Haltung war gebeugt, seine Schritte schlurfend. »Mademoiselle?«

Er lugte ihr über die Schulter. »Oh, ich sehe, Sie haben die Kügelchen bereits abgeholt. Sehr gut! Sie sind mir wirklich eine große Hilfe. Ich habe einen ersten Patienten für Sie«, fügte er dann hinzu, und ihr fiel beinahe das Sieb aus der Hand.

»Nun sehen Sie mich nicht so erschrocken an. Wovor fürchten Sie sich? Kommen Sie.« Er ging zur Tür und hielt sie ihr auf.

Selma wischte sich die Hände ab und legte ihre Schürze im Vorbeigehen über die Stuhllehne. »Sie glauben wirklich, ich bin schon so weit?«

»Natürlich sind Sie das.«

Sie gingen in sein Behandlungszimmer, wo ein junger Mann vor seinem Schreibtisch saß und sie fragend anschaute.

»Monsieur Petit. Darf ich Ihnen meine Assistentin Mademoiselle Jung vorstellen? Sie kommt aus Deutschland, spricht aber hervorragend Ihre Sprache«, sagte Beermann auf Französisch zu ihm. »Mademoiselle Jung wird meine Nachfolge antreten.«

Der junge Mann sprang auf und schüttelte ihre Hand.

Sie fühlte sich ein wenig benommen, als Beermann ihr zunickte und die Tür hinter sich schloss.

Sie setzte sich an den Schreibtisch, nahm den Federhalter und legte ihn gleich wieder zurück. »Was fehlt Ihnen, Monsieur?«

»Es ist mein Kopfweh, Mademoiselle. Es kommt in unregelmäßigen Abständen.«

Kopfweh also. Sie lächelte in sich hinein. Deshalb hatte Beermann sie geholt. Sie war wegen ihrer Kopfschmerzen zu ihm gekommen, und nun sollte dieser junge Mann ihr erster Patient sein.

»Würden Sie mir den Schmerz genauer schildern?«

Er fasste sich an die Stirn. »Meistens beginnt es hier, zuweilen auch im Nacken. Und dann kriecht der Schmerz den Hinterkopf hinauf.«

Wie gut sie das kannte. »Mein Kopfschmerz war ganz ähnlich«, verriet sie ihm.

»War? Dann sind Sie davon befreit?«

»Er kommt nur noch sehr selten. Immer dann, wenn es laut und hektisch zugeht und ich mir keine Ruhe gönne.«

Der junge Mann nickte nachdenklich. »Dann meinen Sie auch, ich sollte es öfter ruhiger angehen lassen.«

»Auf jeden Fall wäre es förderlich.« Sie nahm einen Bogen Papier. »Am besten, ich stelle Ihnen zunächst ein paar Fragen, Monsieur Petit, damit ich Sie und Ihre Lebensumstände besser kennenlerne …«

»Was haben Sie dem jungen Mann empfohlen?«, erkundigte Beermann sich, als sie später bei einem gemeinsamen Mittagessen in seiner Küche saßen.

Seine Haushälterin Aline, eine ältere Frau mit mürrischem Gesichtsausdruck und dunklen Ringen unter den Augen, stand am Herd und füllte ihre Teller.

»Nux Vomica.«

Er nickte.

»Hätte ich ...?«

Er hob rasch die Hand. »Mademoiselle. Es ist Ihr Patient, und ich bin davon überzeugt, dass Sie alles richtig gemacht haben.«

»Darf ich trotzdem fragen, was Sie empfohlen hätten?«

»Dazu müsste ich mehr über seine Lebensumstände wissen.« Er rieb sich vergnügt die Hände, als Aline den vollen Teller vor ihn hinstellte. »Das riecht köstlich, Aline! Solange ich Appetit habe, muss es mir wohl gut gehen, nicht wahr?«

Sie brummelte etwas und stellte Selma einen Teller hin. »Wird sie jetzt öfter mitessen?«

Beermann nickte. »Gut möglich.«

Sie mag mich nicht besonders, dachte Selma.

»Ich meine ja bloß ...«

»Er neigt dazu, zu viel und zu schnell zu essen, arbeitet sehr viel und fühlt sich oft überfordert«, nahm Selma den Faden wieder auf.

Beermann aß mit sichtlichem Appetit, dann schob er den Teller plötzlich weg. »Ich fürchte, ich muss mich etwas hinlegen.« Er stand auf und schlurfte zur Tür. *»Nux Vomica«*, sagte er dort. »Gute Wahl, Mademoiselle. Ich würde später gern mit Ihnen sprechen. Über meine und Ihre Zukunft.«

Selma schluckte und stocherte in ihrem Eintopf. Er war

gut zubereitet und sehr würzig, daran lag es nicht, dass sie mit so wenig Appetit aß.

Es lag ein bisschen an Aline, die ihr auf den Rücken starrte, wie sie spürte. Vor allem aber lag es an dem, was Beermann gesagt hatte. Was meinte er mit »meine und Ihre Zukunft«?

»Ich möchte mich zurückziehen«, begann er am Abend das Gespräch. Sie saßen sich gegenüber in seiner Stube, ein Glas Portwein neben sich. »Ich muss mich zurückziehen«, korrigierte er sich dann mit einem leisen Schnauben. »Es geht nicht mehr so, wie ich will. Das Laufen fällt mir schwer, und mein Magen verweigert größere Portionen, wie Sie heute Mittag bemerkt haben dürften. Der Zahn der Zeit nagt an mir, Mademoiselle, in den letzten Wochen deutlich schneller, als ich geglaubt habe. Sie ahnen bestimmt, wie ungeheuer erleichtert und froh ich bin, dass Sie Ihre Meinung geändert haben und doch nach Paris zurückgekommen sind.« Er hatte nie nach dem Grund gefragt, und sie war ihm dankbar dafür. »Ich möchte, dass Sie in absehbarer Zeit nach und nach meine Patienten übernehmen.«

Selma trank rasch einen Schluck.

»Sie brauchen nur noch etwas mehr Selbstvertrauen.« Er nippte an seinem Portwein und schien über etwas nachzudenken. »Ich werde diese Wohnung aufgeben müssen, das Treppensteigen fällt mir täglich schwerer, und ich kann mir nicht vorstellen, an diese Räumlichkeiten gefesselt zu sein.« Er trank wieder einen Schluck. »Ich möchte die Möglichkeit haben, morgens einen Spaziergang machen zu können. Sie fragen sich bestimmt, wieso ich Ihnen das alles erzähle.«

»Nein.« Selma lächelte ihn an. »Ich glaube, Sie sind froh, das alles einmal aussprechen zu können. Weil man sich nur so sortieren kann.«

Er sah sie an und erwiderte das Lächeln. »So ist es.« Er schenkte ihnen nach. »Ich werde ein Haus in der Rue de Vaugirard im 15. Arrondissement kaufen, es hat sogar einen kleinen, ganz bezaubernden Garten. Es ist groß genug für eine Praxis.«

»Das klingt sehr schön.« Auch wenn sie es recht weit bis zur Praxis hätte.

Beermann schwieg und betrachtete das Glas in seiner Hand. »Ich sehe Sie als ein Geschenk Gottes, Selma. Ich darf Sie doch so nennen?« Er redete gleich weiter. »Sie ahnen vermutlich nicht, wie viel es mir bedeutet, dass Sie meine Arbeit fortführen werden.« Er hob sein Glas. »Wollen wir darauf trinken?«

Selma hob auch ihr Glas. »Vielen Dank für Ihr Vertrauen, Monsieur.«

12.

Paris im Sommer desselben Jahres

Beermanns Haushälterin hatte sich geweigert, in das neue Arrondissement umzuziehen. »Einen alten Baum verpflanzt man nicht, Monsieur.«

Er hatte lauthals gelacht. »Sehen Sie mich an, Aline. Ich bin älter als Sie und freue mich auf meinen neuen Lebensabschnitt.«

Aline hatte Selma finster gemustert, die am Tisch gesessen hatte und unfreiwillig Zeugin der Unterhaltung geworden war. »Aber sie wird mitgehen, nicht wahr?«

»Gewiss doch«, hatte Beermann erwidert. »Sie wird schließlich meine Nachfolgerin werden.«

»Dann ist für mich ohnehin kein Platz mehr.« Aline hatte sich umgedreht und weiter im Topf gerührt.

Selma kannte sie noch nicht besonders gut, aber sie glaubte, Aline einschätzen zu können. Die Haushälterin hoffte, dass Beermann sie bitten, vielleicht sogar anflehen würde, ihre Haltung noch mal zu überdenken.

Doch genau das tat er nicht. Stattdessen hatte er sich zu

Selma an den Tisch gesetzt, ein belustigtes Lächeln auf den Lippen, und zu essen begonnen.

Selma kaufte Stoffe, ein paar kleine Möbelstücke und neues Geschirr. Wenige Wochen später war ein Teil des Mobiliars in das neue Haus geschafft worden, und sie begann die Praxis einzurichten. Das Zimmer war groß und hell, mit einem Fenster zum Garten.

»Was halten Sie davon, wenn wir ein paar Kräuter pflanzen?«, schlug Beermann vor.

»Warum nicht, auch wenn ich zugeben muss, dass ich in der Gartenpflege nicht sehr bewandert bin.«

»Man kann alles lernen, Mademoiselle.«

Und so ging sie am nächsten Morgen auf den Markt und sah sich nach Kräutern und Heilpflanzen um.

Sie kaufte Kisten mit Beinwell, Schöllkraut, Salbei und Thymian. Bei einer Händlerin erstand sie Schlüsselblumen und Eibisch.

Am Tag darauf pflanzte sie alles nach genauer Anleitung von Beermann ein, goss die Pflänzchen an und begutachtete anschließend ihr Werk.

Beermann, der am Fenster gestanden und ihr zugesehen hatte, kam in den Garten und überreichte ihr ein Töpfchen mit Lavendel. »In einem Kräutergarten unverzichtbar. Ich vermisse Arnika und Melisse«, hatte er dann gemeint und sich suchend umgeblickt.

»Ich auch«, hatte Selma entgegnet. »Es gab keine zu kaufen. Vielleicht habe ich im Herbst mehr Glück.«

Nachdem die Praxis eingerichtet war, bat Beermann sie, Ausschau nach einer neuen Haushälterin zu halten.

»Dann hat Aline sich nicht umstimmen lassen?«

»Leider nein. Und auch Madame Morel wird nicht mitkommen. Aber ich denke, es wird auch ohne sie gehen.«

Selma studierte die Zeitungen und bat schließlich die eine oder andere Patientin, sich freundlicherweise umzuhören.

Es dauerte nicht lange, und eine junge Frau stellte sich vor. Gisèle hatte zuvor bei einer Kaufmannsfamilie gearbeitet.

Selma war zu Beermann gegangen, der in der kleinen Laube saß, die er hatte aufstellen lassen, ein aufgeschlagenes Buch auf den Knien. »Ist das nicht ein herrlicher Tag, Mademoiselle?«

»Und er könnte noch schöner werden, Monsieur.« Sie berichtete von Gisèle.

»Sie scheinen sie zu mögen.«

»Sie macht einen freundlichen und zuvorkommenden Eindruck. Und sie scheint verschwiegen und zurückhaltend zu sein.«

»Stellen Sie sie ein.«

»Möchten Sie keinen Blick auf sie werfen?« Sie wollte die Verantwortung nicht ganz allein tragen müssen.

»Ich vertraue Ihnen.« Beermann blätterte in dem Buch.

Selma blieb noch einen Moment stehen, dann wandte sie sich ab und kehrte ins Haus zurück. Es duftete überall nach den frischen Blumen, die sie auf den Fensterbänken verteilt hatte.

Gisèle saß in der Küche, die Hände im Schoß, und blickte auf, als sie hereinkam.

»Wann können Sie anfangen, Mademoiselle?«

»Morgen?«

Selma lachte. »Von mir aus sehr gerne.«

Die junge Frau – ein hübsches Ding mit rotblondem Haar, Stupsnase und Grübchen am Mundwinkel – sah sie überrascht an. »Wirklich?«

Selma nickte. »Ich kann mich unmöglich um Haushalt und Praxis zugleich kümmern und wäre über Hilfe sehr dankbar.«

Gisèle streckte scheu die Hand aus. »Merci beaucoup, Madame.«

»Mademoiselle, bitte.«

»Oh, pardon. Ich dachte, Sie und Monsieur Beermann …«

»Sind verheiratet? Nein, ich werde seine Praxis weiterführen.«

Sie brachte Gisèle zur Tür. »Da ist noch etwas. Monsieur würde es begrüßen, wenn Sie sich entschließen könnten hierherzuziehen. Und mir wäre es ehrlich gesagt auch sehr lieb. Ich werde nur zum Arbeiten hier sein.«

Gisèle nickte. »Ganz wie Sie wünschen.«

»Wunderbar.« Selma sah zu, wie die junge Frau das Tor hinter sich schloss, einen letzten Blick auf das Haus warf und ihr zuwinkte.

Als Selma in ihre Praxis ging, hatte sie das gute Gefühl, die richtige Entscheidung getroffen zu haben. Mit Gisèle würde sie gut zurechtkommen.

An manchen Tagen wurde es abends so spät, dass Beermann ihr nicht erlaubte, nach Hause zu gehen. »Es ist schon dunkel, Mademoiselle, und Sie wissen doch, was sich für Gesindel auf den Straßen herumtreibt.«

Also blieb sie und übernachtete in einem kleinen Zimmer, in dem nur ein schmales Bett und eine Kommode standen.

Gisèle hatte ein größeres Zimmer bezogen, das gleich nebenan lag. Beermann schlief im Obergeschoss in einem kargen Raum. Über eine gemütliche Einrichtung schien er sich keine Gedanken zu machen. »Der Raum dient lediglich zum Schlafen«, hatte er gemeint. »Mir genügt, wenn mein Bett bequem und es ruhig ist.« Er war froh, wenn er in seinem Lieblingssessel in der Bibliothek sitzen konnte, ein Glas Portwein oder Sherry auf dem Tisch, und seinen Gedanken nachhängen konnte.

An einem dieser Abende saß Selma in der Küche vor einer Tasse Melissentee. Sie schlief nach wie vor grauenvoll, fand über Stunden hinweg nicht in den Schlaf, und wenn sie dann endlich eingenickt war, schreckte sie oft nach kurzer Zeit wieder hoch.

Beermann kam herein und setzte sich neben sie. »Was bedrückt Sie, Mademoiselle?«

»Gar nichts«, sagte sie leichthin.

»Wenn Sie es sich nicht eingestehen, wird es nicht besser. Geht es um einen Mann?«

Seine direkte Frage verwirrte sie. Sie überforderte sie auch.

»Also ja.« Er nickte.

»Nein, ich meine ... Ich weiß nicht, ob das der Grund ist.« Sie starrte in ihre Tasse.

»Sie sind seinetwegen unglücklich.«

Die Wahrheit war: Sie war nicht wirklich unglücklich, sie war aber auch nicht glücklich. Nur wenn sie in der Praxis am Schreibtisch saß und arbeitete, konnte sie alles hinter sich lassen. Dann fühlte sie so etwas wie Glück und Erfüllung.

An den Abenden oder nachts, wenn sie hellwach im Bett lag und einzuschlafen versuchte, schlug alles über ihr zusammen, und sie sah Gustav vor sich, den sie nicht haben durfte.

Manchmal gelang es ihr, diese Gefühle niederzuringen, meistens jedoch nur für kurze Zeit. Sie holten sie immer wieder ein.

»Er hat eine andere geheiratet«, hörte sie sich leise sagen und war selbst ganz erstaunt, dass sie sich Beermann anvertraute.

»Aber Sie lieben ihn noch immer.« Er wollte sich Tee einschenken, doch seine Hand zitterte so sehr, dass Selma ihm die Kanne abnahm.

»Lassen Sie mich das machen. Ich sollte ihn vergessen, aber es geht nicht. Ich kann einfach nicht, und ich verabscheue mich dafür.«

»Sie verabscheuen sich für Ihre Gefühle?«, fragte er verwundert. »Die Gefühle haben eine ungeheure Macht über uns, das wissen Sie doch. Es ist unsinnig, sich dagegen zu wehren und zu versuchen, sie auszusperren. Sie werden mit neuer Intensität wiederkommen.«

»Aber was kann ich dann tun?« Es klang kläglich, und sie ärgerte sich über ihre Schwäche.

»Sie zulassen. Sie lieben diesen Mann, und Sie wünschen, Sie hätten ihn heiraten können.« Er trank einen Schluck.

»Aber das wird mir nicht weiterhelfen, Monsieur. Ich will doch über ihn hinwegkommen.«

»Indem Sie verzweifelt bemüht sind, Ihre Gefühle für ihn abzuschütteln? Das wird Ihnen nicht helfen. Sie dürfen diese Gefühle haben, und Sie dürfen diesen Mann, der eine andere geheiratet hat, lieben. Wenn Sie es zulassen, wird der Schmerz irgendwann vergehen.« Er trank seinen Tee aus und stand auf. »Gute Nacht, Selma.«

Sie blickte ihm irritiert nach.

Nach einer ganzen Weile, in der sie reglos dagesessen und in die Dunkelheit hinausgestarrt hatte, stand sie ebenfalls auf und ging zu Bett.

Sie ließ ihr Gespräch mit Beermann Revue passieren, und tatsächlich fielen ihr schon bald die Augen zu.

13.

Paris im Herbst

Wieder einmal hatte Selma in Beermanns Haus übernachtet, weil sie bis spät in den Abend am Schreibtisch gesessen hatte.

Als sie am Morgen in die Küche kam, stand Gisèle am Herd und bereitete Haferbrei zu, Beermanns Lieblingsfrühstück.

»Schläft Monsieur noch?«, fragte Selma und gähnte verstohlen. Vermutlich sah man ihr ohnehin an, wie unausgeschlafen sie war, aber sie wollte wenigstens so tun, als ob sie frisch und munter wäre.

Gisèle nickte. Sie rührte einen Löffel Zucker und eine Prise Salz in den Brei, und brachte Selma einen gut gefüllten Teller. »Bon appétit, Mademoiselle.«

»Sie wollen mich mästen, geben Sie's ruhig zu.«

Gisèle lachte. »Nein, auch wenn ich finde, dass Ihnen ein paar Pfunde hier und da gut stehen würden.« Offenbar ganz erschrocken über ihre Worte, räusperte sie sich. »Pardon, Mademoiselle, ich wollte nicht ...«

»Schon gut, Sie haben ja recht. Ich war nie eine besonders gute Esserin. Unsere Köchin daheim in Lübeck hat sich oft beklagt, dass es ganz gleichgültig sei, was sie kochen würde, ich äße wie ein kleiner Spatz.«

Als es in der oberen Etage rumpelte, warf Gisèle einen raschen Blick zur Zimmerdecke. Sie war neben dem Tisch stehen geblieben und nestelte an ihrer Schürze. Ob sie etwas auf dem Herzen hatte? »Darf ich ehrlich zu Ihnen sein, Mademoiselle?«

»Aber natürlich, ich schätze Aufrichtigkeit.« Selma tauchte den Löffel in den zähen Brei. »Haben wir noch Sahne im Haus?«

Gisèle holte das Kännchen aus der kühlen Speisekammer, die neben der Küche war, und stellte es auf den Tisch.

Selma goss etwas davon auf ihren Brei und kostete. Schon sehr viel besser. »Reden Sie nur, Gisèle.«

»Es ist so, Mademoiselle ...« Ein unbehagliches Räuspern. »Die Leute reden. Ich habe es auf dem Markt gehört, und als ich heute früh herkam, unterhielten sich zwei Nachbarsfrauen.«

»Und worüber?«

»Über Sie beide, Monsieur und Sie.«

»Das verstehe ich nicht. Was gibt es über uns Interessantes zu reden?«

»Ich sage es anders, Mademoiselle.« Es war Gisèle sichtlich unangenehm. »Die Leute zerreißen sich das Maul. Sie finden es ungehörig, dass Sie hier mit Monsieur unter einem Dach leben. Ohne verheiratet zu sein.«

»Wir leben nicht zusammen unter einem Dach, ich arbeite bei ihm.«

»Aber Sie übernachten dann und wann hier, Mademoiselle«, flüsterte die Haushälterin und warf einen beunruhigten Blick zur Tür. »Und Sie wissen doch, wie die Leute sind.«

»Als gäbe es nichts Aufregenderes, über das sie tratschen können«, erwiderte Selma verstimmt und schob ihren Teller von sich. Nach ein paar Löffeln war sie satt, der Appetit war ihr vergangen.

»So sind die Leute nun mal. Es tut mir leid, Mademoiselle, ich wollte nicht ... Aber ich finde, Sie sollten das wissen. Bevor es Ihnen selbst zu Ohren kommt.«

»Merci, Gisèle, Sie haben ganz richtig gehandelt.«

Die Haushälterin wischte gedankenverloren über ihre Schürze. »Es ist ja nicht nur so, dass das Getratsche die Runde macht und es bald überall zu hören ist.« Ein neuerliches Räuspern. »Die Leute werden nicht mehr in Ihre Praxis kommen. Weil Sie angeblich Unzucht mit Monsieur betreiben.« Sie sah ganz unglücklich aus, als litte sie darunter, der Überbringer der Nachricht zu sein. »Was, wenn die Patienten fortbleiben, Mademoiselle?«

»Sie haben recht.« Selma nickte nachdenklich. Sie würde mit Beermann reden müssen, und sie würde künftig nicht mehr im Haus übernachten, gleichgültig, wie spät es war. »Ich werde mit Monsieur ...«

Auf der Treppe waren Schritte zu hören, kurz darauf stand Beermann in der Tür. Er sah verschlafen aus, das weiße Haar wirr, die Augen trübe und gerötet. »Bonjour, die Damen.«

Er nahm neben Selma Platz, und über sein Gesicht huschte ein erfreutes Strahlen, als er sah, dass es Haferbrei gab. »Wobei habe ich Sie gerade gestört?«, fragte er, während er zu essen anfing.

»Bei gar nichts«, sagte Gisèle rasch.

»Ach nein? Es ist kein gutes Zeichen, wenn man ein Zimmer betritt, und es wird sofort mucksmäuschenstill.« Es klang nicht vorwurfsvoll oder verärgert, im Gegenteil, er schien sich zu amüsieren.

Selma trank ihren Kaffee und überlegte, wie sie beginnen sollte. »Gisèle hat mir gerade erzählt, dass die Leute über uns reden.«

»Über uns?« Er lachte kurz und aß weiter.

»Sie finden, es sei ungehörig, dass wir unter einem Dach wohnen, obwohl wir nicht verheiratet sind.«

»Haben sie sonst nichts, über das sie schwatzen können?«

»Offenbar nicht.« Selma seufzte. »Ich fürchte nur, Gisèle hat recht, und uns könnten die Patienten wegbleiben.«

»Papperlapapp.« Er aß seelenruhig weiter.

»Das finde ich nicht.« Sie stand auf und strich ihren Rock glatt. »Wir müssen unser Gespräch leider vertagen. Ich habe gleich eine Patientin.«

»Ich werde nachher im Garten sein«, sagte er vergnügt. Ihm schien das Gerede der Leute wirklich gleichgültig zu sein. »Es ist wieder ein so herrlicher Tag.«

Hatte er den Ernst der Lage womöglich nicht begriffen? Wurde er aufgrund seines hohen Alters sonderbar?

Nach dem Mittagessen blieb Beermann sitzen und stand nicht wie üblich auf, um in die Bibliothek zu gehen.

Eine Weile trank er schweigend seinen Kaffee und tunkte ein hartes Mandelplätzchen hinein, dann schaute er Selma mit einem Mal nachdenklich an. »Wir wissen beide, dass die Leute gerne reden. Aber so ein Gerede kann sich in der Tat auch nachteilig auswirken. Dann nämlich, wenn die Leute ihr Vertrauen verlieren und sich nicht mehr behandeln lassen wollen.« Er machte eine Pause. »Ich möchte Ihnen einen Vorschlag machen: Sie heiraten mich, und ich übergebe die Praxis ganz offiziell an Sie als meine Gattin.« Er hob die Hand, als er sah, dass Selma etwas entgegnen wollte. »Nein, warten Sie, ich weiß, was Sie sagen wollen. Dass ich ganz offenbar den Verstand verloren habe. Ich war nie vernünftiger, glauben Sie mir. Mein Werk, meine Arbeit und dass sie fortgeführt wird, ist das Wichtigste in meinem Leben. Ich versichere Ihnen, dass ich Ihnen ein aufrichtiger Ehemann sein werde, Selma. Sie werden meine Nachfolgerin sein, und eine Ehe wird alles vereinfachen. Ich würde Ihnen auch das Haus überschreiben.«

»Aber ...« Sie holte tief Luft. »Ich würde jetzt doch gern etwas dazu sagen, Monsieur.«

»Einen Moment noch«, bat er. »Sie sind meine Hoffnung, Selma. Nur dafür, dass Sie in meine Fußstapfen treten, wache ich noch Morgen für Morgen auf.«

»Monsieur, ich bitte Sie.« Sie wusste kaum, wo sie beginnen sollte. »Ich muss darüber nachdenken. Ich bin gerade ein wenig überfordert.«

Sie stand auf und ging im Raum umher. Ihr schwirrte

so viel im Kopf herum, dass sie sich bewegen musste. Sie konnte dann besser nachdenken. Es war vernünftig, was Beermann sagte. Mit Romantik und großen Gefühlen hatte ihre Übereinkunft – wenn sie denn Ja sagen würde – nichts zu tun. Es ging einzig und allein um Vernunft.

Selma blieb stehen und nickte schließlich. »Sie haben recht.«

»Dann sind Sie einverstanden?«

Wieder nickte sie. Dass die Zuneigung, die sie für ihn empfand, ohne jegliche Leidenschaft war, sollte nicht gegen, sondern für eine Heirat sprechen.

»Eins sollten wir noch klären, Selma. Es wird eine Ehe auf dem Papier sein. Ich hoffe nicht, dass Sie denken, ich erwarte einen Vollzug.«

Sie wollte lachen, doch es blieb ihr im Hals stecken.

Im Grunde war es mehr als aberwitzig: Sie liebte einen Mann, den sie nicht heiraten konnte, und würde einen Mann heiraten, den sie zwar nicht liebte, der ihr aber dennoch das gab, wonach sie sich sehnte: Sicherheit, Geborgenheit und eine Aufgabe.

Selma hatte ihrem Vater eine Depesche geschrieben.

Wie er wohl reagieren würde? Vermutlich war er entsetzt, schockiert und fragte sich, was in drei Teufels Namen in ihr vorging.

Als wenig später seine Antwort kam, war sie zunächst ganz niedergeschlagen. Er bedauerte zutiefst, nicht zu ihrer Vermählung kommen zu können, weil er erneut an einer hartnäckigen Gastritis erkrankt war.

Eine Notlüge? Weil er gar nicht daran dachte, zuzusehen, wie sie sich in ihr Unglück stürzte, indem sie einen Mann ehelichte, der älter war als er? War er so entsetzt und schockiert, dass er ihr nicht in die Augen schauen konnte?

Zwei Tage nach der Depesche kam eine Holzkiste, darin ein hübsches Kaffeegeschirr und eine Karte ihres Vaters:

Ich fürchte, Du glaubst, dass ich verärgert bin und deshalb nicht zu Deiner Hochzeit kommen werde. Lass Dir versichern, dass das nicht der Grund ist. Ich habe stets an Deine Vernunft und Weitsicht appelliert, und nun bist Du beides: vernünftig und weitsichtig. Wie könnte ich da verärgert sein?
Das Geschirr ist mein Hochzeitsgeschenk.
Ich wünsche mir, dass Du glücklich wirst, meine liebe Tochter. Das Glück findet man nicht nur in einer Liebe, sondern auch in einer Aufgabe. Aber das weißt Du natürlich längst.
In Liebe
Dein Vater

Selma und Julius heirateten wenige Wochen später, an einem Tag Ende Oktober, an dem ein ungemütlicher Wind über Paris hinwegfegte. Auf den kirchlichen Segen hatten sie beide verzichtet.

»Ich bin nicht sehr häufig in der Kirche«, hatte Julius zugegeben. »Ich habe nicht viel dafür übrig, Menschen an den Pranger zu stellen und mit den finstersten Drohungen zu überschütten. Der Herrgott weiß alles, sieht alles, und es wird mit uns allen böse enden. Weißt du, was ich glaube,

Selma? Der Herrgott ist milde und gütig, er wird so manches Mal den Kopf schütteln und nachsichtig lächeln, wenn wir uns wieder einen Fehltritt geleistet haben. Warum sollte er uns für etwas bestrafen, wenn er uns doch so fehlbar gemacht hat? Er hat uns auch einen Verstand gegeben, den wir nutzen sollten. Glaubst du an die Hölle?«

»Ich glaube daran, dass es eine Hölle auf Erden geben kann«, hatte sie erwidert. »Und was unsere Sünden betrifft: Ich finde, wir sollten immer versuchen, hilfsbereit und freundlich zu sein. Und Gutes zu tun. Dann könnte sich der Pastor seine flammenden Reden über uns arme Sünder, die ständig Buße tun sollen, ersparen. Die Kirche täte gut daran, Milde und Weitsicht walten zu lassen, anstatt vom Fegefeuer und grausigen Sündern zu sprechen.«

Als sie am Abend in der Bibliothek saßen und mit einem Sherry auf ihre Vermählung anstießen, sagte Selma, dass sie gern noch vor dem Winter nach Lübeck reisen würde.

»Ich würde dich liebend gern begleiten und deinen Vater kennenlernen, aber ich fürchte, dass ich mir eine so weite Reise nicht mehr zumuten kann«, bedauerte Julius.

»Dann werde ich wohl allein reisen müssen.«

»Ich hoffe, dein Vater wird uns im kommenden Sommer besuchen.«

»Ich werde ihn ganz offiziell einladen.«

Julius legte die Hand auf ihren Arm. »Ich bin froh, dass es keine Missstimmung zwischen euch gibt. Immerhin hast du einen Mann geheiratet, der älter ist als er. Ich habe damit gerechnet, dass er dir Vorhaltungen machen wird.« Er räusperte sich und ließ den Portwein in seinem Glas kreisen. »Es wird dir an nichts fehlen, Selma, außer ... Nun ja.« Ein erneutes Räuspern. Schließlich erhob er sich schwerfällig. »Ich werde schlafen gehen. Gute Nacht.«

»Gute Nacht, Julius. Schlaf gut.«

Sie blieb noch eine Weile sitzen.

Eine Ehe hatte sie sich weiß Gott anders vorgestellt, auch wenn sie bisher kaum einen Gedanken an eine Heirat verschwendet hatte. Erst als ihr Gustav begegnet war ...

Nein! Du wirst jetzt nicht sentimental werden, schalt sie sich.

Sie würde Julius eine gute Ehefrau sein, wenn das auch ganz anders aussähe als üblich. Ihre Ehe war nicht gewöhnlich, sie war eine Übereinkunft, ein Arrangement.

Ob Gustav und Luise glücklich miteinander waren? War ihre Ehe nicht auch arrangiert worden?

Ich sollte mich das nicht fragen.

Selma stand auf und ging in ihr Zimmer. Sie setzte sich aufs Bett und starrte in die Dunkelheit. Sie sah Gustavs Gesicht so deutlich vor sich, dass sie glaubte, nur die Hand danach ausstrecken zu müssen.

Würde es irgendwann weniger schmerzvoll sein?

14.

In der Woche darauf reiste Selma nach Lübeck.

Der Herbst war die perfekte Jahreszeit für eine so weite Reise. Die ersten Stunden verbrachte sie damit, aus dem kleinen Fenster zu schauen. Sie genoss die Fahrt, egal, wie sehr es rumpelte und holperte.

Auf den Feldern standen Bäuerinnen und banden die Getreidegarben zusammen. Zwischen ihnen sprangen kleine und größere Kinder herum. Selma versuchte sich vorzustellen, wie ihr Leben wohl aussähe, wenn sie eine von ihnen wäre. Tag um Tag wurde auf den Feldern gearbeitet, und wenn sie heimkamen, warteten ein Haushalt und hungrige Mäuler auf sie.

Diese Frauen sind nicht zu beneiden, schloss sie. *Ich möchte keine von ihnen sein.*

Am Abend hielt die Kutsche in einer kleinen, ruhigen Stadt. Die Pferde wurden ausgespannt und in einen Stall gebracht, wo sie sich ausruhen konnten.

Selma übernachtete in einer kleinen Pension mit einem griesgrämigen Wirt, der kaum den Mund aufbekam. Sie fiel wie ein Stein ins Bett und schlief zum ersten Mal seit langer

Zeit tief und traumlos. In der Nacht wurde sie einmal kurz wach, als unten auf der Straße Gepolter und gleich darauf eine wütende Stimme zu hören war. »Ruhe da unten! Sonst komme ich runter und versohle euch den Hintern!«

Sie schlief gleich wieder ein, und als sie am Morgen erwachte, fühlte sie sich erholt und ausgeruht. Sie zog sich rasch an, wobei sie sich nicht die Mühe machte, ein frisches Hemd aus dem Koffer zu nehmen. Sie würde bis zum Abend in der Kutsche sitzen, wozu also etwas Neues anziehen.

Zum Frühstück gab es einen köstlichen Gerstenbrei, der mit Honig gesüßt war, dazu einen starken Kaffee. Das gute Frühstück versöhnte sie mit dem kargen, lieblosen Zimmer, und sie gab der Wirtin ein üppiges Trinkgeld.

Die weitere Fahrt nutzte sie, um zu lernen. Sie las über den Umgang mit melancholischen Patienten. Sie selbst hatte immer einen leichten Hang zur Melancholie gehabt, doch seit einiger Zeit schien sich das geändert zu haben.

Selma überlegte, seit wann. Seit sie sich entschieden hatte, ihr Leben der Homöopathie zu widmen?

Die Kutsche fuhr durch ein Schlagloch, und sie wurde hin und her geworfen. Sie richtete ihren Hut, der verrutscht war, und seufzte leise. Sie war froh, wenn sie endlich in Lübeck ankam. Eine Weile blickte sie aus dem Fenster, dann widmete sie sich wieder ihrem Buch.

Als die Kutsche zwei Wochen später vor der Villa ihres Vaters hielt, fühlte sie sich wie erschlagen.

Der Kutscher war ihr beim Aussteigen behilflich und

reichte ihr ihre Reisetasche. »Angenehmen Aufenthalt, mein Herr.«

Er saß auf, schnalzte mit der Zunge, und die Pferde setzten sich in Bewegung.

Selma blieb an der Pforte stehen, die Reisetasche zu ihren Füßen, und blickte sich um. Da war es wieder, das leise Gefühl von Wehmut und Melancholie. Lag es womöglich an ihrem Zuhause?

Gehörte sie nicht mehr hierher?

Oder lag es daran, dass Gustav nur ein paar Straßen entfernt lebte und sie meinte, ihn in jedem Mann zu erkennen, der vorbeiging?

Sie liebte ihn noch immer, vermutlich würde sie nie damit aufhören.

»Selma!« Die Tür wurde geöffnet, und ihr Vater kam heraus.

Sie holte tief Luft, nahm ihre Tasche und ging zu ihm.

Er umarmte sie, und sie lehnte sich einen Moment an ihn und genoss das wunderbare Gefühl heimzukommen. Hatte sie eben wirklich darüber nachgedacht, ob sie überhaupt noch hierhergehörte?

»Schön, dass du da bist, Selma.« Ihr Vater ließ sie los und betrachtete sie von oben bis unten. »Die Ehe scheint dir gut zu bekommen. Ein Jammer, dass ich deinen Mann nicht kennenlernen darf.«

»Du könntest uns im Frühjahr oder Sommer in Paris besuchen.«

Er nickte. »Das werde ich.«

Selma betrat das Vestibül und seufzte leise.

Plötzlich erinnerte sie sich daran, wie sie als kleines Mädchen häufig hier hereingestürmt war, an ihrer Kinderfrau vorbei, die sie festhalten und ermahnen wollte, sich erst die Hände zu waschen. »Papa, Papa! Rate, was ich im Garten gesehen habe!« Sie war die Treppe hinaufgerannt und hatte die Tür zum Kontor aufgerissen. Atemlos hatte sie berichtet, dass sie einen Dompfaff oder einen Zitronenfalter entdeckt hatte.

Jetzt legte ihr Vater die Hand auf ihre Schulter. »Was hast du denn?«

»Gar nichts. Ich musste nur gerade an früher denken.«

Er sah sie interessiert an, und sie sprach weiter: »Als ich klein war, bin ich immer gern durchs Haus gestürmt, um dir zu erzählen, was ich Aufregendes erlebt oder gesehen habe.«

Sie versuchte, sich ins Gedächtnis zu rufen, wo ihre Mutter in diesen Momenten gewesen war, aber sie erinnerte sich nicht mehr.

Anna, das Dienstmädchen, nahm ihr Mantel und Tasche ab. »Mein Herr.« Sie kicherte leise und entschuldigte sich sofort.

Selma schnupperte. »Riecht es hier nach Senfbraten?«

Kurz darauf saß sie mit ihrem Vater im Esszimmer am Tisch, vor sich eine Scheibe köstlichen Senfbraten, dazu Kartoffeln und gelbe Rübchen. Ihr Lieblingsessen.

»Ich werde der Köchin sagen, dass niemand eine so leckere Soße zubereitet wie sie.« Sie ließ sich von Anna sogar ein weiteres Mal den Teller füllen.

»Du isst mit großem Appetit«, bemerkte ihr Vater sichtlich zufrieden. »Das freut mich.«

»Was macht deine Gastritis?«, erkundigte sie sich.

»Seitdem ich die Kügelchen nehme, die du mir gegeben hast, bin ich verschont geblieben.«

»Sieh an, mein skeptischer Vater glaubt an die Homöopathie«, neckte sie ihn.

»Ich habe mich davon überzeugen lassen.« Er trank einen Schluck Wein und tupfte sich den Mund ab. »Lass uns in die Bibliothek gehen. Anna hat Feuer gemacht. Es wird herrlich warm dort sein.«

Selma folgte ihm und nahm in einem der beiden gemütlichen Sessel am Fenster Platz. Das Holz knisterte im Kamin, und sie lehnte sich wohlig seufzend ins Polster zurück. Es war wunderbar behaglich im Zimmer.

Das hier ist mein Zuhause, nirgendwo werde ich mich jemals so wohlfühlen.

»Fühlst du dich wohl in Paris?«, riss ihr Vater sie aus ihren Gedanken, als hätte er in ihr Innerstes geschaut.

»Sehr sogar.«

Er schmunzelte. »Sei ehrlich: Du hattest Heimweh.«

»Und Sehnsucht, Papa.« Sie strich über seinen Handrücken.

»Bist du mit deiner Entscheidung im Reinen?«, fragte er unvermittelt.

»Julius zu heiraten meinst du? Ja. Es war die richtige Entscheidung und die vernünftigste.«

»Und ihr ...« Ihr Vater räusperte sich und schenkte ihnen ein Glas Sherry ein. »Eure Ehe ist also rein platonisch?«

Als sie nickte, sah er sie an: »Darf ich dich etwas fragen? Und wirst du mir versprechen, ehrlich zu antworten?«

Sie dachte kurz darüber nach und nickte schließlich erneut.

»Fehlt dir nichts in eurer Ehe?«

»Du sprichst von Liebe und romantischen Gefühlen, nehme ich an. Wir achten und schätzen uns. Ich gehe in meiner Arbeit auf, sie bereichert mein Leben. Endlich kann ich etwas Sinnvolles und Wichtiges tun.«

Er trank seinen Sherry aus. »Du hast meine Frage gekonnt umschifft.«

»Nein, ich habe sie ehrlich beantwortet, wie du es dir gewünscht hast«, widersprach sie und trank ebenfalls einen Schluck.

Er sah sie einen Augenblick an, ein feines Lächeln umspielte seinen Mund. »Du hast nicht darauf geantwortet, ob dir nichts fehlt.«

Sie stutzte. Richtig, das hatte sie nicht. »Mir fehlt nichts, Papa«, erklärte sie rasch.

»Was ist mit der Malerei?«, fragte er, nachdem er eine Weile geschwiegen und sich eine Pfeife angezündet hatte.

»Ich male nur noch aus Freude.«

»Du verkaufst kein Bild mehr?« Er hob die Augenbrauen. »Das wäre ein Jammer, Selma, du bist talentiert, und deine Bilder waren gefragt.«

Sie lächelte vor sich hin. Ihr war soeben durch den Kopf gegangen, dass sie Julius malen und das Porträt in der Praxis aufhängen könnte. Es würde ihm vermutlich nicht gefallen, für sie Modell zu sitzen, aber sie würde ihn schon davon überzeugen.

Sie plauderten noch eine Weile, dann stand Selma auf. »Ich gehe schlafen, Papa.«

»Gute Nacht. Schlaf dich nur aus, ich frühstücke morgen allein. Ich werde früh das Haus verlassen.«

»Sag nur, du hast einen Geschäftstermin?«

Er nickte. »Zusammen mit Gustav Klee. Ein neuer Geschäftspartner möchte mich bei dem Gespräch gern dabeihaben.«

Gustav. Selma schluckte schwer und beneidete ihren Vater in diesem Moment glühend. Er durfte mit Gustav sprechen, ihn ansehen, bei ihm sein, all das, wonach sie sich so sehr sehnte.

»Wirst du dich je ganz und gar zur Ruhe setzen?«, fragte sie ihn mit rauer Stimme.

Er lachte. »Irgendwann. Vielleicht.«

15.

Nach dem Frühstück machte Selma sich auf den Weg zu ihrer Freundin Ruth. Bei jedem Schritt betete sie, nicht Luise in die Arme zu laufen. Gustav saß gottlob mit ihrem Vater in der Kutsche und war unterwegs zu einem Kunden.

Trotzdem nahm sie einen Umweg, um von der Klee-Villa möglichst weit entfernt zu sein. Als sie schließlich an Ruths Haustür klopfte, war sie erleichtert.

»Selma!« Ruth breitete die Arme aus. »Was für eine nette Überraschung.«

Sie umarmten sich innig, und als Selma sich losmachte, begutachtete Ruth sie eingehend. »Es scheint dir gut zu gehen.« Sie trat beiseite, und Selma folgte ihr in die Küche. »Als deine Depesche kam, war ich ... Wie soll ich sagen? Erschrocken?« Ruth nahm neben ihrer Tochter Platz, die in ihrem Stühlchen am Tisch saß, das Gesicht tränenverschmiert, die Nase triefend.

»Es ist eine Vernunftehe. Ich werde Julius' Praxis übernehmen und seine Arbeit fortführen. Es wurde oft spät, und ich musste in seinem Haus übernachten. Die Leute begannen über uns zu reden. Du weißt ja, wie das ist. So etwas verbreitet sich wie ein Lauffeuer.«

»Und da dachten sie, der alte Monsieur Beermann fällt heißhungrig über die junge, bildhübsche Mademoiselle her.« Ruth lachte. »Ihr habt eine Zeit lang für aufregenden Gesprächsstoff gesorgt, nehme ich an.«

Selma zog ein Taschentuch hervor und wischte Sophie über Augen und Nase. »Was hat sie denn?«

»Wenn ich das wüsste. Sie sagt, ihr Bauch tut weh. Aber das sagt sie immer, wenn sie unleidlich ist.«

»Ich habe gelesen, dass die meisten Kinder über Bauchweh klagen, auch wenn etwas ganz anderes wehtut.« Selma befühlte die Stirn der Kleinen. »Sie scheint kein Fieber zu haben. War der Arzt da?«

Ruth nickte. »Er hielt es für eine Magenverstimmung, aber sie hat nicht erbrochen.«

»Was ist mit Durchfall?«, fragte Selma weiter, und Ruth schüttelte den Kopf.

»Gestern hat sie noch fröhlich gespielt und dann ...«

»Was hast du mittags gekocht?«

»Eine Kartoffelsuppe mit Speck.«

»Hat sie seitdem etwas gegessen?«

»Nein.«

»Aber getrunken?«

Ruth nickte erneut.

»Ich würde gern ihren Bauch abtasten. Können wir in die Stube gehen?«

»Natürlich, komm.« Ruth ging voran und öffnete die Stubentür.

Selma bat das Mädchen, sich auf das Sofa zu legen. Vorsichtig betastete sie den Bauch, führte die Hand erst nach rechts, dann nach links und schließlich unterhalb des Bauchnabels. So hatte sie es in einem ihrer Medizinbücher gelesen.

Sophie zuckte zusammen und verzog das Gesicht.

»Kann es eine Blinddarmentzündung sein?«, fragte Ruth.

»Das hätte der Arzt feststellen und sie sofort in ein Krankenhaus bringen lassen müssen. Mit einer Appendizitis ist nicht zu spaßen. Es kann zu einem Durchbruch kommen. Hat er sie zur Ader gelassen?«

»Das habe ich verhindert.«

»Gut so.« Selma bat Sophie, das linke Bein zu heben, und nickte, als die Kleine keinerlei Regung zeigte. Ihr war plötzlich ein Gedanke gekommen. »Zeigst du mir, womit du gestern gespielt hast, Sophie?«

Die Kleine nickte, verließ das Zimmer und kam kurz darauf mit ein paar Glasmurmeln zurück.

Selma ließ die Murmeln durch ihre Hand gleiten. »Erzählst du mir, was du damit gespielt hast?«

»Essen gekocht. Suppe.«

»Hast du sie auch gekostet?«

Sophie legte den Kopf schief und schien zu überlegen, ob sie antworten sollte. Schließlich nickte sie zögernd.

»Ach herrje.« Ruth stöhnte leise auf. »Mir schwant da etwas.«

»Hast du Trockenfrüchte im Haus und vielleicht Weizenkleie?«, fragte Selma.

»Weizenkleie nicht, aber ich könnte bei Erich ein Tütchen holen.«

»Eigentlich sollten die Murmeln auf normalem Weg wieder herauskommen, aber wir können ein bisschen nachhelfen.«

»Ich hätte besser aufpassen müssen, ich bin eine schreckliche Mutter.«

»Sei nicht albern, Ruth. Man kann ein kleines Kind nicht ständig im Auge haben.«

»Wie bist du darauf gekommen, dass sie etwas verschluckt haben könnte?«

»Ich war selbst ein Kind, das sich gern und oft etwas in den Mund gesteckt hat. Gib ihr ein paar Trockenfrüchte und anschließend einen Löffel Kleie in ein Glas abgekochtes Wasser.« Selma senkte die Stimme. »Sag ihr, es sei Feensaft, den sie unbedingt probieren müsse, damit die Fee weiß, ob sie die richtigen Zutaten hineingetan hat.«

Ruth lächelte. »Danke, Selma. Vielleicht solltest du dich der Kinderheilkunde widmen.«

Ihre Bemerkung ließ Selma aufhorchen. Kinderheilkunde?

»Ich glaube, darüber werde ich wirklich nachdenken.«

Am späten Nachmittag – ihr Vater war gerade heimgekommen – ging Selma zu ihm ins Kontor. Im Grunde war es gar kein Kontor mehr, nur sein Schreibtisch und sein Stuhl standen noch dort. Ansonsten war das Zimmer leer. Ihr Vater kam oft her und erledigte seine Korrespondenz, wie sie wusste.

»Du könntest den Schreibtisch in die Bibliothek stellen«, schlug sie vor, als sie hereinkam.

»Darüber habe ich auch schon nachgedacht. Aber ich glaube, ich habe mich zu sehr an diesen Platz gewöhnt.«

»Sagst du nicht immer, dass man sich alles, was man sich angewöhnt hat, auch wieder abgewöhnen kann?«

Er seufzte. »Du hast recht. Ich erteile gute Ratschläge, die ich selbst nicht einhalte.«

»Das geht wohl den meisten so.« Selma war zum Fenster gegangen und verschränkte die Arme. Ob Gustav wusste, dass sie in Lübeck war? Hatte er mit ihrem Vater über sie gesprochen?

»Bist du mit Gustav zufrieden?« Sie räusperte sich hastig. »Mit Gustav Klee«, fügte sie mit rauer Stimme hinzu.

»Oh ja, sehr sogar. Er ist zuverlässig, pflichtbewusst und aufmerksam. Die Kunden schätzen ihn. Ich kann mich ganz beruhigt mehr und mehr zurückziehen.« Er legte den Federhalter beiseite und sah sie an. »Wusstest du, dass er Luise Gröner geheiratet hat? Du hast sie doch noch besucht, bevor du wieder nach Paris gegangen bist.«

Sie setzte ein betont heiteres Gesicht auf. »Ja, ich erinnere mich. Ach, sie haben geheiratet?«

»Ihr Sohn Anselm ist Anfang des Monats geboren worden.«

Es war wie ein Schlag in den Magen, dabei hätte sie damit rechnen müssen. Natürlich würden Gustav und Luise Kinder haben! Was hatte sie denn geglaubt? Dass sie die Ehe nicht vollziehen würden?

Ausgerechnet Anselm! Wenn Gustav wüsste, dass sie als Anselm Jung bis nach Paris gereist war.

»Was ist mit dir?«, fragte ihr Vater stirnrunzelnd.

»Gar nichts. Ich glaube, ich sollte eine Kleinigkeit essen.« Selma wandte sich ab und verließ das Zimmer.

Würde sie jemals über Gustav hinwegkommen?

Sie lief in ihr Zimmer und warf sich aufs Bett.

Die Tränen hielt sie nicht zurück. Sie weinte aus Enttäuschung, weil sie nie ein Kind im Arm halten würde. Und sie weinte, weil sich ihr Innerstes so wund und verletzt anfühlte, dass sie meinte, sich nie mehr davon zu erholen.

Am Abend ging sie in die Bibliothek.

Ihr Vater war bereits dort, er saß am Fenster, die aufgeschlagene Zeitung im Schoß. »Ich bin noch gar nicht dazu gekommen, sie zu lesen«, murmelte er, als sie sich neben ihn setzte. »Möchtest du ein Glas Sherry oder Portwein?«

»Nein danke, heute möchte ich nichts. Ich denke darüber nach, mich auf Kinderheilkunde zu spezialisieren.«

Er sah sie verwundert an, dann nickte er. »Ja, warum eigentlich nicht. Du scheinst ein besonderes Händchen für Kinder zu haben.«

Nur dass ich selbst nie Mutter werden kann, dachte sie und wurde mit einem Mal von einer solch heftigen Traurigkeit erfüllt, dass sie ganz erschrocken war.

Ihr Vater stopfte sich eine Pfeife und rauchte eine ganze Weile schweigend. Dann sagte er plötzlich: »Ich weiß, wie du dich fühlst. Man trifft nur einmal in seinem Leben jemanden, den man so sehr liebt, dass man sich kaum vorstellen kann, ohne ihn atmen zu können.«

Selma umklammerte ihr Handgelenk, als wollte sie sich daran festhalten. Sie traute sich nicht, etwas zu sagen oder auch nur den Blick auf ihn zu richten.

»Bei Gustav Klee war es so, nicht wahr? Du hast dich in ihn verliebt, doch er war bereits verlobt.«

»Woher …?« Ihre Stimme war so rau, dass sie kaum sprechen konnte.

»Woher ich das weiß? Ich habe Augen im Kopf, Selma, und ich glaube, dich gut zu kennen. Außerdem kann ich eins und eins zusammenzählen. Du warst bei Luise eingeladen und kommst völlig aufgelöst heim. Und am nächsten Tag erklärst du, dass du Beermanns Angebot annimmst und wieder nach Paris willst. Ich hatte gehofft, dass du es mir selbst erzählen würdest, deshalb habe ich bis jetzt geschwiegen.«

Selma starrte auf ihre Hände. »Ich dachte, ich könne ihn mir aus dem Herzen reißen.«

»So etwas funktioniert nicht.« Es klang abgeklärt, aber sie glaubte, einen Unterton herauszuhören. Sprach er aus Erfahrung?

»Du kennst dieses Gefühl auch?«

Er nickte. »Es ehrt dich, dass du den Rückzug angetreten hast.«

Selma hob den Kopf. »Du hast mich gelehrt, wie wichtig Vernunft ist, Papa. Es war nur konsequent, dass ich so gehandelt habe. Hätte ich ihn vor die Wahl stellen sollen: Luise oder ich?«

Er legte kurz die Hand auf ihren Arm. »Ich glaube zu wissen, für wen er sich entschieden hätte.«

Sie lachte unfroh auf. »Für Luise natürlich.«

»Nein. Ich fürchte, er hätte sich für dich entschieden.«

Sie stand abrupt auf. »Das ist lächerlich, Papa! Er hätte sich für die Frau entschieden, mit der er bereits verlobt ist. Weil er ein verantwortungsbewusster Mann ist.«

Ihr Vater lächelte flüchtig. »Stimmt. Aber ich glaube, dass seine Gefühle für dich ihn sehr verwirrt haben. Und noch immer verwirren. Er kommt nicht über dich hinweg, und ich fürchte, er bereut, dich nicht festgehalten zu haben.«

»Ich lasse mich nicht festhalten«, erklärte sie trotzig. »Woher glaubst du das alles überhaupt zu wissen? Du wirst doch sicher nicht mit ihm darüber gesprochen haben.«

»Nein, das musste ich nicht. Mir genügt sein Blick, die Traurigkeit in seinen Augen und das Zusammenzucken jedes Mal, wenn dein Name fällt.«

Selma schluckte schwer.

Er stieß genüsslich einen Rauchkringel aus.

»Du solltest nicht so viel rauchen.«

Er verzog bedauernd das Gesicht, grinste aber. »Wie schade, alles, was mir Freude macht, sollte ich besser vermeiden.«

»Nur eine Zeit lang. Ich werde Helene bitten, vorerst hauptsächlich gesottene Kartoffeln und viel gedünstete Erbsen ohne Gewürze zuzubereiten.«

Er verzog erneut das Gesicht. »Das klingt köstlich.«

»Es wird sich auszahlen, Papa.« Selma stand auf. »Wie

sich alles im Leben früher oder später auszahlt. Auch das ist einer deiner Grundsätze, oder etwa nicht?«

Als sie an der Tür war, sagte er leise: »Ich wollte dich nicht traurig machen, Selma.«

»Ich bin nicht traurig«, erklärte sie mit fester Stimme.

»Doch, das bist du, und du hast allen Grund dazu.«

Sie wollte noch etwas erwidern, ließ es aber bleiben. Nachdem sie die Tür hinter sich geschlossen hatte, lehnte sie sich dagegen und atmete tief durch. Gut, dass ihr Vater nicht einmal ahnte, wie sehr seine Worte sie aufgewühlt hatten und *wie* traurig sie in Wahrheit war.

Ich werde nie über Gustav hinwegkommen, dachte sie, während sie in ihr Zimmer ging. *Es wird immer sein, als würde man mir das Herz aus der Brust reißen, wenn nur sein Name fällt. Aber damit werde ich leben müssen.*

Vielleicht hatte ihr Vater recht, und es geschah nur ein einziges Mal im Leben, dass man sein Herz an jemanden verschenkte, der wie ein Teil der eigenen Seele war.

Sie würde ihr Augenmerk auf ihre Arbeit richten und sich auf Kinderheilkunde konzentrieren.

Und auf ihr Leben in Paris.

II. Teil

Frühjahr 1874 – Winter 1875/1876

Der Sinn des Lebens besteht darin,
deine Gabe zu finden.
Der Zweck des Lebens ist,
sie zu verschenken.

Pablo Picasso

16.

Paris im Frühjahr 1874

Julius war an diesem Morgen im Bett geblieben. Er fühlte sich nicht gut, hatte miserabel geschlafen, wie er sagte, und wollte später einen kleinen Spaziergang machen.

Selma war in ihre Praxis gegangen, in der es nach Kampfer und Arnika roch. Sie öffnete die Fensterflügel und atmete die frische, kühle Morgenluft ein. Unten auf der Straße spielten ein paar Kinder Fangen, und eine dicke graue Katze lag unter der Magnolie vor dem Haus und döste. Die ersten Knospen waren aufgeplatzt, und zum Vorschein kamen die zartrosafarbenen Blüten, die Selma so liebte.

»Der Frühling ist da«, sagte sie laut zu sich selbst.

»Das ist wahr, Madame.« Gisèle stand in der Tür, lächelnd und erfrischend heiter wie meistens. »Gut geschlafen?«

»Wunderbar.« Was stimmte und keineswegs übertrieben war. Sie hatte tatsächlich ausgesprochen gut und so erholsam wie lange nicht mehr geschlafen.

Gisèle hielt etwas hinter ihrem Rücken, einen kleinen Strauß weißen Flieder, den sie Selma überreichte. »Für Sie, Madame. Ich dachte, er würde sich gut in Ihrer Praxis machen.«

»Merci, Gisèle, die sind zauberhaft.« Selma roch an den zarten kleinen Blüten und seufzte.

»Ich stelle sie ins Wasser«, bot sich Gisèle an und verließ das Zimmer.

Es dauerte nur einen Moment, und sie stand wieder in der Tür. »Ihre erste Patientin ist da, Madame.«

»Madame Fabron, nehme ich an?«

Ihre Haushälterin nickte. »Und sie sieht gar nicht gut aus«, raunte sie.

Selma ging nach nebenan, wo sie ein kleines Wartezimmer eingerichtet hatte. Dort saß Madame Fabron, eine Hand im Kreuz, das Gesicht schmerzverzerrt. »Kommen Sie, Madame.«

Vorsichtig stand die Frau auf, setzte langsam einen Fuß vor den anderen, während sie neben Selma herging.

»Plagt Sie Ihr Rücken wieder? Ich dachte, es sei besser geworden.« Selma bat sie, vor ihrem Schreibtisch Platz zu nehmen.

»Gestern Abend war es, als würde ein Blitz durch meinen Rücken zucken«, begann Madame Fabron zu erzählen. »Ich hatte mich aufgemacht, ein bisschen Unkraut zu jäten. Sie wissen ja, wie das ist: Die ersten Sonnenstrahlen kommen heraus, und es juckt einen in den Fingern.«

Selma nickte lächelnd. Inzwischen hatte sie Freude an der Gartenarbeit gefunden, jätete mit Hingabe Unkraut, grub kleine Flächen um und schuf damit neuen Platz für Kräuter und Stauden, zog Setzlinge und spazierte frühmorgens gern durch den Garten, um nach Knospen und Blüten Ausschau zu halten.

»Ich hocke also da und will mich aufrichten ...« Madame Fabron verzog auch jetzt noch das Gesicht. » ... und da schießt es mir mit einem Mal durchs Kreuz.«

»Ein Hexenschuss.« Selma stand auf. »Bitte erheben Sie sich, Madame. Ich möchte Ihren Rücken abtasten.«

»Aber seien Sie bloß vorsichtig, Madame. Pardon, ich weiß, dass Sie nur helfen wollen.« Madame Fabron stellte sich auf, und Selma fuhr mit dem Daumen an ihrer Wirbelsäule entlang.

An einem Punkt rechts oberhalb des Gesäßes zuckte sie zusammen und stöhnte auf. »Mon Dieu!«

Selma nickte. Ihre erste Diagnose hatte sich bestätigt.

»Was hab ich denn bloß falsch gemacht?«

»Vermutlich nur eine kleine falsche Bewegung, nichts weiter.«

»Mon Dieu, die Schmerzen sind furchtbar, Madame, unerträglich. Ich weiß kaum, wie ich aus dem Bett gekommen bin.«

Selma bat sie, ganz langsam die Arme über dem Kopf auszustrecken. »So ist es gut. Und nun nehmen Sie die Arme langsam wieder herunter und lassen sie sacht durchschwingen. Haben Sie gefroren, als Sie im Garten waren?«

Madame Fabron schaute sie verblüfft an und nickte dann.

»Wärmen Sie sich vor der Haus- und Gartenarbeit gut

auf. Eine warme Muskulatur ist lockerer, widerstandsfähiger. Am besten, Sie wickeln sich etwas um die Hüften, um sie warm zu halten, eine Pelerine oder ein Wolltuch.«

Selma ging zum Regal und nahm ein Fläschchen heraus. »Und hiervon nehmen Sie anfangs alle zwei Stunden ein Kügelchen. Ab heute Nachmittag alle vier Stunden und ab morgen dreimal täglich eins. Soll ich es Ihnen aufschreiben?«

»Nicht nötig.« Madame Fabron ratterte herunter, was sie gehört hatte. »Anfangs alle zwei Stunden eins, ab dem Nachmittag alle vier Stunden, und ab morgen dreimal täglich. Merci, Madame. Und was ist das?« Sie zeigte auf das Fläschchen. »Eingelegte Mäuseschwänze, wie mein Mann so gern sagt?«

Selma musste lachen. »Mit Mäusen geben wir uns in der Homöopathie gar nicht erst zufrieden, wir nehmen gleich Ratten. Am liebsten die ganz großen, gefräßigen.«

Madame Fabron schüttelte sich, musste aber auch lachen.

»Wurzelsumach«, erklärte Selma schließlich.

»Wahrscheinlich hab ich so was sogar im Garten«, meinte Madame Fabron und steckte das Fläschchen in ihre Schürzentasche.

»Das ist gut möglich. Wenn Sie noch Arnikasalbe im Haus haben, können Sie damit Ihren Rücken einreiben. Oder besser noch, Sie bitten Ihren Mann darum. Ich werde Ihnen noch etwas zeigen, Madame Fabron.« Selma schlüpfte aus ihren Schuhen und legte sich flach auf den Rücken, die Beine auf einem Stuhl.

»Was tun Sie da?«, fragte Madame Fabron mit einer Mischung aus Erstaunen und Belustigung.

»Das können Sie tun, um die Schmerzen zu lindern. Am besten, Sie legen noch zusätzlich ein Kissen auf den Stuhl.«

»Und wie soll ich dann wieder hochkommen?« Die Frage war nicht ganz absurd, Madame Fabron war ein wenig korpulent. Sie schnalzte mit der Zunge und winkte ab. »Das bekomme ich schon hin. Schlimmstenfalls bleibe ich wie ein Käfer auf dem Rücken liegen, bis mein Guillaume nach Hause kommt.« Sie drückte Selmas Hand und ging zur Tür, nun schon wieder ein wenig aufrechter. »Merci beaucoup, Madame. Ohne Sie wäre ich hoffnungslos verloren.«

»Und achten Sie immer auf Ihre Haltung«, gab Selma ihr noch mit auf den Weg. Darüber hatten sie bereits gesprochen. Madame Fabron neigte dazu, die Schultern hängen zu lassen und den Kopf einzuziehen. »Stellen Sie sich vor, Sie trügen zwei Bücher auf dem Kopf.«

»Bei der Hausarbeit.« Ihre Patientin seufzte. »Aber Sie haben ja recht, Madame. Ich werde es beherzigen.« Mit erhobenem Kopf öffnete sie die Tür.

»Auf die Straße sollten Sie trotzdem achten.« Selma musste wieder lachen. »Nicht dass Sie unter eine Kutsche geraten.«

Die Tür war kaum hinter Madame Fabron zugefallen, als es klopfte. »Madame?« Gisèle blieb im Türrahmen stehen und erkundigte sich, ob alles in Ordnung sei und sie gleich mit den Schlafzimmern beginnen solle.

»Mein Mann ist noch nicht aufgestanden, Gisèle. Aber Sie können in meinem Zimmer anfangen.«

»Oui, Madame. Haben Sie einen besonderen Wunsch zum Mittagessen?«

»Nein.« Selma lächelte sie an. »Ich werde alles gern essen, was Sie zubereiten.« Vielleicht war es sinnvoll, ein Dienstmädchen einzustellen, die arme Gisèle konnte sich nicht vierteilen. »Ich sollte darüber nachdenken, noch jemanden einzustellen.«

Die junge Frau hob überrascht die Augenbrauen. »Sind Sie mit meiner Arbeit nicht zufrieden?«

»Oh, und ob ich das bin, Gisèle. Aber ich möchte nicht, dass Sie sich überlastet fühlen.«

»Das bin ich nicht, Madame, keine Sorge.«

»Schön, wie Sie meinen. Versprechen Sie mir, dass Sie mir Bescheid geben, wenn es Ihnen zu viel wird?«

Die junge Frau nickte. Und wie sie so dastand, ein leicht amüsiertes Lächeln auf den Lippen wie meistens, schwirrte Selma ein Gedanke, eine Idee durch den Kopf. »Würden Sie mir Modell sitzen, Gisèle?«

»Ich? Also ich weiß nicht ... Sehen Sie mich doch an, Madame.«

Selma musste lachen. »Deswegen frage ich ja, Gisèle. Ich würde Sie furchtbar gern malen.«

Die Haushälterin errötete. »Wenn Sie das wirklich wollen ...«

»Was halten Sie von heute am frühen Abend? Das Licht ist so bezaubernd um diese Zeit.«

Gisèle nickte und machte die Tür hinter sich zu.

Gleich darauf wurde sie wieder geöffnet. »Pardon, Madame. Weshalb ich auch hier bin ... Die Tochter einer Freundin leidet unter einer eigenartigen Krankheit. Möglicherweise ist es gar keine Krankheit … Ich dachte, ich bitte Sie, sich das Mädchen mal anzuschauen.«

»Das mache ich gerne, Gisèle. Es ist noch nicht offiziell, aber ich habe ohnehin vor, mich auf Kinderheilkunde zu konzentrieren.«

»Ach, wirklich? Das finde ich wundervoll, Madame.«

»Was ist mit dem Mädchen?«, fragte Selma nach.

»Meine Freundin macht sich Sorgen, weil Agnès so oft nach dem Essen erbrechen muss und ständig über Bauchschmerzen klagt.«

»Sagen Sie ihr, sie soll gleich morgen Vormittag zu mir in die Praxis kommen. Sie haben übrigens eine sehr schöne Stimme, Gisèle.«

Die junge Frau blinzelte verwirrt.

»Ich habe Sie gestern in der Küche singen gehört.«

Gisèle errötete. »Als kleines Mädchen habe ich davon geträumt, eine berühmte Sängerin zu werden.«

»Warum haben Sie es nicht versucht?«

»Mir fehlte der Mut, und wenn ich ganz ehrlich bin, auch der Ehrgeiz.«

»Das überrascht mich«, bekannte Selma.

»Außerdem ist eine musikalische Ausbildung sehr teuer, und meine Eltern waren nicht sehr wohlhabend.«

Wieder einmal fühlte sich Selma vom Schicksal bevorzugt. Sie hatte ganz selbstverständlich eine künstlerische Ausbildung genossen, weil das Geld in ihrer Familie keine Rolle gespielt hatte.

»Dann gebe ich meiner Freundin Bescheid, Madame.«

Gisèle wandte sich ab, als ein Mann sich an ihr vorbeidrängte. »Pardon. Ich möchte zu Madame Beermann. Es ist wichtig.«

Sie betrachtete ihn stirnrunzelnd. »Monsieur? Haben Sie einen Termin?«

»Dazu fehlte die Zeit. Wie ich schon sagte, es ist wichtig.«

Gisèle sah Selma fragend an, und die nickte ergeben. »Schon gut, Gisèle.«

Der Mann eilte in ihr Zimmer. Er war recht klein und zierlich für einen Mann, sein Haar war wirr, und sein Gehrock roch, als wäre er länger nicht ausgebürstet worden.

»Was kann ich für Sie tun, Monsieur ...?«

Er bat sie um Verzeihung, dass er so ungalant aufgetreten war, und setzte sich. Er wirkte nervös und aufgedreht. »Tozzi. Nicolas Tozzi.« Er strich mit einer Hand über seinen unteren Rücken. »Der Schmerz sitzt hier. Ein grässlicher Schmerz, der mich am liebsten nachts überfällt.«

»Würden Sie bitte aufstehen und Ihr Hemd aus dem Hosenbund ziehen?«, bat sie ihn.

Er stand auf und schlüpfte aus seinem Hemd. Dann schien ihm aufzugehen, dass das gar nicht nötig gewesen wäre, und er bat erneut um Verzeihung. »Ich bin heute nicht auf der Höhe, pardon, Madame. Ich schlafe furchtbar, wenn ich denn überhaupt einschlafen kann.«

Mit beiden Händen betastete sie seine Wirbelsäule, fuhr mit dem Finger daran entlang und strich über die Schulterblätter.

Anschließend betastete sie den unteren Lendenwirbelbereich. »Sitzen Sie viel, Monsieur?«

»Ich bin Musiker. Genauer gesagt spiele ich Geige.«

Sie nickte. »Sie sitzen also viel. Sie sollten für ausreichend Bewegung sorgen, Monsieur. Stehen Sie öfter mal auf, strecken Sie sich, gehen Sie ein paar Schritte.« Sie hockte sich hin und strich mit dem Daumen an der Außenseite seines Beines entlang bis zum Knie. »Spüren Sie den Schmerz manchmal auch hier?«

»Manchmal?« Er stöhnte auf. »Dort ist es besonders schlimm.«

»Es ist der Ischiasnerv, vermute ich. Strahlt der Schmerz bis in die Zehen hinunter?«

»Hin und wieder.«

»Können Sie auf der betreffenden Seite liegen, oder ist der Schmerz dann schlimmer?«

»Es ist dann etwas besser.«

»Hilft Ihnen Wärme?«

Er nickte.

»Fühlt sich Ihr Bein zuweilen taub an?«

Wieder nickte er.

Selma bat ihn, eine Bewegung zu machen, bei der er das Bein anheben und von sich strecken sollte. Dabei kam er ins Trudeln und fiel um ein Haar hin.

»Setzen Sie sich bitte, und stehen Sie dann rasch wieder auf.«

Tozzi tat wie ihm geheißen und verzog schmerzerfüllt das Gesicht. »Ich werde noch wahnsinnig, Madame.

Manchmal beiße ich mir nachts in die Hand, um nicht laut zu schreien.«

»Der Nerv wird gereizt sein.«

»Oh, das bin ich inzwischen auch, Madame.«

»Ein gereizter Ischiasnerv kann ein echter Plagegeist sein. Aber es ist nichts, das sich nicht beheben lässt, Monsieur. Was man braucht, ist ein wenig Geduld.«

17.

Selma hatte Tozzi eingehend befragt, so wie sie es bei jedem Patienten machte. Sie hatte sich nach seinen Gewohnheiten erkundigt und war zu dem Schluss gekommen, dass er vermutlich ein brillanter Musiker war, der seiner Musik sein ganzes Leben untergeordnet hatte. Er aß unregelmäßig und dann meistens zu viel, trank entsprechend zu viel Wein und hatte sich angewöhnt, zu den unterschiedlichsten Zeiten schlafen zu gehen, um dann festzustellen, dass er keine Ruhe fand. Und er schien recht wehleidig zu sein.

»Ich wünsche mir einen Zögling, Madame«, vertraute er ihr an. »Ein Talent, das ich fördern darf. Ich bin nicht mehr der Jüngste und hätte gern jemanden, den ich ausbilden kann.«

»Ein schöner Wunsch.«

»Einer, der vermutlich unerfüllt bleibt«, erwiderte er niedergeschlagen. »Bisher konnte ich niemanden mit ausreichend Begabung finden.«

»Aber es gibt doch so viele talentierte junge Menschen«, entgegnete sie ungläubig.

Tozzi sah sie an, als wäre er äußerst überrascht. »Ach ja?

Glauben Sie?« Er seufzte. »Die Wahrheit ist: Ich suche nun schon seit vielen Jahren und beginne allmählich zu resignieren.«

Selma nickte. »Ich verstehe. Mein Mann hat auch lange nach jemandem gesucht, der sein Werk weiterführt.«

»Und er hat Sie gefunden?«

Sie nickte wieder. »Darf ich Ihnen noch einen Rat geben, was Ihre Gesundheit betrifft?«

»Ich bitte darum. Deswegen bin ich hier.«

»Versuchen Sie, möglichst immer zur gleichen Zeit schlafen zu gehen. Das sollten Sie auch als Musiker hinbekommen. Ich glaube, es ist nicht nur der Ischias, der Sie quält, es ist Ihr Lebensrhythmus.« *Und Ihre unerfüllte Sehnsucht*, dachte sie betrübt. Und dafür hatte sie keinen Rat parat.

Selma stand auf und suchte das Mittel aus dem Schrank, das sie für ihn vorgesehen hatte. Sie stellte das Fläschchen auf den Tisch. »Das ist *Colocynthis*, Bitterkürbis.«

»Klingt scheußlich.« Tozzi verzog angewidert das Gesicht. »Aber wenn es hilft, würde ich auch Rattendreck essen.«

»Es sind kleine Kügelchen, die Sie sich auf die Zunge legen. Gönnen Sie sich viel Ruhe, und sorgen Sie für Wärme. Und haben Sie Geduld, Monsieur.«

»Danke, Madame.« Er schüttelte ihre Hand. »Mögen Sie Musik?«

»Ich liebe Musik.«

»Ich gebe in zwei Wochen ein Konzert. Ich würde mich freuen, wenn Sie und Ihr Mann kommen.« Tozzi verbeugte sich. »Ich werde Ihnen die Karten zukommen lassen. Au revoir, Madame.«

»Merci, Monsieur. Ich freue mich sehr.« Selma begleitete ihn zur Tür. Und bevor er hinausging, sagte sie noch: »Das Schicksal hält immer noch etwas bereit, und oft öffnen sich Türen, die vorher verschlossen waren.«

Er verzog das Gesicht zu einem flüchtigen, etwas schiefen Lächeln. »Merci. Auch für Ihre freundlichen Worte.«

Agnès, die Tochter von Gisèles Freundin, war sieben Jahre alt. Selma war ganz erschüttert, wie mager und zerbrechlich das Mädchen aussah. Selma hatte die Mutter gebeten, nebenan zu warten. Sie wollte erst allein mit dem Mädchen sprechen. »Deine Mutter sagt, du erbrichst häufig nach dem Essen.«

Das Mädchen nickte zögernd und schaute sich mit großen Augen im Zimmer um.

»Hast du nach jedem Essen Bauchweh?«

Es schüttelte den Kopf.

»Kannst du mir sagen, wann du Bauchweh hast?«

»Nein, ich glaube nicht.«

»Gibt es etwas, das dir Kummer macht? Hast du vielleicht Sorgen oder Probleme in der Schule?«

»Nein.«

»Dann gehst du gern zur Schule?«

Ein vages Schulterzucken.

»Hast du viele Freundinnen dort?«

»Zwei.«

»Welches Fach magst du am liebsten?«

»Schreiben und Lesen.«

An der Schule liegt es nicht, dachte Selma und ließ das Mädchen eine Zeichnung anfertigen, auf der sie ihre Familie darstellte. Vielleicht ließ sich daraus etwas schließen.

Später, als Agnès und ihre Mutter wieder gegangen waren, glaubte Selma zu wissen, woran es liegen könnte.

Sie wollte aber noch Julius hinzuziehen und um Rat fragen.

Sie ging zu ihm in die Bibliothek, wo er am Fenster saß, und erzählte ihm von dem Mädchen. »Das, was ihre Mutter berichtet hat, deckt sich mit meiner Ahnung. Ich nehme an, dass Agnès' Körper gewisse Nahrungsbestandteile nicht verwerten kann.« Auch darüber hatte sie in ihren Büchern gelesen.

»Viele Menschen vertragen keine Kuhmilch«, meinte Julius. »Die meisten ändern trotzdem nicht ihre Ernährung. Sie argumentieren, dass die Menschen seit Jahrhunderten Milch trinken.«

»Das ist interessant. Ich bin gespannt, wie Agnès' Mutter reagieren wird, wenn ich ihr sage, dass ihre Tochter künftig auf alles, was aus Milch gemacht ist, verzichten sollte.«

»Sie wird es vermutlich ablehnen.«

»Dann werde ich versuchen, mit Engelszungen auf sie einzureden und sie zu überzeugen.«

»Es gefällt mir, dass du nie aufgibst. Ein ›Das habe ich immer so gemacht‹ lässt du nicht gelten.«

»So bin ich wohl einfach.« Sie betrachtete ihn nachdenklich. Er sah so zufrieden und eins mit sich und der Welt aus. »Was hältst du davon, wenn ich dich porträtiere?«

»Mich alten Mann? Such dir lieber einen jungen, gut aussehenden Burschen.«

Sie lachte. »Du hast mich missverstanden, Julius. Ich möchte dich malen und das Porträt in die Praxis hängen.«

Er sah sie verwundert an, schließlich nickte er. »Na schön. Wenn du findest, dass mein Konterfei unbedingt der Nachwelt erhalten bleiben sollte ...«

»Ja, das finde ich allerdings. In ein paar Jahrzehnten oder Jahrhunderten wollen die Menschen doch wissen, wie der Begründer der Homöopathie ausgesehen hat.«

»Weißhaarig und runzlig.«

Sie legte lachend die Hand auf seinen Arm. »Und sehr weise.«

18.

Wenige Wochen darauf klopfte eine Frau mit großen dunklen Augen an die Praxistür. »Pardon. Madame?«

Es war ein herrlicher Sommertag. Die Sonne schien ins Fenster, und die Leute auf der Straße hatten offenbar Freude am Sommer und an dem schönen Wetter. Niemand machte ein verdrießliches Gesicht, niemand beschwerte sich über die Pferdeäpfel auf der Straße oder die lärmenden Kinder.

Selma, die am Schreibtisch saß, blickte auf. »Kommen Sie nur herein.«

Die junge Frau schob einen Jungen, vielleicht zehn oder elf Jahre alt, vor sich her. »Ich bin Nicole Boisson, und das ist mein Sohn Olivier.«

»Setzen Sie sich, Madame Boisson. Was führt Sie zu mir?«

Es hatte sich ganz offenbar bereits herumgesprochen, dass Selma sich der Kinderheilkunde verschrieben hatte.

Madame Boisson nahm auf einem der beiden Stühle vor ihrem Schreibtisch Platz und warf ihrem Sohn einen verunsicherten Blick zu. »Er bekommt immer wieder einen scheußlichen Ausschlag im Gesicht«, sagte sie leise, als wäre es ihr furchtbar unangenehm.

Selma schenkte dem Jungen ein aufmunterndes Lächeln. »Juckt der Ausschlag, oder brennt er?«

»Er juckt«, antwortete Olivier, ohne sie dabei anzusehen.

»Könnte es mit dem Essen zusammenhängen? Kommt der Ausschlag, wenn du etwas Besonderes gegessen hast?«

»Sie meinen eine Allergie, Madame?«, fragte seine Mutter dazwischen und schüttelte den Kopf. »Nein, daran liegt es nicht.« Sie beugte sich etwas vor. »Ich habe Monsieur Beermanns Buch gelesen. Seitdem achte ich auf vieles, was mir früher gar nicht bewusst war. Mein Mann hält mich für übergeschnappt, aber ich bin davon überzeugt, dass es richtig ist. Nein, mit dem Essen hat es nichts zu tun.«

»Gehst du gern zur Schule, Olivier?«, fragte Selma den Jungen. Das hatte sie bereits gelernt: Wenn es Kindern nicht gut ging, ganz gleichgültig, was es war, hatte es häufig mit der Schule zu tun. Ein Kind konnte sich über- oder auch unterfordert fühlen, es litt vielleicht darunter, dass es keine oder die falschen Freunde hatte, dass es gemieden oder eventuell zu viel von ihm erwartet wurde. Erwartungen, die es nicht erfüllen konnte oder wollte.

»Ich mag Rechnen.« Sein Blick bekam etwas Verträumtes.

Der Junge nimmt sich viel zu Herzen, ging Selma auf. *Er ist sensibel und vermutlich sehr klug. Und vielleicht leidet er darunter, seine Wünsche nicht ausleben zu können.*

»Wie alt bist du, Olivier?«

»Elf.«

»Wofür interessierst du dich? Liest du gern?«

Er nickte ein wenig unschlüssig.

»Magst du Musik?«

Nun leuchteten seine Augen. »Oui, Madame.«

»Spielst du ein Instrument?«

Er nickte. »Geige«, sagte er leise.

Selma horchte auf. »Ein wundervolles Instrument.«

»Wenn ich etwas dazu sagen darf, Madame?«, warf seine Mutter ein.

»Ja, natürlich. Sie kennen ihn vermutlich am besten.«

»Seitdem er eine Geige halten kann, ist er besessen davon. Und er ist sehr begabt, wie uns sein Lehrer gesagt hat. Aber wir können uns keinen weiteren Unterricht und keine eigene Geige leisten. Es tut mir so leid für ihn, aber es geht einfach nicht.« Es klang bedauernd und auch ein wenig beschämt.

Selma glaubte zu wissen, was der Grund für den wiederkehrenden Ausschlag des Jungen war: der unerfüllte Wunsch, sein geliebtes Instrument spielen zu dürfen.

»Ich glaube, ich habe da eine Idee, Madame.« Sie lächelte in sich hinein. »Ich kenne einen Geiger, der sich gern um einen Zögling kümmern würde.« Sie sah Olivier an, der ungläubig aufgeblickt hatte. »Wenn du möchtest, spreche ich mit Monsieur Tozzi.«

»Monsieur Tozzi?«, wiederholte er mit großen Augen. »*Der* Monsieur Tozzi?«

»Du kennst ihn?«

Der Junge nickte ehrfürchtig.

»Das würden Sie wirklich tun, Madame Beermann?«, fragte seine Mutter.

»Aber was, wenn er mich auslacht?« Olivier war aufgesprungen und durchs Zimmer gelaufen. »Was, wenn er findet, ich sei nicht gut genug?«

»Olivier«, ermahnte seine Mutter ihn.

»Ich glaube, du bist mutig genug, es herauszufinden«, sagte Selma zu ihm.

Er blieb vor ihr stehen und schaute sie einen Moment an. Es arbeitete in ihm, das war deutlich zu sehen.

Schließlich nickte er. »Ja, ich will es versuchen.«

Selma legte die Hand auf seine Schulter. »Mut und Zuversicht sind die ersten Schritte, Olivier.«

Sie hatte Tozzi aufsuchen wollen, doch das musste sie gar nicht, denn wenige Tage später kam er wieder in ihre Praxis.

»Das Mittel, das Sie mir gegeben haben, hilft erstaunlich gut, Madame. Und ich habe mir Ihren Rat zu Herzen genommen. Ich gehe viel spazieren und achte auf regelmäßige Essens- und Schlafenszeiten. Ich hätte nicht gedacht, dass es mir gelingt.« Er strahlte. »Aber es funktioniert, Madame!« Er war bereits wieder an der Tür. »Das hatte ich Ihnen nur sagen wollen. Merci beaucoup, Madame.«

»Warten Sie, Monsieur.«

Er blieb in der Tür stehen.

»Ich möchte Sie um etwas bitten.«

Neugierig trat er näher.

»Es geht um einen Jungen. Olivier liebt das Geigenspiel, er soll sehr begabt sein. Aber seine Eltern können sich kein

Instrument und auch keinen Unterricht leisten.« Sie machte eine Pause und wollte weitersprechen.

Doch Tozzi kam ihr zuvor. »Wollen Sie mir gerade sagen, dass ich diesen Jungen unter meine Fittiche nehmen soll?« An seiner Miene war nicht zu erkennen, was er davon hielt.

Sie war verunsichert.

»Madame!« Er griff nach ihren Händen und riss sie vom Stuhl hoch. »Sie haben einen Zögling für mich?«

Sie lachte erleichtert. »Natürlich müssten Sie prüfen, wie talentiert er wirklich ist, aber ...«

Er nickte eifrig. »Das werde ich, das werde ich. Ich danke Ihnen, Madame! Oh, ich bin ganz aufgeregt. Schicken Sie den Jungen zu mir. Wie ist sein Name?«

»Olivier Boisson. Er ist elf Jahre alt.«

Tozzi hatte ihre Hände losgelassen und eilte erneut zur Tür. »Ich danke Ihnen so sehr, Madame!« Er ließ die Tür hinter sich zufallen.

Und Selma blieb mit dem wunderbaren Gefühl zurück, zwei Menschen sehr glücklich gemacht zu haben.

19.

Paris im Herbst desselben Jahres

Im Sommer hatte Selma begonnen, Musik- und Leseabende zu veranstalten. Anfangs hatte Julius den Kopf geschüttelt und gemeint, solche gesellschaftlichen Anlässe seien nichts für ihn, er würde sich nur fehl am Platz fühlen. Doch er hatte sich gleich am ersten Abend dazugesellt und andächtig im Sessel gesessen, die Augen geschlossen, ein leises Lächeln auf den Lippen und dem Klavierspiel gelauscht. Ab und an hatte er ein Auge geöffnet, als wollte er sich vergewissern, dass nicht längst alle gegangen waren und er allein zurückgeblieben war. Und anschließend hatte er mit den Gästen geplaudert.

Zu einem dieser Musikabende hatte sie Nicolas Tozzi eingeladen, der zu ihrer Überraschung Olivier mitgebracht hatte. »Das ist das Mindeste, was ich tun kann, um mich bei Ihnen zu bedanken, Madame«, hatte er gesagt. »Olivier ist in der Tat außergewöhnlich begabt. Ich bin davon überzeugt, dass ihm eine große Karriere bevorsteht. Und das hat er Ihnen zu verdanken.«

Selma war rot geworden. »Ich bitte Sie, Monsieur. Ich habe nur ein bisschen die Weichen gestellt.«

»Und das genügt dann und wann.«

Als die beiden musizierten, hatte sie nur Olivier angesehen. Wie gelöst und glücklich er aussah!

In diesem Jahr fiel der erste Schnee bereits Ende Oktober. Ein eisiger Wind trieb die Blätter durch die Straßen, und die zarten Schneeflocken bedeckten alles mit einer pudrigen Schicht.

Selma hatte sich auf einen milden, bunten Herbst gefreut, sie konnte dem viel zu frühen Schnee nichts abgewinnen.

In einer hellen Vollmondnacht war sie aufgestanden und hatte sich ans Fenster gestellt, um den Schneeflocken zuzusehen.

Danach hatte sie nicht wieder einschlafen können und war noch vor der Dämmerung aufgestanden.

Auch Julius war bereits auf, als sie in die Küche kam, und er sah ebenfalls nicht ausgeschlafen aus. »Du hattest auch keine gute Nacht?«, fragte sie ihn.

»Nein, der Vollmond macht mich noch verrückt.«

Selma blinzelte ungläubig, als sie meinte, einen Anflug von Kopfweh zu spüren. Die letzte Schmerzattacke lag so lange zurück, dass sie sich kaum noch daran erinnern konnte.

»Es wird am Schnee liegen«, murmelte sie und rieb sich die Stirn.

»Kopfweh?«

Sie nickte. »Ich war schon als Kind wetterfühlig, und ich fürchte, das werde ich auch nicht mehr ablegen.«

Draußen heulte der Wind und zerrte an den Fensterläden, als wollte er sie aus den Angeln heben.

»Ich nehme an, dass viele heute lieber daheimbleiben«, meinte Julius. »Hast du Termine?«

»Zwei am Vormittag und einen Hausbesuch am Nachmittag.«

Am Nachmittag, das Schneetreiben hatte Gott sei Dank nachgelassen, traf Selma auf dem Markt Madame Martin, die Nichte von Madame Bertrand, ihrer früheren Zimmerwirtin.

Sie war verwitwet und musste drei Kinder durchbringen. Selma war erschrocken, wie blass und verhärmt die Frau aussah. »Madame Martin, wie schön, Sie zu sehen. Sind Sie und die Kinder wohlauf?«

»Es geht schon, Madame, ich will mich nicht beklagen.«

Selma trat einen Schritt näher. »Wie geht es Ihrer Tante?«

»Gut. Sie sagt gern: Unkraut vergeht nicht.« Die Frau räusperte sich und zupfte an ihrem Wolltuch. »Dürfte ich Sie etwas fragen, Madame? Oder sind Sie sehr in Eile?«

»Für eine Frage habe ich immer Zeit.«

»Es geht um meine Freundin Marie. Ihre kleine Tochter … Sie ist im letzten Monat gestorben.«

»Wie furchtbar. Das tut mir schrecklich leid.«

»Marie leidet entsetzlich. Die Kleine hatte hohes Fieber, das sich nicht senken ließ, und dann plötzlich …« Madame

Martin schluckte schwer. »Eines Morgens lag sie tot in ihrem Bettchen. Dabei hatte Marie die ganze Nacht am Bett gesessen. Sie war wohl irgendwann eingenickt und macht sich jetzt schwere Vorwürfe. Sie meint, dass sie doch hätte bemerken müssen, dass ihre Kleine stirbt.«

»Wie alt war das Kind?«

»Drei Monate.« Madame Martin schluchzte und zog ein Taschentuch hervor. »Ich weiß nicht, wie ich sie trösten kann, Madame. Sie tut mir so leid.«

»Der Tod bei kleinen Kindern kommt oft auf sehr leisen Sohlen, damit die Kleinen nicht unnötig leiden müssen.«

»Glauben Sie wirklich?« Ihr Blick war hoffnungsvoll, und als Selma nickte, sagte sie: »Danke, Madame. Ich werde Marie erzählen, was Sie gesagt haben, vielleicht ist es ihr ein kleiner Trost.«

Ein kleiner Junge kam angelaufen, seine Nase lief, und sie wischte sie ihm rasch trocken. »Mein Sohn Antoine.«

Selma griff in ihren Korb und gab ihm einen Apfel.

Er nahm ihn und ließ ihn in seiner Jackentasche verschwinden. Dann begann er zu husten, und Selma fragte seine Mutter, wie lange er schon so huste.

»Seit ein paar Tagen, Madame.«

»Waren Sie mit ihm beim Arzt?«

Madame Martin wich ihrem Blick aus und schüttelte den Kopf.

Selma wollte etwas entgegnen, dann aber ging ihr auf, dass die Frau sich vermutlich keinen Arzt leisten konnte. »Kommen Sie mit Antoine später in die Praxis.«

»Aber ich ...«

»Tun Sie es, ich bitte Sie. Und machen Sie sich keine Sorgen wegen der Bezahlung. Ich werde kein Geld von Ihnen nehmen.«

»Aber das kann ich nicht annehmen!«

»Doch, das können Sie.« Selma lächelte sie an. »À bientôt, Madame.«

Als Selma von ihrem Hausbesuch zurückkam, ging sie geradewegs zu Julius, der wie meistens in der Bibliothek saß und las. »Ich glaube, ich werde eine Armensprechstunde für Mütter und Kinder einrichten.«

Es war ihr auf dem Weg durch den Kopf geschwirrt. Es gab in Paris so viele Menschen, die kein Geld für einen Arztbesuch hatten.

Julius legte das Buch beiseite. »Das finde ich wunderbar, Selma.«

Es klopfte, und Gisèle kam herein. »Pardon, dass ich störe. Madame Martin ist mit ihrem Sohn da.«

»Ah ja, richtig!« Selma schlüpfte rasch aus ihrem Mantel, nahm den Hut ab und zog die Handschuhe aus.

Gisèle nahm alles entgegen. »Ich hänge den Mantel vor den Ofen, Madame.«

Der kleine Antoine war ein hübscher Junge mit großen, dunklen Augen, die Selma ängstlich anschauten, als sie sich neben ihn setzte. »Du musst dich nicht fürchten, Antoine.« Sie hörte seine Atemwege ab und bat ihn schließlich, zu husten. Dabei rasselte es in seiner Brust. »Wie ist es am Morgen, wenn du aufstehst? Musst du dann auch husten?«

Zögernd nickte er.

»Musst du manchmal ausspucken?«

Wieder nickte er und sah dabei seine Mutter an, als bräuchte er ihren Beistand.

Selma strich ihm kurz übers Haar. »Wie ist es nachts? Kannst du schlafen, oder ärgert dich dein Husten sehr?«

Er schien es nicht recht zu wissen und schaute erneut seine Mutter an.

»Er hustet anfangs sehr, Madame, dann aber schläft er ein und wacht auch erst morgens wieder auf.«

»Es kann an der trockenen Luft in den Zimmern liegen, sie legt sich wie Blei auf die Atemwege und verklebt sie. Sorgen Sie dafür, dass Antoine jeden Tag an der frischen Luft ist. Warm angezogen darf er draußen spielen. Und hängen Sie feuchte Tücher in sein Zimmer.« Selma war zum Regal gegangen und blieb einen kurzen Moment davor stehen. Sie entschied sich für ein Mittel, das hustenlösend und auch beruhigend für die Atemwege war. »Geben Sie ihm hiervon alle drei Stunden ein Kügelchen. Und einmal täglich zwei Löffel Zwiebelsud halte ich für sinnvoll.«

Madame Martin nahm das Fläschchen entgegen. »Merci, Madame.«

»In einer Woche bringen Sie mir Antoine noch mal her. Sollte sich bis dahin der Husten nicht deutlich gebessert haben oder sogar verschlechtern, kommen Sie bitte früher.«

»Merci beaucoup. Komm, Antoine.« Sie half ihrem Sohn dabei, seinen Mantel anzuziehen, und wickelte den Wollschal um seinen Hals. »Sie sind sehr gütig, Madame Beermann.«

»Sie dürfen sehr gerne überall herumerzählen, dass ich von nun an einmal wöchentlich eine Armensprechstunde abhalten werde.«

»Sie werden von niemandem Geld nehmen?«, fragte Antoines Mutter ungläubig.

»Keinen Centime.«

20.

Paris im Winter

Ein eiskalter Winter hatte Paris fest im Griff.

Selma hatte ihre Armensprechstunde auf zweimal wöchentlich erhöht, weil sie mit den Behandlungen kaum nachkam.

An diesem Tag kurz vor Weihnachten hatte sie einen Hausbesuch gemacht, weil die alte Madame Perrin schlecht zu Fuß war.

Sie liebte diese Besuche, für sie war es etwas ganz Besonderes, die Leute in ihrer häuslichen Umgebung zu erleben. Sie waren ungezwungener, offener. Meistens ging Selma hinterher mit einem Korb voller Brot, Eingekochtem und kleinen Pasteten heim.

Madame Perrin klagte über Kurzatmigkeit und Herzbeschwerden, und als Selma meinte, das sei nicht ungewöhnlich in ihrem Alter, nickte sie grinsend und zeigte dabei eine größere Zahnlücke. »Es mag dumm sein, aber es geht mir gleich besser, wenn Sie mir sagen, dass es am Alter liegt.

Das Alter kann man nicht ändern, seine Einstellung dazu schon.«

Selma hatte Nüsse und Äpfel mitgebracht, außerdem Plätzchen und Lebkuchen, die Gisèle gebacken hatte. Und ein Stück Marzipan aus einer Lübecker Manufaktur, das ihr Vater ihr geschickt hatte. »Es kommt aus meiner Heimatstadt, Madame, versuchen Sie es.«

Die alte Dame verdrehte verzückt die Augen. »Wie reizend von Ihnen. Etwas so Köstliches habe ich lange nicht gegessen. Und es ist so weich, dass selbst meine Zähne es noch kauen können.«

»Nehmen Sie die Arznei, die ich Ihnen mitgebracht habe, Madame Perrin, und tanzen Sie nicht wie eine Primaballerina durch Ihre Wohnung. Ich möchte nicht, dass Sie wieder stürzen.«

Einmal war die alte Dame bereits gestürzt und hatte sich das Handgelenk gebrochen. Ein Beinbruch in ihrem Alter konnte böse Folgen haben.

»Nein, nein, Madame Beermann, keine Sorge, ich werde brav sein. Joyeux Noël.«

»Das wünsche ich Ihnen auch, Madame. Au revoir.«

Ein Weihnachtslied auf den Lippen, machte sich Selma auf den Heimweg. Es hatte in der Nacht und auch den ganzen Tag geschneit, und die Straße war spiegelglatt. Sie machte kleine Schritte, um nicht auszurutschen, und überlegte, ob sie die Wollstrümpfe ausziehen und über ihre Stiefel ziehen sollte. Sie bog rechts ab in eine schmale Seitengasse, eine kleine Abkürzung. Dort begegneten ihr ein paar Kinder, die hin und her schlitterten und sich gegenseitig anfeuerten.

Eins der Mädchen kannte sie, es war ein-, zweimal mit seiner Großmutter in ihrer Sprechstunde gewesen.

Selma stellte den Korb ab, raffte ihre Röcke und nahm Anlauf. Sie kam recht weit, so weit, dass einer der Jungen aufgeregt neben ihr herrannte und rief: »Sie sind weiter als Michel! Und der ist unser Bester heute!«

Sie lachte triumphierend, rutschte seitlich weg und fiel der Länge nach hin. Mitten in einen kleinen Schneehaufen. Offenbar hatte einer der Anwohner den Schnee vor seiner Haustür zusammengekehrt und an dieser Stelle aufgehäuft.

Selma blieb kurz liegen und überprüfte im Geiste rasch, ob ihr etwas wehtat. Was nicht der Fall war.

Dafür war sie von oben bis unten klatschnass. Rock und Mantel waren nicht nur nass, sondern auch schmutzig und hatten sich um ihre Waden gewickelt.

Der Junge streckte die Hand aus, um ihr aufzuhelfen. »Sind Sie verletzt, Madame?«

Sie schüttelte den Kopf, und er grinste etwas verschämt.

Schließlich begann sie laut zu lachen, und die Kinder stimmten fröhlich ein. Selma nahm die letzten Äpfel, Nüsse und Plätzchen aus dem Korb und verteilte sie unter ihnen. »Wer von euch hat schon mal Marzipan gegessen?« Sie nahm den Rest Marzipan und brach ihn in mehrere Stücke.

Sechs Augenpaare blickten staunend auf das, was sie ihnen in die Hände gelegt hatte.

»Kostet nur«, forderte sie sie auf. »Und? Schmeckt es euch?«

Alle nickten und kauten bedächtig und mit großen Augen.

Selma klopfte ihre Kleider ab und nahm den Korb.

Eine ältere Frau stand auf ihren Reisigbesen gestützt in einem Hauseingang und hatte das Treiben sichtlich amüsiert beobachtet.

Selma nickte ihr freundlich zu, und als sie weiterging, hörte sie die Frau sagen: »Das war Madame Beermann. Sie hat eine Armensprechstunde für Mütter.«

»Auch für meine Maman?«, fragte ein Mädchen.

»Für jede Maman.«

In der Praxis wartete eine sehr junge Frau mit dunklen Ringen unter den Augen. Sie hatte zwei Kinder dabei, ein Mädchen und einen Jungen. »Ich habe keinen Termin, Madame«, begrüßte die Frau sie entschuldigend.

»Schon gut. Ich würde mich nur gern rasch umziehen. Meine Kleider sind ganz nass.« Selma gab Gisèle den feuchten Mantel und zog ihre Stiefel aus.

»Was haben Sie damit gemacht, Madame?« Die Haushälterin betrachtete stirnrunzelnd den verdreckten Mantel.

»Ich bin mit ein paar Kindern um die Wette geschlittert.« Selma lachte, als sie Gisèles Gesicht sah. »Und bin hingefallen. Aber ich habe gewonnen.«

Auch Gisèle musste lachen.

»Sagen Sie es ruhig: Ich bin ein Kindskopf.« Selma zog auch ihren Rock aus. »Würden Sie den bitte auch trocknen?«

In ihrem Schlafzimmer schlüpfte sie in einen neuen

Rock, richtete ihr Haar und ging zurück in ihr Behandlungszimmer.

»Nun?« Sie hatte sich an den Schreibtisch gesetzt und schenkte der Frau ein Lächeln. »Geht es um Sie oder eines der Kinder, Madame …?«

»Dupont, Arielle Dupont. Es geht um beide Kinder, Madame. Fabienne hustet seit einiger Zeit und hat Mathieu angesteckt.«

»Würdest du dein Hemdchen ausziehen, Fabienne?«, bat Selma das Mädchen. Anschließend forderte sie es auf zu husten. »Tut es in deiner Brust weh, wenn du hustest?«

Die Kleine nickte.

»Und musst du manchmal ausspucken?«

»Nein.«

»Ist der Husten schlimmer, wenn du im Bett liegst?«

Fabienne nickte zögernd.

»Legen Sie ihr abends ein weiteres Kissen oder etwas anderes unter den Kopf, damit ihr Oberkörper nicht zu flach liegt«, sagte Selma zu Madame Dupont.

Ihr Blick fiel auf Mathieu, der etwas verloren neben seiner Mutter saß und auf seine Hände blickte. Alle drei sahen aus, als bekämen sie nicht oft eine warme, satt machende Mahlzeit. Wahrscheinlich schuftete ihre Mutter von früh bis spät, um sie überhaupt einigermaßen ernähren zu können, schlussfolgerte Selma, nachdem die Frau erzählt hatte, dass der Vater der Kinder vor zwei Jahren aus ihrem Leben verschwunden war. »Er wollte auf einem Schiff anheuern und Geld schicken. Bis heute habe ich keinen Centime gesehen.«

»Ich werde Ihnen ein Mittel gegen Erschöpfung mitgeben.« Selma war aufgestanden und zum Regal gegangen. »Ich glaube, auch Sie brauchen Fürsorge und Zuspruch. Kochen Sie den Kindern einen Sud aus Zwiebeln, davon sollen sie mindestens dreimal am Tag drei Löffel bekommen.«

Die Frau nickte matt, und Selmas Herz zog sich zusammen. Das hier war das Leben so vieler Menschen in dieser Stadt und anderswo. Wie privilegiert war sie selbst, wie gut hatte sie es getroffen, in einem warmen Zuhause groß geworden zu sein, in dem nie Not geherrscht hatte.

»Was haltet ihr davon, wenn wir in die Küche zu Gisèle gehen?«, sagte sie zu den Kindern. »Sie hat gestern frische Lebkuchen gebacken. Das ganze Haus hat danach geduftet. Und ich glaube, sie hat wieder viel zu viel Hühnersuppe gekocht.« Sie sah die Mutter der beiden an. »Madame? Sie mögen doch bestimmt auch Lebkuchen ...«

Arielle Dupont drückte ihr die Hand, als die drei sich später verabschiedeten. »Merci beaucoup, Madame.«

Gisèle kam mit einem Korb voller Leckereien und zwinkerte Selma unmerklich zu. »Für Sie und die Kinder, Madame Dupont.«

»Für uns?« Die junge Frau wurde erst blass, dann errötete sie. Fabienne und ihr Bruder hatten bereits sehnsüchtige Blicke in den Korb geworfen. »Sieh nur, Maman, Marzipan! Und Walnüsse!«

»Und noch mehr Lebkuchen.« Mathieu strahlte.

»Wenn sich euer Husten nicht bessert, kommt Anfang

der Woche wieder zu mir«, sagte Selma, und die beiden nickten.

Als die Tür hinter ihnen ins Schloss fiel, drehte Selma sich zu ihrer Haushälterin um. »Sie sind ein Schatz, Gisèle.«

»Ach, wir hätten das alles doch nie und nimmer aufessen können«, meinte die lächelnd und ging zurück in die Küche.

Selma saß kaum wieder am Schreibtisch, als es klopfte.

»Oui?«

Ein Mädchen, vielleicht zehn Jahre alt, kam zögernd herein. Es hatte die Hände in den Taschen seines Mantels vergraben, aus dem es ganz offensichtlich herausgewachsen war. »Madame Beermann?«

Selma nickte.

»Ich heiße Hedwig, Madame. Haben Sie Zeit für mich? Ich habe keinen Termin.« Sie sah ganz verfroren aus, ihre Augen tränten, und ihr hohlwangiges Gesicht war weiß.

»Komm nur herein, Hedwig. Setz dich. Was würdest du von einem heißen Tee halten?« Selma ging zur Tür und rief nach Gisèle.

Dann setzte sie sich wieder und schaute das Mädchen erwartungsvoll an.

Blaue, aufmerksame Augen betrachteten sie ein wenig scheu, aber interessiert.

»Verrätst du mir deinen vollständigen Namen?«

»Hedwig Legrand.«

»Warum hast du deine Mutter nicht mitgebracht?«

»Sie ist vor sechs Jahren gestorben, Madame.«

Selma schluckte betroffen. »Das tut mir sehr leid. Und dein Vater?«

»Ich kenne ihn nicht, Madame.«

»Und wer kümmert sich um dich?«

»Schwester Clémentine. Ich lebe im Waisenhaus.«

»Im Waisenhaus«, wiederholte Selma mit rauer Stimme. Ihr Herz zog sich vor lauter Mitgefühl mit diesem frierenden, zarten Geschöpf zusammen. »Wie alt bist du, Hedwig?«

»Ich bin im Herbst zwölf geworden, Madame.«

»Und du lebst seit sechs Jahren im Waisenhaus?«

Das Mädchen schüttelte den Kopf. »Nein, erst seit zwei Jahren. Davor habe ich bei meiner Tante Clarisse gewohnt, der Schwester meiner Mutter. Als auch sie starb, kam ich ins Waisenhaus.«

»Hast du Geschwister?«

»Nein, Madame.« Hedwig betrachtete das Bild, das hinter Selma hing. Es zeigte den Blick aus ihrem Zimmerfenster in Lübeck. »Ein wunderschöner Garten. Ist das Bild von einem berühmten Maler?«

»Es ist von mir. Ich habe es vor vielen Jahren gemalt, es zeigt den Garten meines Elternhauses.«

»Es ist sehr schön«, sagte Hedwig verträumt. »Ich wünschte, ich könnte auch so malen.« Sie richtete den Blick auf Selma. »Darf ich Sie etwas fragen, Madame?«

»Natürlich darfst du.«

»Sie sind keine Französin, oder?«

»Hört man das so deutlich? Ich komme aus der schönen Stadt Lübeck in Deutschland.«

Das Mädchen strahlte. »Meine Maman war auch Deutsche, Madame! Ich spreche sogar ein bisschen Deutsch.«

»Ach, wirklich? Dann können wir uns in meiner Muttersprache unterhalten, was meinst du?«

»Ich will es gern versuchen.«

»Weshalb bist du hier? Was fehlt dir?«

Hedwig zeigte auf ihr rechtes Ohr. »Die Schmerzen kommen in Schüben, bisweilen sind sie gut auszuhalten, dann wieder sind sie so schlimm, dass ich mich ins Bett legen und ein warmes Tuch darauflegen muss.«

Selma stand auf und betastete Ohr und Wange bis zum Halsansatz. »Tut es weh, wenn ich auf diese Stelle drücke?«

»Nein.«

Sie drückte leicht auf die Ohrmuschel. »Und hier?«

»Nein.«

Als sie zwei Finger auf einen Punkt hinter dem Ohr legte, zuckte Hedwig zusammen. »Bist du gern draußen an der frischen Luft?«

»Oh ja, ich zeichne gern Tiere und Pflanzen. Wenn ich erwachsen bin, möchte ich Malerei studieren.«

Selma setzte sich wieder. »Ich habe auch Malerei studiert.«

»Wirklich? Hier in Paris?«

Selma nickte.

»Und wieso sind Sie jetzt eine Homöopathin?« Das Mädchen senkte rasch den Blick und murmelte eine Entschuldigung. »Schwester Clémentine schimpft mich immer, dass ich zu neugierig bin.«

»Wenn man nicht neugierig ist, wird man nie etwas

Neues entdecken oder erfahren. Ich beantworte dir gerne deine Frage, Hedwig. Ich habe immer nach etwas gesucht, das mich ganz und gar zufrieden macht. Ich wollte etwas Sinnvolles tun, Menschen helfen. Ich wollte morgens aufstehen und wissen, warum ich auf dieser Welt bin.«

Hedwig lächelte. »Merci, Madame.«

»Wofür?«, fragte Selma verwundert.

»Dafür, dass Sie ehrlich zu mir sind.«

»Ich finde Ehrlichkeit sehr wichtig.«

»Können Sie mir helfen?«, fragte Hedwig schließlich leise.

Selma betrachtete das Mädchen und hatte mit einem Mal merkwürdige Bilder vor Augen: Sie und Hedwig saßen am Frühstückstisch und plauderten. Sie beide schlenderten durch den Jardin du Luxembourg, Hedwig hatte sich bei ihr untergehakt.

Sind das mütterliche Gefühle?, fragte Selma sich verwirrt. Dann wäre es das erste Mal, dass sie so empfand.

»Madame?«

Sie fuhr zusammen, als hätte sie einen Traum gehabt und wäre nun plötzlich aufgewacht. »Ich denke schon.« Sie stand auf und nahm ein Fläschchen aus dem Regal. »Hiervon nimmst du alle drei Stunden ein Kügelchen.«

»Was ist das?«

»*Capsicum*, Spanischer Pfeffer.«

Hedwig drehte das Fläschchen hin und her und betrachtete die kleinen Kügelchen.

»Du solltest darauf achten, immer ein Tuch oder eine

Mütze zu tragen, wenn es sehr windig ist. Dein Körper weiß, was das Richtige für ihn ist. Vertrau ihm.«

»Das klingt sehr schön.« Hedwig stand auf und nahm ihren Mantel. »Schwester Clémentine meinte, ich solle zu einem Doktor gehen, aber ich wollte unbedingt zu Ihnen.«

»Wie hast du von mir erfahren?«

»Man erzählt sich in der Schule von Ihnen, Madame. Man nennt Sie den Engel der armen Kinder.«

»Wirklich?« Selmas Herz hüpfte vor Freude, und sie musste sich räuspern. »Komm in einer Woche wieder. Bis dahin sollten die Schmerzen deutlich nachgelassen haben. Wenn nicht, versuchen wir es mit einem anderen Mittel.«

Das Mädchen nickte und machte die Tür hinter sich zu.

Und Selma blieb mit ihren verwirrenden Gedanken und Gefühlen zurück. Sie hatte sich soeben dabei ertappt, wie sie sich vorstellte, eine Tochter wie Hedwig zu haben.

21.

In der folgenden Woche kam Hedwig wieder und berichtete, dass sich ihre Ohrenschmerzen gebessert hatten. »Ich bin Ihnen wirklich dankbar, Madame.«

»Und ich bin froh, dass es deinem Ohr wieder besser geht. Darf ich dich etwas fragen, Hedwig? Gibt es noch irgendwelche Verwandte?«

Hedwig schüttelte den Kopf.

»Ich frage, weil es möglich wäre, dass du Verwandte hast, die sich aber nicht um dich kümmern können.« *... oder wollen?*

»Nein, Madame, es gibt nur mich.«

Es klang so traurig, dass Selma die Tränen in die Augen traten. »Gibt es etwas, das ich für dich tun kann? Hast du vielleicht einen Wunsch?«

Hedwigs Augen schimmerten. »Einen einzigen hätte ich, Madame.«

»Nur zu, sprich ihn aus.«

»Vielleicht darf ich ab und an mal herkommen und Sie besuchen?«

Selma war zutiefst gerührt, und sie würde lügen, wenn

sie behauptete, sich nicht zu freuen. »Das darfst du sehr gerne.«

»Ich möchte Homöopathin werden so wie Sie.« Es klang nicht wie der absurde Wunsch eines unreifen Kindes, sondern wie eine feste Absicht, ein Vorhaben, das irgendwann in die Tat umgesetzt werden würde.

»Letzte Woche wolltest du noch Malerin werden.« Selma musste schmunzeln.

»Ich könnte nur zu meiner Freude malen.«

Selma unterdrückte ein Lachen. »Wir sind uns wirklich verblüffend ähnlich. Wenn du möchtest, erzähle ich dir beim nächsten Mal etwas über die Heilkunde, die mein Mann ins Leben gerufen hat.«

Jetzt leuchteten Hedwigs Augen. »Das wäre fein.«

Selma brachte sie zur Tür. »Hättest du Freude daran, mit mir ins Museum zu gehen?«, fragte sie das Mädchen impulsiv.

»Das würde mir sogar große Freude machen, Madame.«

»Dann hole ich dich morgen Nachmittag im Waisenhaus ab.«

»Sie nehmen sich Zeit für mich? Haben Sie denn gar keine Patienten?«

Selma lächelte. »Ich werde meinen Mann bitten, die Sprechstunde zu übernehmen.«

In den Wochen darauf besuchten die beiden nicht nur Museen, Selma zeigte dem Mädchen auch Plätze und Orte, die sie besonders mochte. Sie bummelten durch die Straßen und Gassen von Paris, und anschließend führte Selma Hedwig in ein kleines Café, wo sie beisammensaßen und redeten, bis es dann und wann so spät war, dass sie sich beeilen mussten, um rechtzeitig wieder im Waisenhaus zu sein.

Es schien schicksalhaft, wie es nur selten im Leben vorkommt. Dieses kluge Mädchen hatte von Beginn an etwas in Selma berührt, es hatte ein Feuer entfacht und eine Seite an ihr zum Leben erweckt, von deren Existenz sie gar nichts geahnt hatte.

An diesem Tag, mehr als zwei Monate waren vergangen, seit sie Hedwig das erste Mal begegnet war, blieb sie nach dem Mittagessen am Tisch sitzen und starrte nachdenklich aus dem Fenster. Julius war bereits in die Bibliothek gegangen.

»Was ist mit Ihnen, Madame?«, fragte Gisèle, während sie den Tisch abräumte.

»Gar nichts. Es ist nur ... Ich habe ein Mädchen kennengelernt, das ... Ach, ich weiß auch nicht. Es mag seltsam klingen, aber das Mädchen hat etwas in mir zum Schwingen gebracht. Wissen Sie, was ich meine?«

»Ich fürchte nicht, Madame.«

»Sie ist ein Waisenkind, es gibt niemanden mehr auf der ganzen Welt, der sich ihrer annehmen kann.«

Gisèle nickte. »Ich glaube, jetzt verstehe ich. Sie überlegen, ob Sie sich um das Kind kümmern wollen.«

»Es ist doch wirklich verrückt«, murmelte Selma. »Aber ich kann diesen Gedanken nicht mehr abschütteln. Ich spüre eine Verbindung zu dem Mädchen, so, als würde ich sie bereits sehr lange kennen.«

»Meine Mutter sagt immer, es gibt Menschen, denen wir

uns zugehörig fühlen, auch wenn sie uns eigentlich fremd sein müssten. Und je mehr man versucht, es sich zu erklären, desto verrückter kommt es einem vor.«

So war es auch bei Gustav und mir, dachte Selma und spürte wieder die Woge der Traurigkeit und Enttäuschung, die über sie hinwegschwappen wollte. Doch sie wehrte sich dagegen, sie hatte gelernt, sich gegen diese Gefühle zu verschließen.

»Danke, Gisèle«, sagte sie nach einer Weile.

Die Haushälterin begann das Geschirr zu spülen, und Selma stand vom Tisch auf. Sie würde mit Julius darüber sprechen und sich seine Meinung anhören.

Er lag auf dem Sofa, die Augen geschlossen.

Selma war ein wenig stürmisch hereingekommen und blieb im Zimmer stehen. Leise drehte sie sich um und wollte wieder hinausschlüpfen.

»Komm nur, Selma«, sagte er leise.

»Pardon. Ich wollte nicht ... Ich würde gern etwas mit dir besprechen, Julius.« Sie zog sich einen Stuhl neben das Sofa. »Ich habe dir doch von Hedwig erzählt, dem Waisenkind, das wegen seiner Ohrenschmerzen zu mir kam.«

Er nickte. »Du hast das Mädchen ins Herz geschlossen.«

»Woher weißt du das?«

»Ich höre es an deiner Stimme. Sie ist ganz weich und liebevoll.«

»Mir ist ein möglicherweise etwas verrückter Gedanke gekommen. Ich überlege, sie zu adoptieren.«

Er schlug die Augen auf. »Dann tu das, Selma.«

Sie hob verwundert die Augenbrauen. »Ich habe damit

gerechnet, dass du Einwände haben wirst. Dass du mir sagen wirst, ich würde zu voreilig handeln, und wir sollten uns erst einmal besser kennenlernen.«

Er machte die Augen wieder zu. »Ich nehme an, dass du bereits gut darüber nachgedacht hast. Der Gedanke wird dir nicht erst heute Nacht gekommen sein.«

»Nein«, gab sie zu. »Um ehrlich zu sein, schwirrt mir der Gedanke im Kopf herum, seit sie das erste Mal bei mir war. Sie war mir so ... vertraut, und ich habe das Bedürfnis, mich um sie zu kümmern.«

»Dann tu das«, wiederholte er.

»Du hättest nichts dagegen, wenn sie hier bei uns wohnt?«

»Warum sollte ich?« Er grinste und sah mit einem Mal um Jahre verjüngt aus. »Es wird uns beiden guttun, wenn etwas frischer Wind durchs Haus weht.«

Selma musste lachen. Sie blieb noch einen Augenblick sitzen, dann stand sie auf und lief zur Tür. »Ich werde noch heute mit Schwester Clémentine sprechen.«

»Sie möchten mich adoptieren?«, fragte Hedwig, als Selma später in deren kleiner, sparsam eingerichteter Kammer saß.

»Nur wenn du einverstanden bist, Hedwig.«

»Ob ich einverstanden bin?« Das Mädchen hatte neben Selma gestanden. Jetzt schlang es die Arme um sie und drückte sich an sie. »Ich bin gerade so glücklich, dass ich Angst habe, es könnte nur ein schöner Traum sein.«

Selma hielt sie etwas von sich. »Es ist kein Traum, Hedwig. Ich möchte, dass du bei uns einziehst.«

»Aber was wird Monsieur sagen?«

Selma bemühte sich um ein ernstes Gesicht. »Er wird furchtbar erschrocken sein. ›Mon Dieu!‹, wird er sagen. ›Das Mädchen wird mir bestimmt alles wegessen.‹« Sie schüttelte den Kopf und lachte. »Ich habe natürlich bereits mit ihm gesprochen, Hedwig. So eine Entscheidung trifft man nicht allein.«

»Pardon, Madame, ich wollte nicht ...«

»Schon gut, Hedwig. Wenn du möchtest, kannst du schon mal deine Sachen zusammenpacken.« Selma stand auf und ging zur Tür.

Dort blieb sie stehen und betrachtete den Raum, in dem Hedwig seit Jahren wohnte. Künftig würde sie ein hübsches, deutlich größeres Zimmer haben, das hell und freundlich war, mit Vorhängen am Fenster, einem Bücherregal, einem eigenen Sekretär und einem bequemen Bett.

»Das ist rasch getan«, meinte Hedwig, die auf den Knien hockte und einen schäbigen Koffer unter dem Bett hervorzog.

»Ich werde Schwester Clémentine Bescheid geben, dass sie die Papiere fertig machen soll.« Selma schloss die Tür hinter sich.

Ihr Magen zog sich vor Freude zusammen. Sie würde dem Mädchen ein Zuhause geben, ein Zuhause voller Wärme und Geborgenheit.

»Haben Sie es sich auch gut überlegt, Madame Beermann?«,

fragte Schwester Clémentine kurz darauf. Ihr Alter ließ sich nicht schätzen, ihre Haut war fahl, die Haltung ein wenig gebeugt. Sie mochte über siebzig oder erst an die sechzig sein. »Ein Kind aufzunehmen, bedeutet nicht nur Verantwortungsbewusstsein, sondern auch viel Verzicht. Sie werden Ihr Leben ändern und einiges aufgeben müssen.«

»Wir werden unser Leben vielleicht in mancher Hinsicht ändern und anpassen müssen, aber ich glaube nicht, dass wir irgendetwas davon als Verzicht sehen werden. Hedwig wird eine Bereicherung für uns sein.«

Schwester Clémentine lächelte, was sie gleich viel jünger und weicher aussehen ließ. Selma überlegte, wie sie wohl zu den ihr anvertrauten Kindern war. Hedwig hatte bisher nicht viel erzählt, und sie fragte sich, ob die Kinder so etwas wie eine Schweigeklausel auferlegt bekommen hatten, nichts weiterzugeben, was innerhalb der Waisenhausmauern geschah.

»Wenn Ihr Entschluss wirklich feststeht, werde ich alles Weitere veranlassen.« Schwester Clémentine nickte ihr zu. »Madame.«

»Merci. Ich werde dem Waisenhaus eine kleine Spende zukommen lassen.« Selma war bereits halb aus der Tür.

»Wie überaus großzügig von Ihnen, Madame. Merci. Merci beaucoup.«

Und so zog Hedwig mit ihrem bisschen Hab und Gut zu Selma und ihrem Mann und wurde binnen kurzer Zeit ein Teil von ihrem Leben. Gisèle bemutterte und verhätschelte das Mädchen, das derartige Zuneigungsbekundungen und

Wärme nicht allzu häufig erfahren hatte. Und Hedwig blühte auf wie eine pralle Knospe, die nur auf die warmen Sonnenstrahlen gewartet hatte.

22.

Paris im Frühjahr 1875

Selma war in aller Herrgottsfrühe aufgestanden. Es gab so viel zu tun; sie wollte mit Hedwig zu Madame Robert ins Schneideratelier, ihre Ziehtochter benötigte dringend neue Kleidung, sie musste zum Zuckerbäcker, und die Kräuter im Garten brauchten frische Erde und eine pflegende Hand.

Sie wusste kaum, wo ihr der Kopf stand. Dennoch war sie blendender Laune, sang bei der Arbeit und tanzte durch ihre Praxis. Der Frühling war endlich da!

Sie schlüpfte in ihren Mantel und wollte leise das Haus verlassen, doch Hedwig hatte sie offenbar gehört. »Wohin gehst du so früh, Selma?«

»Zu Monsieur Vincent. Ich brauche neue Zuckerkügelchen.«

»Das kann ich doch machen.« Hedwig kam aus ihrem Zimmer, bereits fertig angezogen. »Ich konnte nicht mehr schlafen. Die Vögel haben so laut gesungen.«

Selma lächelte. »Ist es nicht wunderbar? Wollen wir gemeinsam gehen?«

Hedwig nickte und zog ihren Mantel an. Er war am Saum und den Ärmeln viel zu kurz.

»Gleich heute Nachmittag gehen wir zu Madame Robert.«

Aus Julius' Schlafzimmer war lautes Husten zu hören, und Hedwig sah ganz erschrocken aus. »Immer noch nicht besser?«

Er war an einer hartnäckigen Bronchitis erkrankt und hustete seit Tagen. Selma hatte ein paar Mittel zusammengestellt und Gisèle gebeten, Zwiebelsud anzusetzen. Als Fieber hinzugekommen war, hatte sie Wadenwickel gemacht und war bis in die Nacht hinein an seinem Bett sitzen geblieben. Das Fieber war gottlob wieder gesunken, nur der Husten wollte und wollte nicht verschwinden.

Selma hielt ihrer Ziehtochter die Haustür auf. »Heute Nachmittag kann er sich ein bisschen in die Laube setzen. Die frische Luft wird ihm guttun.«

Als sie auf der Straße standen, schauten sich beide überrascht an. Es war sehr viel kühler, als sie geglaubt hatten. Ein frischer, unangenehm kalter Wind zerrte an Selmas Hut, sodass sie ihn beim Gehen festhalten musste.

»Ist Quasimodo nicht ein schrecklich bedauernswertes Geschöpf?«, fragte Hedwig, während sie nebeneinander hergingen.

»Ah, du liest gerade *Der Glöckner von Notre-Dame*.« Selma lächelte. Auch sie hatte das Buch als junges Mädchen gelesen.

»Er liebt sie so sehr, und sie hört ihn nicht an.«

»So ist das mit der Liebe.«

»Wirklich?« Hedwig schaute sie im Gehen an. »Dann will ich mich nie verlieben.«

»Du wirst es nicht verhindern können, wenn es so weit ist.«

»Findest du nicht, dass Esmeralda sehr grausam zu Quasimodo ist?«

»Grausam? Ja, vielleicht schon. Sie will nicht, dass er sich Hoffnungen macht.«

»Sie könnte es ihm sagen. Mit freundlichen Worten.«

Selma blieb stehen, richtete ihren Hut und legte einen Arm um ihre Ziehtochter. »Du hast recht, das könnte sie. Aber sie geht den Weg, den die meisten Menschen gehen, wenn ihnen die Worte fehlen. Oder wenn sie es sich möglichst leicht machen wollen.«

»Aber sie muss doch sehen, wie sehr er leidet.«

Sie gingen weiter und versuchten, dem Wind zu trotzen.

»Das wird sie auch. Aber sie mag eben heldenhafte, starke Männer.«

»Und es ist ihr vollkommen gleichgültig, ob diese Männer ein gutes Herz haben«, grollte Hedwig. »Ich frage mich die ganze Zeit, wieso Quasimodo sich ausgerechnet in Esmeralda verliebt. Sie mag wie eine Fee aussehen, aber in ihrem Inneren ist sie eine Hexe.«

Selma hob verwundert die Augenbrauen. So zornig hatte sie ihre Ziehtochter noch nie erlebt. »Die meisten Männer lassen sich von Schönheit blenden, so ist das nun mal. Quasimodo ist da keine Ausnahme.«

»Esmeralda lässt sich auch von der Schönheit der Männer blenden«, meinte Hedwig nachdenklich. »Sie ist ja genauso.«

»Mit der Liebe ist es seltsam, Hedwig. Man verliebt sich einfach, auch wenn man weiß, dass es besser wäre, sich nicht zu verlieben.« Selma seufzte verhalten.

Hedwig sah sie fragend an, erwiderte aber nichts.

Erst als das Haus von Monsieur Vincent in Sichtweite war, fragte das Mädchen: »Warst du jemals unglücklich verliebt?«

»Ja.«

»Aber du bist darüber hinweggekommen?«

Selma schluckte. »Ja, ich denke schon. Komm!« Sie betraten Monsieur Vincents Laden und atmeten den köstlich süßen Duft von frischem Brot und Gebäck ein.

Bevor sie zur Schneiderin gingen, sorgte Selma dafür, dass ihr Mann es in der Laube warm und bequem hatte. Sie brachte eine weitere Decke, obwohl er beteuerte, dass ihm eine genüge.

Er war erschreckend blass, und auf seinen Wangen prangten zwei rote Flecken.

Selma legte die Hand auf seine Stirn. Er schien jedoch kein Fieber zu haben. »Hast du vom Zwiebelsud genommen?«

»Mehr, als mir lieb ist.« Er verzog das Gesicht.

»Brauchst du noch etwas?« Sie blickte sich um und vergewisserte sich, dass alles in greifbarer Nähe war: die Kanne Tee, sein Buch und sein Monokel.

Er schüttelte den Kopf.

»Ich gehe mit Hedwig zu Madame Robert. Sie braucht ein paar neue Kleider und einen leichten Mantel. In zwei Stunden werden wir zurück sein.«

»Gisèle ist ja da und wird vermutlich jede Viertelstunde nach mir sehen. Bevor du gehst …« Er winkte sie heran, und sie setzte sich neben ihn. »Ich möchte hier in Paris beerdigt werden.«

»Warum sprichst du von Bestattung, Julius? Es ist nur eine Bronchitis.«

Es rasselte in seiner Brust. »Vielleicht werde ich nicht *daran* sterben, aber mir bleibt nicht mehr viel Zeit, Selma. Dann kann ich mich auf dich verlassen?«

Sie nickte. »Natürlich.«

Er streckte die Hand aus und legte sie auf ihre. »Ich danke dir. Ich habe das Haus bereits auf dich überschreiben lassen.« Er räusperte sich. »Noch etwas, Selma. Du bist keine Medizinerin, und die Leute werden versuchen …« Er verstummte kurz. »Es gibt Neider. Sie lauern nur darauf, es uns schwer zu machen, und wenn du allein sein wirst, werden sie aus den Ecken gekrochen kommen und dir Steine in den Weg legen.«

»Von wem sprichst du?«, fragte sie ein wenig verwirrt.

»Von den Medizinern, den Ärzten, die nicht an die Heilkunde glauben und uns nicht gönnen, dass sich viele Menschen an uns wenden.«

»Aber die können uns doch ganz gleichgültig sein, Julius.«

Er lächelte matt. »Ich dachte mir, dass du das sagen wirst.«

Selma war bereits ein paarmal bei Madame Robert gewesen, die ein kleines Atelier im 16. Arrondissement hatte. Madame Robert war nicht nur eine begabte und äußerst geschickte Schneiderin, sie war auch verschwiegen. Was sie erfuhr, blieb innerhalb ihres Ateliers, gleichgültig, worum es sich handelte. »Ich mache mir nichts aus Geschwätz«, hatte sie Selma anvertraut. »Auch wenn es wahrscheinlich gut fürs Geschäft wäre. Die Pariser Damen, die zu mir kommen, wären gewiss hocherfreut, wenn ich dieses und jenes zu ihrem üblichen Klatsch beitragen würde, aber das liegt mir nicht. Die Gerüchteküche brodelt auch ohne mein Zutun ganz hervorragend.«

Als Selma und Hedwig ankamen, blickte sie erfreut auf. »Madame Beermann! Wie schön, Sie hier begrüßen zu dürfen! Ist das nicht ein herrlicher Frühlingstag?«

»Bonjour, Madame Robert. Ja, es ist herrlich, wenn auch noch recht kühl. Darf ich Ihnen meine Ziehtochter Hedwig vorstellen? Sie braucht ein paar neue Kleider, zwei Blusen und einen leichten Mantel. Sie ist aus allem herausgewachsen.«

Madame Robert nahm Maß und bat Hedwig schließlich, sich auf einen Schemel zu stellen. »Wie alt bist du, Hedwig?«

»Ich werde bald dreizehn, Madame.«

»Du bist ein hübsches Ding. Komm, ich zeige dir ein paar Stoffe, und du suchst dir etwas aus.« Madame Robert führte sie nach hinten, wo mehrere Stoffballen übereinandergestapelt in einem hohen Regal lagen.

Der Geruch erinnerte Selma immer an ihr Elternhaus.

Hedwig deutete auf einen dunkelroten Samtstoff. »Den finde ich hübsch. Was meinst du, Selma?«

»Es ist deine Wahl.«

»Aber ich tue mich immer so furchtbar schwer mit Entscheidungen.« Das Mädchen seufzte.

»Na schön.« Selma ging zu ihr und warf einen Blick auf die Stoffballen. »Mir gefällt der rote auch. Und was hältst du von dem dunkelgrünen dort drüben?«

Hedwigs Augen strahlten. »Der ist auch sehr hübsch.«

Madame Robert schmunzelte und zwinkerte Selma zu.

»Wie geht es Ihrem Mann, Madame?«

»Er hat eine hartnäckige Bronchitis. Ich hoffe, er wird sich bald wieder davon erholen.«

Die Schneiderin breitete den roten Samtstoff auf dem Tisch aus und legte die Elle daran.

»Ist der nicht viel zu teuer?«, flüsterte Hedwig.

»Für einen Stoff in dieser Qualität ist es ein guter Preis«, meinte Selma fachkundig und amüsierte sich im Stillen über sich selbst. Wenn ihr Vater sie doch nur sehen könnte!

Madame Robert lächelte. »Aus Ihnen spricht die Tochter eines Tuchkaufmannes.«

»Daran musste ich auch gerade denken.« Sie hatte Madame Robert vom Beruf ihres Vaters erzählt.

Während die Schneiderin den Stoff abmaß und zurechtschnitt, fragte sie: »Wann möchten Sie die Kleider abholen?«

»Wenn Sie zwei in etwa drei Wochen fertig hätten, wäre ich sehr dankbar«, meinte Selma. »Ich möchte mit Hedwig nach Lübeck reisen und sie meinem Vater vorstellen.«

Es hatte eigentlich eine Überraschung sein sollen. Nun war es heraus.

Hedwig schaute sie strahlend an. »Wir fahren nach Deutschland?«

Selma nickte.

Ihre Ziehtochter umarmte sie stürmisch. »Danke, Selma! Ich freue mich so!«

»Komm, jetzt gehen wir noch zu Madame Lombard, und du suchst dir einen hübschen Hut aus.« Selma verabschiedete sich von der Schneiderin und ging mit Hedwig zur Tür. »Und anschließend lade ich dich zu einer Tasse Tee und einem Éclair ein.«

Am Abend standen die beiden in der Küche, wo Hedwig die Zuckerkügelchen erst durch ein Sieb und danach durch einen Durchschlag schüttete, während Selma die Tinkturen anrührte.

Sie arbeiteten konzentriert und zumeist schweigend, und als sie endlich fertig waren, sank Selma auf einen Stuhl. »Ich werde mich heute keinen Zentimeter mehr bewegen.«

»Und was ist mit den Verreibungen?«

»Die machen wir morgen. Es dauert etwa drei Stunden, den Milchzucker mit dem Wirkstoff zu verrühren. Ich bin todmüde, Hedwig, und du bestimmt auch.«

23.

Lübeck im Monat darauf

Selma ahnte, was in Hedwig vorging, als sie zum ersten Mal die große Diele der Villa betrat. Ehrfürchtig betrachtete sie die hohen Decken, die mit Stuck verziert waren, und schritt langsam über die Mosaikfliesen, um schließlich vor der imposanten Treppe stehen zu bleiben, die ins erste Geschoss führte.

»Es ist …« Sie schien nach einem passenden Wort zu suchen. »Sehr beeindruckend.« Sie hob das Gesicht. »Es riecht nach Pfeifentabak und noch etwas anderem …«

»Das werden die Stoffballen sein, die oben im Speicher lagern«, meinte Selma. »Willkommen in meinem Elternhaus, Hedwig.«

Die Tür zur Bibliothek wurde geöffnet, und ihr Vater kam heraus, die Arme ausgestreckt. »Da seid ihr ja! Ich hoffe, ihr hattet eine gute Reise.«

»Papa, darf ich dir Hedwig vorstellen? Hedwig, das ist mein Vater.«

Die beiden begrüßten sich, und Selma schien es, als würden sie sich auf Anhieb mögen.

Auf der Fahrt hatte Hedwig gefragt, wie sie ihn nennen sollte. »Soll ich Herr Jung zu ihm sagen?«

»Das wird ihm zu förmlich sein, schließlich bist du meine Ziehtochter.«

»Aber wie dann?«

»Mach dir nicht zu viele Gedanken, mein Liebes«, hatte Selma entgegnet.

Jetzt, als sie den beiden zuschaute, glaubte sie zu wissen, wie Hedwig ihn nennen durfte: Großvater.

Am Abend – Hedwig hatte sich in ihr Zimmer zurückgezogen, um zu lesen – saß Selma mit ihrem Vater im kleinen Salon bei einem Glas Portwein.

»Wie geht es dir, Selma?«

»Gut.« Sie bekräftigte es mit einem Lächeln. »Ich habe eine Armensprechstunde für Mütter und Kinder eingerichtet.«

Er hob überrascht die Augenbrauen. »Eine Armensprechstunde«, wiederholte er nachdenklich. Mehr sagte er nicht dazu, und sie fragte auch nicht weiter nach.

»Was macht dein Magen?«, fragte sie stattdessen.

Er verzog das Gesicht und zündete sich eine Pfeife an. »Ich halte mich sehr eisern an das, was du mir geraten hast. Kein fettiges Essen, sparsame Gewürze und nur ab und an ein Gläschen Portwein.«

»Und was ist mit Tabak?«

Er verzog erneut das Gesicht. »Ja, du hast ja recht.« Er betrachtete die Pfeife in seiner Hand. »Es fällt mir schwer.«

»Das verstehe ich, Papa.«

»Wie geht es deinem Mann?«

»Wieder etwas besser. Seine Bronchitis kommt und geht. Es scheint seine Achillesferse zu sein.«

Ihr Vater rauchte eine Weile schweigend. »Gustavs Frau ist nach zwei Fehlgeburten wieder guter Hoffnung«, sagte er schließlich.

Selma presste die Lippen aufeinander. Warum erzählte er ihr das? Wollte er sie wissen lassen, dass andere Frauen in ihrem Alter ihrer eigentlichen Bestimmung nachkamen und Kinder in die Welt setzten?

»Gustav ist in Sorge um sie. Er sagt, sie würde ihr Bett nicht mehr verlassen, aus Angst, auch dieses Kind wieder zu verlieren.«

Sie schwieg noch immer.

»Der Arzt hat sie bereits dreimal zur Ader gelassen.«

»Was? Wie kann er das tun!«, rief sie aus. »Ein Aderlass schwächt die Menschen, wann begreift die Ärzteschaft das endlich!«

Ihr Vater schaute sie ernst an. »Deshalb ist er ja so in Sorge.«

»Aber wie kann er das zulassen?«

»Er war nicht zu Hause, als der Arzt bei ihr war. Er kann nicht jede Minute bei ihr am Bett sitzen.«

Selma stieß den Atem aus. »Warum quälst du mich so, Papa?«, flüsterte sie.

»Wie kannst du glauben, ich wolle dich quälen?«, erwiderte er sanft und legte die Hand auf ihre.

»Aber warum erzählst du mir das alles?«

Er sah sie einen Moment an, dann seufzte er. »Gustav hat einen Brief für dich dagelassen und mich gebeten, ihn an dich weiterzuleiten.«

»Einen Brief?« Sie schüttelte verwirrt den Kopf.

Ihr Vater stand auf und verließ das Zimmer. Sie blieb sitzen und starrte auf ihre Hände im Schoß.

Kurz darauf kam er zurück. »Hier. Ich wusste, dass du nach Lübeck kommst, deshalb habe ich ihn nicht abgeschickt.«

Selma öffnete mit zittrigen Fingern den Umschlag.

Liebe Selma,
ich hoffe, ich darf Sie so nennen.
Ich schreibe Ihnen, weil ich mir keinen anderen Ausweg weiß.
Luise ist wieder guter Hoffnung und will nun nach zwei Fehlgeburten ihre Kammer nicht mehr verlassen.
Dem Arzt fällt nichts anderes ein, als sie zur Ader zu lassen.
Ich glaube aber nicht, dass das der einzige und beste Weg ist.
Ich weiß, dass Sie der klassischen Medizin abgeschworen haben und als Homöopathin arbeiten.
Würden Sie sich Luise ansehen? Ich würde Sie nicht darum bitten, wenn ich nicht so verzweifelt wäre. Und ich weiß, dass Sie und Luise sich mögen.Ich bitte Sie, nein, ich flehe Sie an.
Ihr Gustav Klee

Selma schob den Brief in den Umschlag zurück und schluckte.

Für Gustav musste es einiges bedeutet haben, ihr zu schreiben. Er musste wirklich verzweifelt sein.

»Ich weiß, was es dir abverlangt, Selma«, sagte ihr Vater.

»Nein, ich fürchte, das weißt du nicht«, erwiderte sie heftiger, als sie gewollt hatte. »Ich trage Luise nicht nach, dass sie den Mann geheiratet hat, den ich …« Sie schluckte erneut. »Ich trage mir nach, dass ich ihn ihr beinahe genommen hätte.«

Ihr Vater stand auf und schloss sie in seine Arme. Sie lehnte die Stirn an seine Brust. »Du hast dir nichts vorzuwerfen.«

»Vielleicht ja doch.«

Er hob ihr Kinn an und schaute ihr in die Augen. »Ach ja?«

»Nur ein Kuss«, flüsterte sie. »Es war nur ein Kuss und einige sehr schöne Worte.« Konnte sie sich das vorwerfen? »Und ich wusste ja nicht, dass er verlobt war.«

Sie machte sich los und lief zur Tür. »Ich kann nicht, Papa. Sag Gustav, dass ich es nicht kann.«

In der Nacht klopfte es zaghaft an ihrer Tür.

»Selma?« Hedwig. Kurz darauf saß sie an ihrem Bett. »Ich habe dich weinen gehört.«

Selma wischte sich mit dem Handrücken über die Augen. Tatsächlich, sie waren ganz feucht. Offenbar hatte sie im Schlaf geweint.

»Was ist mit dir?«, flüsterte Hedwig und kroch neben sie unter die Bettdecke.

»Gar nichts.«

»Warum schwindelst du mich an?« Hedwig schmiegte sich an sie.

»Mein Vater hat mir heute Abend etwas erzählt, und ich …« Selma schluckte. Sie wollte eigentlich nicht weitersprechen, doch zugleich regte sich etwas in ihr, und sie verspürte den dringenden Wunsch, sich Hedwig anzuvertrauen und sich alles von der Seele zu reden.

Als sie geendet hatte, schluckte sie erneut. »Was musst du nun von mir denken?«

»Was soll ich denn denken? Du bist niedergeschlagen und ringst mit dir, das denke ich.«

»Was meinst du damit?«

»Du würdest gern zu Luise gehen und dich um sie kümmern, aber du traust dir selbst nicht.«

Wie konnte es sein, dass dieses noch so junge Mädchen sie durchschaute, wo sie selbst gerade kaum wusste, was sie dachte und empfand?

»Du hast mir mal gesagt, dass du die Menschen mit den Augen einer Homöopathin siehst. Was empfindet die Homöopathin, wenn sie an Luise denkt?«

Selma musste unter Tränen lachen. »Wer ist die Erwachsenere von uns?«

»Du hast meine Frage nicht beantwortet.«

Sie dachte einen Moment darüber nach. »Mitgefühl.

Wut über die Verblendung des Arztes.« Sie seufzte. »Und den Wunsch, ihr helfen zu wollen.«

»Das dachte ich mir.« Hedwig kuschelte sich wieder an sie. »Wirst du morgen zu ihr gehen?«, fragte ihre Ziehtochter, nachdem sie eine ganze Weile still nebeneinandergelegen hatten.

»Ich weiß es nicht.«

»Ich glaube schon, dass du es weißt.«

24.

Nach dem Frühstück bat Selmas Vater sie mitzukommen.

Er ging voran in Richtung Kontor, und sie fragte sich, was er wohl vorhatte. Er öffnete die Tür und sah sie erwartungsvoll an.

Das Zimmer war leer, auch der Schreibtisch war verschwunden. Es war frisch tapeziert worden, und ein Fensterflügel stand offen. Der Gesang einer Amsel war zu hören.

»Was sagst du?«

»Du hast den Schreibtisch in die Bibliothek gestellt?«

Er nickte schmunzelnd.

»Und was geschieht jetzt mit dem Zimmer?«

Er zuckte mit den Schultern. »Ich denke, es bleibt vorerst so, wie es ist.«

»Leer?« Sie musste lachen. »Ein leeres Zimmer ist wie …«

»Ein Gedanke, den man nicht zu Ende gedacht hat«, beendete er ihren Satz mit versonnener Miene.

Selma lachte erneut. »Wohl gesprochen, Papa.«

Er schloss die Tür wieder, und sie gingen in die Bibliothek. Sie nahmen in den beiden Sesseln Platz, die am Fenster standen.

»Hedwig ist ein kluges, aufgewecktes Geschöpf«, sagte ihr Vater. »Und ich muss zugeben, dass sie mich an dich erinnert. Du warst in dem Alter genau wie sie, hast alles hinterfragt, wolltest hinter jede Fassade schauen und dich nicht mit dem Offensichtlichen zufriedengeben.«

Er griff nach seiner Pfeife, die auf dem kleinen Tisch neben ihm lag, seufzte leise und legte sie wieder hin. »Du hast sehr schnell begriffen, dass alles zwei Seiten hat.«

»Auch die Menschen«, fügte sie hinzu, und er nickte.

»Ich werde zu ihr gehen«, sagte sie schließlich leise. »Zu Luise.«

Ihr Vater nickte wieder, schien nicht sehr überrascht.

»Ich habe immer nach Vernunft gestrebt.« Er verstummte und runzelte die Stirn. »Und bin doch so oft gescheitert.« Es klang eher ernüchtert als enttäuscht. Ein kurzes Lächeln huschte über sein Gesicht. »Weißt du, was mir durch den Kopf gegangen ist, als ich das leere Kontor gesehen habe?« Er schüttelte den Kopf. »Nein, vergiss, was ich gesagt habe, Selma, es ist dumm.«

»Nein, bitte sprich weiter.«

»Ich dachte, wie schön es doch wäre, wenn du dort eine Praxis, ein Behandlungszimmer hättest.« Er stand auf und blickte aus dem Fenster, die Arme verschränkt. »Ich will ehrlich sein, Selma, ich fühle mich oft einsam. Und vermutlich bin ich ein großer Narr, dass ich mit dir darüber spreche.«

»Aber nein, Papa.« Selma erhob sich und stellte sich neben ihn.

»Ich stelle mir häufig vor, wie es wäre, wenn du hier als Homöopathin arbeiten würdest.« Er suchte ihren Blick und setzte ein unbekümmertes Gesicht auf. »Ich bin sehr stolz auf dich. Habe ich dir das jemals gesagt?«

Sie lächelte anstelle einer Antwort.

»Ich werde im Sommer nach Paris kommen«, sagte er dann unvermittelt. »Ich möchte deinen Mann kennenlernen, und ich bin ungeheuer gespannt auf deine Praxis.«

Sie drückte seine Hand. »Das freut mich sehr, Papa. Wir werden dich jederzeit willkommen heißen. Aber bist du sicher, dass du dir die weite Reise zumuten möchtest?«

»Ich denke schon.«

Wenig später war Selma auf dem Weg zur Klee-Villa. Ihr Magen zog sich vor Furcht und Anspannung zusammen. Wie würde es sein, wenn sie vor Gustav stand? Wie würde es sich anfühlen, wenn sie Luise wiedersah?

Als sie an der Pforte ankam, atmete sie tief durch. Beinahe hätte sie der Mut verlassen, dann jedoch schob sie das Tor auf und ging zur Tür.

Sie klopfte, und als sie Schritte hörte, beschleunigte sich ihr Herzschlag.

Ein Dienstmädchen öffnete. »Sie wünschen?«

»Ich möchte zu Frau Klee.«

»Die gnädige Frau fühlt sich nicht wohl.«

»Deswegen bin ich hier. Sagen Sie ihr, Selma Beermann sei da.«

»Ich darf die gnädige Frau nicht stören.«

Im Haus schlug eine Tür zu, und eine männliche Stimme war zu hören. Gustav! Selma schluckte.

»Würden Sie dem gnädigen Herrn Bescheid geben, dass ich da bin?«

Das Dienstmädchen, eine streng dreinblickende junge Frau mit dicht beieinanderstehenden Augen und verkniffenem Mund, nickte ergeben. »Wie Sie wünschen.« Sie drehte sich um und verschwand.

Selma blieb im Vestibül stehen, den Blick auf ihre Füße gerichtet. Gleich würde Gustav vor ihr stehen. Würde sie es aushalten können?

»Selma.«

Als sie seine Stimme hörte, verschlug es ihr den Atem.

Er kam näher und sah sie an. »Sie sind wirklich gekommen.«

»Ich möchte gern nach Luise sehen.« Sie hob das Gesicht, und als ihre Blicke sich trafen, meinte sie, ein kurzes Aufflackern in seinen Augen zu sehen.

»Kommen Sie.« Gustav trat beiseite, und sie ging zögernd an ihm vorbei. »Sie wird sich freuen, Sie zu sehen.«

Sie spürte seinen Blick im Nacken.

Das Dienstmädchen nahm ihr Mantel und Hut ab, und sie folgte Gustav die Marmortreppe hinauf. Es roch nach Lavendel, und aus einem der oberen Räume war Kinderlachen zu hören.

Was tue ich hier? Panik überkam sie. Sie sollte nicht hier sein! Sie hatte in diesem Haus, in Gustavs Leben, nichts zu suchen.

Doch sie ging entschlossen weiter.

Gustav legte die Hand auf die Türklinke und schien kurz innezuhalten. »Danke«, sagte er dann leise und mit rauer Stimme. »Ich bin Ihnen wirklich dankbar, Selma.«

Sie erwiderte nichts.

Leise öffnete er die Tür. »Luise?«, raunte er. »Schläfst du?«

»Nein, komm nur.« Ihre Stimme klang schläfrig.

»Ich habe jemanden mitgebracht.«

»Wen?«

»Lass dich überraschen.«

Selma betrat die Schlafkammer. An der Wand stand ein großes Bett mit einem Baldachin, darin lag Luise, das Gesicht spitz und blass, die Augen vor Erstaunen geweitet.

»Selma? Das ist wirklich eine Überraschung. Bitte, komm und setz dich zu mir.«

Sie lächelte erfreut.

Gustav brachte einen Stuhl und stellte ihn neben das Bett. Als Selma Platz nahm, sagte er zu Luise: »Ich lasse euch allein.«

Selma sah, wie er zur Tür ging und einen letzten Blick ins Zimmer warf, bevor sich die Tür hinter ihm schloss.

»Selma.« Luises Hand kam unter dem Plumeau hervor und tastete nach ihrer. »Ich freue mich ja so, dass du da bist.«

»Wie fühlst du dich?«

»Es geht mir gut.«

Sie schwindelte. Sie sah alles andere als gut aus.

»Ich hatte zwei Fehlgeburten«, erzählte sie. »Jetzt erwarte ich wieder ein Kind. Ich habe so schreckliche Angst, auch dieses Kind zu verlieren.«

»Das glaube ich dir. Und es tut mir aufrichtig leid. Was hat der Arzt gesagt?«

»Nicht viel, nur dass ich Ruhe brauche.«

»Du brauchst aber auch frische Luft, Luise. Und etwas Bewegung.«

Luise sah sie mit großen Augen an. Nach einer Weile fragte sie mit leiser Stimme: »Hat Gustav dir Bescheid gegeben?«

»Nein. Ich weiß es von meinem Vater.« Eine kleine Notlüge. Sie wollte nicht, dass Luise wusste, wie besorgt Gustav war.

Luise sah sie eine Weile an, dann sagte sie plötzlich: »Du bist damals seinetwegen weggelaufen, nicht wahr?«

Selma schoss das Blut in die Wangen. »Was? Aber nein, wie kommst du denn darauf?«

Luise redete weiter, als hätte sie nichts gesagt. »Verkauf mich nicht für dumm, Selma. Ich mag naiv sein, aber ich bin nicht blind. Und ich habe gesehen, wie Gustav dir nachgeblickt hat. Ich habe in seinen Augen gesehen, was in ihm vorgegangen ist.« Sie machte eine Pause, bevor sie weitersprach. »Ich habe es ihm nie gesagt, aber ich weiß es. Ich weiß, was du ihm bedeutest.«

Selma wollte aufstehen, sie konnte ihr nicht länger ins Gesicht schauen. Doch sie blieb sitzen. Das war sie Luise schuldig.

»Du bist seinetwegen wieder nach Paris gegangen, nicht wahr? Du hättest es nicht ertragen, ihn und mich zusammen zu sehen.« Luise umschloss ihre Hand. »Deshalb hast du damals auch meinen Brief nicht beantwortet.«

Selma schwieg beklommen. Eine Faust hatte sich um ihr Herz gekrallt.

»Ich danke dir, dass du gekommen bist, Selma. Es wird ein großer Schritt für dich gewesen sein.«

Endlich konnte sie etwas sagen. »Es tut mir so leid, Luise.«

»Gegen Gefühle kann man sich nicht wehren.« Luise lachte bitter auf. »Wer wüsste das besser als ich? Gustav und ich waren einander versprochen, als wir noch Kinder waren.«

Das hatte auch Gustav gesagt. Es war eigenartig, wie erleichtert sie über diese Tatsache war.

»Man hat uns nie gefragt, es war beschlossene Sache. Eine Allianz zwischen unseren Familien.« Luise verzog das Gesicht und legte eine Hand auf ihren flachen Bauch.

»Fehlt dir etwas? Hast du Schmerzen?«

»Nein, mir ist nur ständig übel.«

»Das ist ein gutes Zeichen.« Selma lächelte. Ein Lächeln, das ihr ganz selbstverständlich gelang. »Ein Zeichen, dass sich dein Körper auf die Schwangerschaft einstellt.«

»Ein Zeichen, auf das ich mich nicht verlassen kann.« Es klang zutiefst traurig.

Es blieb einen Moment still, nur Luises unruhiges Atmen war zu hören. Schließlich flüsterte sie: »Ich träume von meinem Kind, Selma. Ich träume davon, wie es vor mir davonläuft und ich ihm nicht folgen kann.«

»Lass es doch erst mal auf der Welt sein. Vielleicht wirst

du ein folgsames Kind haben, das gar nicht daran denkt, dir davonzulaufen.« Selma hoffte, ihr mit den Worten ein Lächeln zu entlocken.

Es klopfte, und Gustav trat ein.

»Soll ich Tee und etwas Gebäck bringen lassen?«

»Wenn du so gut sein willst.«

Er nickte seiner Frau zu und ging wieder.

»Hast du schon unseren kleinen Sohn kennengelernt?«, fragte Luise.

»Nein, aber ich habe sein Lachen gehört.«

»Er ist mein Sonnenstrahl. Ich lebe nur für ihn.«

»Sag doch so etwas nicht, Luise.«

»Aber es ist so, Selma. Erzähl mir von deinem Leben«, bat Luise.

»Ich arbeite in Paris als Homöopathin. Mein Mann hat mir alles beigebracht, was ich wissen muss.«

»Dein Mann? Dann bist du verheiratet? Das wusste ich nicht.«

Selma beließ es dabei. Warum sollte sie Luise erzählen, dass ihre Ehe nur auf dem Papier bestand? Vielleicht war es sogar gut, wenn Luise glaubte, dass sie eine ganz normale Ehe führte – und Gustav inzwischen vergessen hatte.

»Dann ... liebst du Gustav nicht mehr?«

Selma zögerte keine Sekunde. »Nein, das ist vorbei.« Sie konnte Luise sogar in die Augen blicken, auch wenn es ein kleiner Kraftakt war.

Luises Augen schimmerten. »Würdest du mir ein bisschen über die Heilkunde erzählen, der du dich verschrieben hast?«

Das Dienstmädchen hatte zwischendrin Tee und Gebäck gebracht und das Tablett später wieder abgeräumt.

Ein-, zweimal hatte Luise die Augen geschlossen, und Selma hatte geglaubt, sie sei eingenickt. Doch dann hatte sie die Augen wieder geöffnet und gelächelt. »Du hast eine Aufgabe, eine Bestimmung gefunden«, sagte sie, als Selma geendet hatte. »Eine Armensprechstunde könnten wir in Lübeck auch gut brauchen.«

Selma nickte. »Es ist doch überall das Gleiche, nicht wahr? Es gibt so viel Armut auf dieser Welt.«

»Wünschst du dir, dass deine Ziehtochter eines Tages in deine Fußstapfen tritt?«

»Darüber habe ich noch gar nicht nachgedacht. Aber ja, ich denke, ich würde mich sogar sehr freuen.«

Es klopfte, und eine junge Frau kam mit einem Kind auf dem Arm herein. »Verzeihung, gnädige Frau, aber er wollte unbedingt zu Ihnen.« Sie trat näher. Der Junge auf ihrem Arm zappelte ungeduldig, bis sie ihn schließlich auf die Füße stellte. Sofort kletterte er aufs Bett und kuschelte sich an seine Mutter.

Luise bedeckte sein blondes Haar mit Küssen. »Sieh mal, wer mich besucht, Anselm. Das ist Selma, eine alte Freundin.«

Der Kleine sah Selma kurz an, dann drückte er sich wieder an seine Mutter.

»Er ist hinreißend«, sagte Selma und musste mehrmals schlucken. Die Gefühle wollten sie übermannen. Auch Gustav und sie hätten ein Kind haben können, vielleicht auch einen kleinen Jungen. Sie schämte sich für diesen Gedanken und schob ihn energisch von sich.

»Wie lange bleibst du in Lübeck?«

»Wir reisen Ende der Woche wieder ab.«

Luise griff nach ihrer Hand. »Würdest du mich noch einmal besuchen kommen?«

Selma nickte und stand auf. »Versprichst du mir, dass du bis dahin aufstehen und ein bisschen umherlaufen wirst? Du kannst mit deinem Sohn spielen oder einen Spaziergang durch den Garten machen.«

»Ich weiß nicht ... Ich würde lieber ...«

»Ich spreche als Homöopathin, nicht als Freundin.« Sie ließ es bewusst streng klingen.

»Na schön, ich verspreche es.«

»Gut. Ich werde dir ein Mittel zur Stärkung geben.«

In ihrer Arzttasche, ein Geschenk von Julius, hatte sie die gebräuchlichsten Kügelchen, Tropfen und Verreibungen immer dabei. »Und noch etwas, Luise. Versprichst du mir auch, dass du nicht zulässt, dass du noch einmal zur Ader gelassen wirst?«

Luise nickte.

Selma verabschiedete sich von ihr und ihrem kleinen Sohn und machte die Tür hinter sich zu.

Sie war noch nicht am Treppenaufgang, als Gustav aus einem der Zimmer kam. »Auf ein Wort? In meinem Kontor?«

»Ich würde lieber gleich nach Hause ...«

»Bitte, Selma.« Sein Blick war flehend.

Schließlich nickte sie und folgte ihm ins Kontor, das

im hinteren Bereich im Obergeschoss lag. Es war ein heller, großer Raum mit hübschen dunklen Möbeln und einem Gemälde an der Wand, das sie erstarren ließ.

Langsam trat sie näher. Sie hatte das Bild vor einer kleinen Ewigkeit in Paris gemalt und nach Lübeck mitgebracht. Es zeigte drei Maler am Seineufer. Sie saßen vor ihren Staffeleien. Zwei Kinder spielten zu ihren Füßen, auf dem Wasser schwamm ein Schwan. Sie hatte das Bild nie besonders gemocht, hatte es für nicht gut genug befunden und sogar kurz überlegt, es zu vernichten.

Als sie jetzt davorstand, musste sie zugeben, dass es gar nicht so schlecht geraten war, im Gegenteil, es strahlte eine wohltuende Ruhe und Idylle aus. Warum hatte sie damals nicht so empfinden können? Was hatte ihr daran nicht gefallen?

»Ich stelle mir oft vor, wie Sie zusammen mit den Malern an der Seine sitzen und malen«, sagte Gustav hinter ihr.

»Ich wusste nicht, dass Sie das Bild gekauft haben«, stammelte sie mit enger Kehle.

»Im Salon hängen zwei weitere Ihrer Gemälde.«

Sie drehte sich zu ihm um. »Was?«

»Ich mag Ihre Bilder, und ich mag es, dass sie mich an Sie erinnern.«

»Ich muss jetzt gehen.« Sie wollte an ihm vorbeilaufen.

»Warten Sie. Bitte, Selma. Nur noch zwei Minuten. Es geht um Luise. Ich ... ich bin ungeheuer froh, dass Sie gekommen sind, um nach ihr zu sehen. Ich bin wirklich in großer Sorge, weil sie ihr Zimmer nicht mehr verlassen will.«

»Sie hat mir versprochen aufzustehen.«

Er sah zutiefst erleichtert aus.

»Sie müssen mir auch etwas versprechen.«

»Alles.«

Sie errötete. »Sorgen Sie dafür, dass sie nicht mehr zur Ader gelassen wird. Es schadet ihr mehr, als dass es nützt.«

Er nickte. »Vielen Dank, Selma.«

»Ich tue es für Luise.« Sie ärgerte sich, kaum dass es heraus war.

Mit raschelnden Röcken eilte sie an ihm vorbei zur Tür, lief die Treppe hinunter, bat um Mantel und Hut und war so schnell aus dem Haus, dass sie ganz außer Atem war, als sie kurz darauf auf der Straße stand.

25.

Am Abend besuchte Selma zusammen mit Hedwig ihre Freundin Ruth. Die beiden Frauen schlossen sich in die Arme.

Danach streckte Ruth die Hand aus. »Und das muss deine Ziehtochter sein. Ich freue mich sehr, dich endlich kennenzulernen.«

Hedwig knickste ein wenig schüchtern. »Selma hat mir schon viel von Ihnen erzählt.«

»Lasst uns in die Stube gehen.« Ruth schloss die Tür auf und bat sie ins Zimmer. »Erich isst in der Küche zu Abend. Er ist spät aus der Apotheke gekommen.« Sie schmunzelte und warf Selma einen verschwörerischen Blick zu. »Er hat das Buch deines Mannes gelesen und ist ganz angetan von der Heilkunde.«

»Wirklich?«, fragte Selma erfreut.

»Er hegt schon länger Zweifel an der konventionellen Medizin. Er wünschte, die Doktoren würden ein wenig über ihren Tellerrand schauen.«

Die kleine Sophie kam herein, ihre Stoffpuppe unter

dem Arm. Sie rieb sich die Augen. »Mama? Ich kann nicht schlafen.«

Hedwig sah Ruth fragend an. »Wenn Sie erlauben, erzähle ich ihr eine Geschichte.«

Selma war erstaunt. Ihre Ziehtochter überraschte sie doch immer wieder. Offenbar verstand sie sich auch auf kleine Kinder.

»Nur zu.« Ruth lächelte.

Hedwig stand auf und nahm Sophies Hand. Und das Mädchen blickte sie treuherzig an und ging mit ihr mit.

»Ist das zu fassen?« Selma schüttelte den Kopf. »Manchmal frage ich mich, welche Qualitäten sie wohl noch hat.«

»Sie scheint ein nettes, aufgewecktes Ding zu sein. Und du liebst sie wie ein eigenes Kind, nicht wahr?«

Selma nickte. Schließlich erzählte sie ihrer Freundin von ihrem Besuch bei Luise. »Sie hat mir so leidgetan, Ruth. Und ich wünschte, ich könnte ihr helfen.«

Von der einstigen Wut, der Eifersucht, die wie heiße Nadelstiche gepikt hatte, war nichts mehr zu spüren. Luise war im Grunde auch betrogen worden, ihre Ehe mit Gustav war arrangiert worden. Selma hatte sich nie gefragt, ob Luise ihn überhaupt hatte heiraten wollen. Vielleicht hatte sie ja einem anderen ihr Herz geschenkt, wer wusste das schon?

Und dann kamen die Tränen. So überraschend und überwältigend, dass Selma sie nicht aufhalten konnte. Zu viel hatte sich aufgestaut. Vielleicht war es gut, wenn sie alles herausließ und weinte, bis die Tränen versiegten. Vielleicht war es dann vorbei, und sie hätte mit ihren Tränen auch ihre unerfüllte Liebe, den Schmerz und damit ein Stück ihrer Erinnerung hinausgeschwemmt.

Ruth legte tröstend einen Arm um sie. »Weine nur.«

Als aus einer der oberen Kammern lautes Lachen zu hören war, schluckte Selma und rang sich ein Lächeln ab. »Ich dachte, ich bin über ihn hinweg. In Paris dachte ich es wirklich. Doch als ich vor ihm stand ...«

»Aber du scheinst deinen Frieden damit gemacht zu haben. Würdest du sonst so von seiner Frau sprechen?«

»Sie kann ja nichts dafür«, erwiderte Selma leise. »Sie wurde genauso vor vollendete Tatsachen gestellt wie ich.«

»Und möglicherweise auch wie Gustav«, fügte Ruth hinzu.

Nach einer ganzen Weile nickte Selma zögernd. Wahrscheinlich hatte Ruth recht.

Hedwig kam wieder herein und setzte sich zu ihnen. »Ein zauberhaftes kleines Mädchen.«

»Schläft sie endlich?«

»Als ich eben ging, sah es so aus.«

Sie plauderten noch ein wenig, und als Selma und Hedwig aufbrachen, kam Erich herein. »Ich wollte wenigstens noch rasch Guten Abend sagen. Ich habe das Buch deines Mannes gelesen, Selma. Sehr interessant, wirklich sehr interessant. Ich wünschte, ihr hättet euch hier niedergelassen.«

Selma verstand nicht recht.

»Ich würde sehr gern mit einem Homöopathen zusammenarbeiten«, sagte er geradeheraus.

Es war seltsam, was ihr in diesem Augenblick durch den

Kopf ging. Sie könnte in Lübeck eine eigene Praxis eröffnen. Nein, sagte sie sich gleich darauf. Julius hatte sie es zu verdanken, dass sie als Homöopathin arbeiten konnte. Er hatte ihr eine Aufgabe und ein Heim gegeben. Und Sicherheit.

»Warum hörst du dich nicht um?«, schlug sie Erich vor. »Es wird doch auch hier einen Homöopathen geben.«

Er schüttelte den Kopf. »Glaub nicht, dass ich das nicht schon getan hätte. Ich habe sogar bereits darüber nachgedacht, mich selbst zum Homöopathen ausbilden zu lassen. Aber wer könnte das tun?«

»Julius würde es liebend gern tun, Erich. Doch dazu müsstest du einige Zeit in Paris bleiben.«

»Ich kann meine Apotheke nicht sich selbst überlassen.« Er seufzte ergeben. »Was hilft's? Ich bin und bleibe, was ich bin.«

»Ein Apotheker mit Sachverstand«, ergänzte sie lächelnd.

Erich sah seine Frau liebevoll an. »Und meine Familie würde ich ohnehin nicht allein lassen.«

Selma ging das Herz auf. Wie schön musste es sein, sich jemandem ganz und gar zugehörig zu fühlen, alles für ihn sein zu können.

Ruth brachte sie und Hedwig zur Tür, nachdem sie sich von Erich verabschiedet hatten. »Gebt auf euch acht.« Ruth umarmte sie ein letztes Mal und strich Hedwig übers Haar.

Als sich die Haustür schloss, seufzte Selma und wusste kaum, warum.

Die Schatten der Nacht lagen noch über der Stadt, als Selma

aufgestanden und hinaus in den Garten gegangen war. Sie hatte kaum geschlafen. Würde sie Gustav wirklich niemals vergessen können? Zeit ihres Lebens um ihre unerfüllte Liebe trauern? Wie sollte sie Hedwig irgendwann von Romantik und Liebesglück erzählen, wenn sie es selbst nie hatte erleben dürfen? Würde sie verbittert sein und ihr die Liebe madig machen, weil sie enttäuscht worden war?

Selma legte den Kopf auf die angezogenen Knie und machte die Augen zu, während im Garten die ersten Vögel erwachten.

Am folgenden Tag erzählte ihr Vater ihr von Hanno Dieckhoff, der sich verlobt hatte. Sie saßen zusammen in der Laube. Es war angenehm mild, und ein lauer Wind wehte, der den Duft von Apfelblüten mit sich trug.

»Die arme Frau ist zu bedauern«, meinte Selma säuerlich.

»Vielleicht irrst du dich, und Dieckhoff wird ein aufmerksamer, zärtlicher Ehemann sein.«

Sie musste lachen. »Ja, und im Winter blühen die Maiglöckchen.«

»Menschen ändern sich, Selma. Das sagst du doch selbst gern.«

»Lass gut sein, Papa.« Sie lachte noch immer. »Kenne ich die Glückliche?«

»Ich denke nicht. Sie ist die Tochter eines Tuchkaufmanns aus Bremen.«

»Eine gute Partie also«, erwiderte sie trocken. »Hierin

wenigstens habe ich mich nicht getäuscht.« Sie erhob sich und strich über ihren Rock. »Ich mache mich auf den Weg.«

»Wohin willst du?«

»Ich möchte noch mal nach Luise sehen.«

Ihr Vater streckte die Hand nach ihrer aus. »Warte kurz. Ich finde es ... beeindruckend, dass du deinen Groll hinter dir lässt.«

»Groll? Ich verspüre keinen Groll, Papa.«

»Dann eben Eifersucht.«

»Auch keine Eifersucht.« Sie ging weiter.

»Es nützt nichts, solche Gefühle nicht zuzulassen«, rief er ihr noch nach, bevor sie im Haus verschwand.

Ach, Papa, dachte sie. *Du kennst mich offenbar doch nicht so gut, wie du denkst.*

Das Dienstmädchen ließ Selma herein. »Ich fürchte, die gnädige Frau schläft noch.«

Selma reichte ihr Mantel und Handschuhe. Im Gehen zog sie die Hutnadeln aus dem Hut und nahm ihn ab. »Ich möchte nur nach ihr sehen. Geben Sie Herrn Klee Bescheid, dass ich da bin.«

»Der gnädige Herr hat einen geschäftlichen Termin. Er hat schon sehr früh das Haus verlassen.«

Selma blieb auf der Treppe stehen. Eine Mischung aus Erleichterung und Enttäuschung durchströmte sie.

»Aber die Mutter des gnädigen Herrn ist bei ihr. Vielleicht möchten Sie lieber später ...« Das Dienstmädchen stand unten am Treppenaufgang, ihren Mantel noch in der Hand.

In diesem Moment wurde Luises Zimmertür geöffnet, und eine blonde Frau in tannengrünem Kleid kam heraus. »Besuch?«, fragte sie überrascht.

»Mein Name ist Selma Beermann, ich ...«

»Das ist Frau Beermann, gnädige Frau«, hatte das Dienstmädchen zur gleichen Zeit erklärt.

»Ich bin eine frühere Schulfreundin Ihrer Schwiegertochter«, sprach Selma rasch weiter. »Ich habe ihr versprochen, noch einmal nach ihr zu sehen.«

»Sie schläft.« Die Frau musterte sie unverhohlen.

Dann huschte ein kurzes Lächeln über ihr Gesicht, das bis eben noch streng und besorgt ausgesehen hatte. »Der Doktor war vorhin da, er hat ihr etwas zum Schlafen gegeben.«

»Der Arzt war hier?«

Die Frau nickte. »Ich weiß, mein Sohn hatte Bedenken, aber ich glaube, es ist das Beste für meine Schwiegertochter.«

»Sie haben über seinen Kopf hinweg entschieden?« Selma hatte es nicht zurückhalten können. »Er hat sie doch hoffentlich nicht zur Ader gelassen?«

Sie raffte ihren Rock und ging an der Frau vorbei. Es war ihr gleichgültig, was Gustavs Mutter von ihr halten könnte. Sie würde sich auch nicht aufhalten lassen.

»Wir wollen nur das Beste für meine Schwiegertochter.«

»Das Beste.« Selma schnaubte und eilte weiter.

Oh, Gustav, wie konntest du nur! Wie konntest du sie allein lassen!

»Halt! Warten Sie! Ich erlaube nicht ...«

Den Rest hörte sie nicht mehr. Sie schloss die Zimmertür hinter sich und drehte den Schlüssel um. Auch die Folgen waren ihr in diesem Moment egal.

Die Kammer war abgedunkelt, und sie tastete sich zum Fenster vor und zog die Vorhänge auf. Dann ging sie zum Bett und setzte sich neben Luise.

Die hatte die Augen geöffnet und sah sie verwirrt an. »Selma?« Sie lallte ein wenig, vermutlich war sie vollkommen benommen.

»Was hat er dir gegeben, Luise?«

»Ich weiß nicht ...«

»Hat er dich zur Ader gelassen?«

Luise nickte, die Augen fielen ihr wieder zu.

Selma presste die Lippen aufeinander und nahm ihr Handgelenk, um ihren Puls zu messen. Er war nur schwach zu fühlen.

Es klopfte an der Tür. »Öffnen Sie, Frau Beermann! Sofort!«

Selma überhörte es einfach. Gustavs Mutter würde schon die Tür eintreten müssen, und daran glaubte sie nicht.

Draußen war Kleiderrascheln zu hören, kurz darauf Schritte auf der Treppe und dann eine aufgebrachte Stimme.

Selma lief zur Tür, öffnete sie und rief nach dem Dienstmädchen.

Als es nicht kam, lief sie zur Treppe und rief mit lauter Stimme nach unten: »Geben Sie dem gnädigen Herrn Bescheid! Umgehend!«

Unten an der Treppe tauchte das bleiche Gesicht des Dienstmädchens auf. »Ich weiß nicht, wo er ist.«

Hinter ihr erschien Gustavs Mutter, die Wangen rot vor Zorn. »Was erlauben Sie sich!«

»Ich erlaube mir, Ihrer Schwiegertochter zu helfen.« Selma drehte sich um und lief zurück zu Luise.

Die war bereits wieder eingeschlafen.

Selma fasste unter ihre Achseln und versuchte sie aufzusetzen. »Wach auf, Luise, ich bitte dich! Du musst wach werden.«

Luise öffnete kurz die Augen, blinzelte und schaute sie verwirrt an. »Was ist denn? Ich bin so furchtbar müde.«

»Aber du darfst jetzt nicht schlafen.« Selma angelte mit dem Fuß nach ihrer Arzttasche, die neben dem Bett stand. Sie stopfte Luise zwei Kopfkissen in den Rücken und schlug ihr mit der flachen Hand auf die Wangen. »Wach bleiben, Luise!«

Sie öffnete ihre Tasche und nahm ein Fläschchen heraus. »Wie konnte er dich nur wieder zur Ader lassen«, murmelte sie dabei vor sich hin. Sie schraubte das Fläschchen auf, ließ ein Kügelchen in das Wasserglas gleiten, das auf dem Nachttisch stand, und schwenkte es.

Gustavs Mutter kam herein. »Ich erlaube nicht ...!«

»Sie werden mir gewiss erlauben, Ihre Schwiegertochter zu retten«, sagte Selma ruhiger, als ihr zumute war. »Lassen Sie ein feuchtes Tuch bringen. Und etwas Riechsalz.«

»Ich bin nicht Ihr Dienstmädchen!«

»Ich kann es auch selbst tun.« Selma stand auf. »Dann sorgen Sie dafür, dass sie wach bleibt. Sie darf nicht einschlafen. Sie ist viel zu schwach, und ich befürchte, dass sie nicht mehr aufwacht.« Sie war bereits an der Frau vorbei.

Die war blass geworden. »Was reden Sie denn da?«

»Die Wahrheit, Frau Klee. Luise hätte nicht wieder zur Ader gelassen werden dürfen. Und man hätte ihr kein Schlafmittel geben dürfen. Sie braucht frische Luft, Bewegung und eine gesunde Mahlzeit.«

Gustavs Mutter starrte sie fassungslos an und stammelte: »Aber sie ... Ich ...«

Selma beugte sich über das Treppengeländer. »Ich brauche ein feuchtes, kühles Tuch und Riechsalz!«

Eine männliche Stimme war zu hören, wenig später erschien Gustavs Gesicht am Treppenaufgang. »Ich bin gleich bei Ihnen und bringe alles mit.«

Selma lief zurück in die Schlafkammer. Gustavs Mutter hatte sich zu ihrer Schwiegertochter ans Bett gesetzt und ihre Hand genommen. »Was ist denn nur mit ihr? Sie sieht durch mich hindurch«, flüsterte sie.

Luise saß halb im Bett, halb lag sie wieder.

Selma öffnete einen Fensterflügel und ließ frische, kühle Luft ins Zimmer. Als sie sich umdrehte, stand Gustav in der Tür.

»Was ist hier los?« Er schaute nur seine Mutter an, die Stirn gerunzelt, die Augen dunkel.

»Ich wollte doch nur ... Ich dachte ...«

»Du hast dich über meine strikte Anordnung hinweggesetzt und den Arzt gerufen?«

Sie nickte zögernd. »Ich dachte doch, es ist das Beste für sie.«

Er ging zu seiner Frau und hob ihre Hand an seine Lippen. »Luise, Liebling.« Er sah sie bestürzt an, dann suchte sein Blick Selma. »Was ist mit ihr?«

»Sie dämmert weg.«

Das Dienstmädchen kam hereingelaufen und brachte das Riechsalz und ein Leinentuch.

Selma legte Luise das Tuch auf die Stirn und schraubte das Fläschchen auf und hielt es ihr vorsichtig unter die Nase.

Sie schnappte erschrocken nach Luft und riss die Augen auf.

»Du musst unbedingt wach bleiben, Luise.« Selma flößte ihr das Wasser mit dem aufgelösten Kügelchen ein. »Schön langsam trinken. So ist es gut.«

Luise sank ins Kissen zurück. »Ich bin so entsetzlich müde.«

»Und deshalb wirst du jetzt aufstehen und mit mir umherlaufen.«

»Ganz bestimmt nicht.« Sie machte wieder die Augen zu.

Gustav stellte sich beherzt neben das Bett und nickte Selma zu. »Zu zweit schaffen wir es.«

Es gelang ihnen, Luise aus dem Bett zu befördern, wobei sie sie mehr trugen, als dass sie selbst ging. Schritt für Schritt durchmaßen sie erst die Kammer, dann den Flur.

Luise stöhnte, als würden sie sie nötigen, einen Berg zu besteigen.

»Es tut mir so leid«, flüsterte Gustav. »Ich hatte einen

wichtigen Termin und klare Anweisung gegeben, dass der Arzt nicht zu ihr darf. Wenn ich gewusst hätte ...«

»Jetzt darfst du eine halbe Stunde im Sessel am Fenster sitzen«, sagte Selma zu Luise, ohne auf Gustavs Worte einzugehen.

»Aber ich möchte mich viel lieber hinlegen«, flehte Luise.

»Später.«

Sie brachten sie zum Sessel, und Selma holte eine Decke, die zusammengefaltet auf der Truhe vor dem Bett gelegen hatte.

Damit deckte sie Luise bis zum Kinn zu.

Gustavs Mutter hatte die ganze Zeit am Fenster gestanden, die Arme verschränkt. »Ich wusste doch nicht ...«

Gustav warf ihr einen finsteren Blick zu. »Aber du wusstest, was ich angeordnet hatte.«

Sie nickte zögernd. »Es tut mir leid.« Es klang jämmerlich.

»Es wäre besser, wenn du uns nun allein lassen würdest. Ich gebe dir Bescheid, sobald es ihr besser geht.«

»Versprichst du es mir?«

Er nickte. »Bevor du gehst ... Bring bitte Anselm her.«

Sie verließ die Kammer und kehrte wenig später mit dem Jungen zurück, der sich ängstlich an sie drückte.

Gustav nahm ihn auf den Arm und ging mit ihm zu Luise. »Sieh nur, wer da ist, Luise.«

Seine Frau lächelte matt. »Anselm, mein Kleiner ...«

Das war der Moment, in dem Selma es wusste. Sie

spürte es geradezu, spürte, wie alle Kraft aus Luise wich und ihre Lebensenergie verblasste.

Selma hockte neben ihr und ließ sich erschrocken auf die Fersen fallen. Nein! Nein, das konnte nicht sein!

Sie kam auf die Füße, stolperte und trat auf ihren Kleidersaum. Sie stürzte zum Bett, machte ihre Tasche zu und vergewisserte sich, dass das Fläschchen noch auf dem Nachttisch stand. »Sorgen Sie dafür, dass sie das Mittel regelmäßig einnimmt. In zwei Stunden sollte sie wieder ein Kügelchen, aufgelöst in Wasser, zu sich nehmen. Und bitte bleiben Sie bei ihr.«

»Ich werde nicht von ihrer Seite weichen. Danke, dass Sie hier waren, Selma. Ohne Sie …«

»Schon gut.« Sie nickte ihm zu und verließ die Kammer.

An der Treppe verharrte sie kurz, musste sich sammeln.

Luise durfte nicht sterben!

26.

Am Abend stand Gustav plötzlich in der Tür der Bibliothek.

Selma hatte sich dorthin zurückgezogen, weil sie noch immer unruhig und aufgewühlt war.

»Gustav.« Sie räusperte sich und stand auf. »Herr Klee. Wie geht es Ihrer Frau?«

»Nicht gut.« Er schüttelte den Kopf, den Hut in den Händen. »Es scheint, als würde sie mehr und mehr entschwinden. Ich weiß nicht mehr, was ich tun soll.«

Selma lief zur Tür und rief nach Anna. »Bringen Sie mir meinen Mantel und meine Arzttasche«, bat sie.

Die Kutsche stand vor dem Haus, und sie saßen kaum, als die Pferde loszockelten. Selma hatte ihren Hut vergessen. Mit einer Hand griff sie verstohlen in ihr Haar.

Gustav saß ihr gegenüber, den Blick zum Fenster gerichtet. »Wenn sie stirbt …«

»Sie wird nicht sterben.«

»Sie haben sie nicht gesehen. Sie …« Er verstummte und strich sich über den Bart.

Den Rest der Fahrt verbrachten sie schweigend.

Selma war elend zumute, weil sie Gustavs Gegenwart genoss und sich gleichzeitig entsetzlich dafür schämte.

Kurz darauf hielt die Kutsche vor der Villa Klee, und er half ihr beim Aussteigen.

Das Dienstmädchen stand bereits in der Tür und erwartete sie. »Gut, dass Sie wieder da sind, gnädiger Herr.« Sie nahm ihnen die Mäntel ab, und Gustav gab ihr seinen Hut.

Auf der Treppe kam ihnen seine Mutter entgegen, leise schluchzend, ein Taschentuch vor dem Mund.

Ohne ein Wort ging Gustav an ihr vorbei und hielt Selma die Tür zur Schlafkammer auf.

Luise lag auf dem Rücken da, die Augen geschlossen. Doch sie öffnete sie, als Selma sich zu ihr ans Bett setzte.

»Selma ...« Ein flüchtiges Lächeln.

»Alles wird gut«, flüsterte Selma. »Du wirst bald wieder bei Kräften sein. Und ihr werdet ein weiteres gesundes, hübsches Kind haben.«

Oh Gott, wie konnte sie so lügen! Sie wusste doch, dass es nicht wahr war.

Luises Hand tastete nach ihrer. »Es tut mir leid ...«

Selma blinzelte. Hatte sie richtig gehört?

Luises Blick flackerte. »Mir ist so entsetzlich kalt, Selma.«

Sie hatte es kaum ausgesprochen, als Gustav bereits eine zusätzliche Decke über sie gebreitet hatte. »Danke, mein Lieber.« Sie sprach so leise, dass Selma sich anstrengen musste, sie zu verstehen. »Bist du so gut und lässt uns kurz allein, Gustav? Nur ein paar Minuten.«

Er nickte, umschloss kurz ihre Hand und verließ leise das Zimmer.

»Selma?« Wieder dieser flackernde Blick. »Würdest du mir nur zuhören?«

»Ja, natürlich, sprich nur.« Selma nahm ihre kalte Hand zwischen ihre Hände.

»Ich weiß, dass du ihn liebst. Nein, bitte nicht. Leugne es nicht, ich sehe es. Und ich weiß, dass er auch dich noch immer liebt.«

»Unsinn.« Es wollte ihr das Herz zerreißen. »Er liebt dich, Luise, nur dich.«

Luise lächelte. Es war das Lächeln eines Kindes, das einen Schmetterling auf einer Blüte beobachtet. »Er ist immer gut zu mir gewesen, aber er liebt nur dich. Und ich ...« Das Sprechen schien ihr nun schwerzufallen. »Ich möchte, dass ihr euch umeinander kümmert, Selma. Wenn ich nicht mehr bin ...«

Selma wollte protestieren, doch sie konnte nicht.

»Du weißt es auch, Selma. Ich werde sterben. Ich spüre es, ganz tief in mir drin weiß ich es längst. Sei für Gustav und meinen kleinen Anselm da. Willst du mir das versprechen?«

Selma wollte etwas entgegnen wie »Aber ich muss nach Paris zurück«, doch sie brachte es nicht über sich. Stattdessen nickte sie.

»Anselm ist noch so klein. Er braucht eine Mutter.« Luises Finger umschlossen erstaunlich fest Selmas Hand. »Bitte.«

Sie machte die Augen zu, ein feines, kaum merkliches Lächeln erschien auf ihrem Gesicht.

Selma stand auf und holte Gustav.

Er ging zu Luise und setzte sich neben sie. Er strich ihr das Haar aus der Stirn. »Ich bin da, mein Liebes.«

»Gib gut auf unseren Sohn acht, ja?«

Er lachte heiser auf. »Du wirst schön selbst auf ihn achtgeben.«

»Nein, und du weißt es auch, Gustav. Mir ist so furchtbar kalt«, sagte sie dann wieder.

Er rutschte ganz nah an sie heran. »Ist es so besser?«

Selma weinte, die Tränen spürte sie erst, als sie ihr in den Kragen liefen. Sie war zur Tür gegangen und machte sie leise hinter sich zu.

Sie setzte sich auf den Fußboden und zog die Beine unter den Rock. Dann ließ sie ihren Tränen freien Lauf.

Wie lange sie so dagesessen hatte, den Kopf auf den Armen, wusste sie nicht. Als Gustav irgendwann aus dem Zimmer kam, setzte er sich stumm neben sie.

Sie wagte nicht, ihn anzuschauen, aus Angst, in seinen Augen das zu sehen, was sie befürchtete.

»Danke, dass Sie bei ihr waren.« Seine Stimme war brüchig.

Selma wischte sich mit dem Handrücken über die Augen. »Es tut mir so leid«, flüsterte sie und wunderte sich, dass sie überhaupt sprechen konnte.

»Es ist meine Schuld. Ich hätte sie nicht allein lassen dürfen.«

»Nein, um Gottes willen, Gustav! Sie tragen keinerlei Schuld.« Selma griff zögernd nach seiner Hand, drückte sie und ließ sie rasch wieder los.

Schließlich stand sie auf und wankte zur Treppe.

Sie lief zur Villa, blind vor Tränen, die Fäuste geballt.

Sie stürmte an ihrem Vater vorbei, der gerade aus dem Salon kam, und rannte nach oben in ihr Zimmer.

Dort warf sie sich aufs Bett und drückte das Gesicht in die Kissen. Verfluchtes Schicksal!

Es klopfte, und Hedwig kam leise herein. Wortlos setzte sie sich zu ihr und strich ihr beruhigend über den Rücken.

Nach einer Weile ging Hedwig wieder hinaus, und Selma fiel in eine Art Dämmerschlaf.

Sie träumte von Luise, die vor ihren Augen in einem pechschwarzen See versank. »Es zieht mich nach unten!«, rief sie ihr zu, bevor sie komplett unterging.

»Ich verstehe immer besser, warum du dich nicht der klassischen Medizin zuwenden wolltest«, sagte ihr Vater am Tag darauf nach dem Frühstück. »Früher habe ich mich oft gefragt, warum du diesen Weg nicht gehen wolltest, der doch so sehr nach dem deinen aussah. Ich hielt es für deine Bestimmung. Inzwischen aber ...« Er verstummte kurz und redete dann weiter. »Ich verstehe jetzt, warum du den anderen Weg genommen hast. Warum du so sehr mit der Schulmedizin haderst. Die Ärzte machen Fehler, immer wieder, weil sie ihre Medizin für das einzig Richtige halten. Sie sind verbohrt und verblendet.«

»Deshalb hat Julius nie geruht und sich mit so vielen Ärzten überworfen. Er hat es gewagt, sie und ihre Medizin zu hinterfragen. Und er tat es laut und deutlich, das wollten und konnten sie nicht auf sich sitzen lassen.«

Bei jedem Wort hatte ihr Vater genickt. »Anfangs hielt ich ihn für einen ...«

»Quacksalber?« Sie lächelte flüchtig. »Ich weiß, Papa, und ich bin froh, dass du deine Meinung revidiert hast.«

Sollte sie ihm von ihrem Versprechen erzählen? Dem Versprechen, das sie Luise gegeben hatte? Weil sie es nicht übers Herz gebracht hatte, einer Sterbenden den letzten Wunsch abzuschlagen? Ein Versprechen, das sie auf ewig an etwas binden würde, dem sie sich nicht gewachsen fühlte?

»Im Moment fühle ich mich, als wäre ich gegen eine Wand gelaufen und hätte mir die Nase blutig geschlagen.«

»Weil du Luise nicht helfen konntest?«

Matt nickte sie. »Ich habe ihr versprochen, mich um ihren Mann und ihren Sohn zu kümmern. Sag es ruhig, Papa.«

»Was? Dass du eine bemerkenswerte junge Frau bist? Das bist du, Selma.«

Sie lachte bitter auf. Dann räusperte sie sich. »Aber ich werde das Versprechen halten, so gut es mir möglich sein wird.«

»Ich werde dich darin unterstützen und ein Auge auf Gustav haben, wenn du wieder in Paris bist. Er ist wie ein Sohn für mich.« Ein trauriges Lächeln huschte über sein Gesicht.

»Das wäre ... Danke, Papa.«

»Ihr bleibt doch bis zur Beisetzung?«

Sie nickte beklommen. Luises Beerdigung war die erste Gelegenheit, ihr Versprechen einzulösen. Sie würde für Gustav und seinen Sohn da sein.

Der Tag der Beisetzung war ein trüber, wolkenverhangener Tag. Viele Menschen waren gekommen, um Luise die letzte Ehre zu erweisen. Der kleine Anselm hielt sich tapfer, er weinte keine einzige Träne, als er Blumen auf den Sarg warf. Vermutlich konnte er noch gar nicht begreifen, dass seine Mutter nicht mehr wiederkommen würde.

Gustav hob seinen Sohn hoch und nahm ihn auf den Arm, obwohl die Kinderfrau sogleich kam und sich um ihn kümmern wollte.

Selma ging mit Hedwig zu ihm. »Es tut mir so furchtbar leid, Gustav.« Es war ihr gleichgültig, dass sie ihn nicht Herr Klee nannte. Kam es darauf an?

»Danke, Selma. Danke, dass Sie an ihrer Seite waren. Und an meiner und Anselms sind.« Er schenkte ihr und ihrer Ziehtochter ein kurzes Lächeln, dann wandte er sich ab, weil immer mehr Menschen kamen, um zu kondolieren.

Selma ging mit Hedwig und ihrem Vater langsam über den Friedhof bis zur Pforte, alle drei hatten den Kopf gesenkt. Hedwig schob ihre Hand in Selmas und schaute sie mit einem bedeutsamen Blick an.

Und Selma verstand. Hedwig wusste, dass Gustav der Mann war, in den sie unglücklich verliebt gewesen war und wohl auch für immer sein würde.

Am Abend vor ihrer Abreise riss der Himmel auf – bis dahin

hatte es täglich genieselt –, und Selma ging hinaus in den Garten und setzte sich in die Laube.

Ihr Vater gesellte sich zu ihr, stumm, mit einem Buch in der Hand, das er aufschlug und zu lesen begann.

Selma saß still da und lauschte dem Wind und dem Rauschen der Blätter. Hier hatte sie früher fast täglich gesessen und gezeichnet. Und sich gefragt, was der Sinn ihres Lebens war. Weshalb sie auf diese Welt gekommen war.

»Geht es dir gut?«, fragte ihr Vater nach einer ganzen Weile.

Sie dachte darüber nach, wie es ihr ging.

Die Wahrheit war, sie wusste es nicht. In den letzten Tagen hatte sie einfach nur geatmet, gegessen und getrunken.

»Ja, es geht mir gut, Papa. Mach dir keine Sorgen. Ich frage mich nur, ob Gustav und Anselm zurechtkommen werden.«

»Das werden sie«, meinte er. »Weil sie es müssen. Anselm ist noch zu klein, und das ist ein Segen.«

Selma kam es mit einem Mal vollkommen absurd vor, wieder nach Paris in ihr altes Leben zurückzukehren. Es erschien ihr furchtbar weit weg. Hier in Lübeck war ihr Zuhause und nirgendwo sonst.

Sie lehnte sich zurück und schloss die Augen.

Ich wünschte, wir könnten hier leben.

Sie öffnete die Augen und sah ihren Vater verblüfft an, als hätte sie laut gesprochen. Das hatte sie offenbar aber nicht, denn er las weiter.

Und sie war zutiefst erleichtert.

27.

Paris im Winter desselben Jahres

Selma hatte zwei Hausbesuche gemacht und war länger fortgeblieben, als sie vermutet hatte. Sie hatte die Zeit vollkommen vergessen und war nach dem letzten Besuch noch ein paar Schritte über den Friedhof in Vaugirard gegangen.

Seit Luises Tod waren sieben Monate vergangen, Monate, in denen sie Gustav regelmäßig geschrieben hatte. Dann und wann hatte sie dem kleinen Anselm Süßigkeiten, ein Spielzeug oder ein Bilderbuch geschickt; Geschenke, für die Gustav sich jedes Mal mit einem Brief bedankt hatte.

Auch ihr Vater kümmerte sich um die beiden, lud sie zum Essen ein und besuchte sie überraschend. Dann saßen er und Gustav in der Klee-Villa bei einem Glas Portwein in der Bibliothek und redeten.

Je besser ich ihn kennenlerne und er mich gelegentlich in sein Innerstes schauen lässt, desto mehr ist er wie ein Sohn für mich, hatte ihr Vater ihr kürzlich geschrieben.

Als sie die Wohnungstür öffnete, kam ihr Gisèle entgegengelaufen. »Gott sei Dank, dass Sie wieder da sind, Madame!«

»Was ist denn passiert, Gisèle?« Selma legte Mantel und Handschuhe ab.

»Monsieur, er ...«

»Was ist mit ihm?« Sie lief an ihr vorbei in Julius' Schlafzimmer und riss die Tür auf.

Er lag auf dem Rücken im Bett, die Augen geschlossen, den Mund halb geöffnet. Sein Atem rasselte.

Gisèle war ihr gefolgt. »Er bekam plötzlich keine Luft mehr, Madame. Ich wollte den Arzt rufen, aber Monsieur flehte mich an, es nicht zu tun.«

»Wo ist meine Tochter?«

»Bei einer Schulfreundin, Madame.«

»Ach ja, richtig.« Selma setzte sich zu ihrem Mann und griff nach seiner Hand. Und erschrak. In seiner Hand war keine Kraft, schlaff lag sie in ihrer.

»Selma.« Er machte die Augen auf, lächelte. »Da bist du ja. Hattest du einen schönen Tag?«

Sie musste wider Willen lachen. »Warum fragst du mich das, wo es dir gerade alles andere als gut geht?«

»Ist das wichtig?« Er lächelte wieder, und etwas in diesem Lächeln kam ihr beunruhigend vertraut vor. Sie hatte diese Art Lächeln schon einmal gesehen. Bei Luise. »Mir ist etwas kalt. Bist du so gut und holst noch eine Decke?«

Mir ist so furchtbar kalt, Selma ...

Sie sprang auf und lief aus dem Zimmer.

Gleich darauf machte sie kehrt und setzte sich wieder zu ihm. »Entschuldige, mein Lieber, ich wollte nur ...«

Gisèle reichte ihr eine Decke, und sie nickte ihr dankbar zu. Sie breitete die Decke über das Plumeau und zupfte hier und da, um ihre Fassungslosigkeit zu überspielen.

»Sei nicht traurig, Selma, ich bitte dich. Du hast einen alten Mann geheiratet, und ich fürchte, meine Zeit ist abgelaufen.« Seine Hand, mit Altersflecken übersät, kam unter der Bettdecke hervor und tastete nach ihrer. »Ich danke dir sehr, Selma, für alles danke ich dir. Halte weiter an deinen Zielen, deiner Bestimmung fest. Versprichst du mir das? Und wenn nicht hier in Paris, dann in deiner geliebten Heimatstadt.« Wieder dieses zutiefst befriedigte Lächeln.

Selma wollte etwas entgegnen, doch sie verharrte. Nein, es war nicht wichtig, was sie zu sagen hatte.

Sie strich über seinen Handrücken, sah zu, wie ihm allmählich wieder die Augen zufielen, und lauschte seinem unruhigen, rasselnden Atem.

Gisèle brachte auch ihr eine Decke, und sie legte sich auf das kleine Sofa.

Irgendwann nickte sie ein und wurde wach, als jemand leise hereinkam und an Julius' Bett stehen blieb.

»Selma?« Hedwig. »Soll ich dich ablösen?«

»Nein, geh nur wieder schlafen, Liebes. Ich bleibe hier.«

Am frühen Morgen schreckte Selma hoch.

Julius hatte die Augen aufgerissen, seine Hand klopfte unruhig auf die Bettdecke. Er rang keuchend nach Luft.

Mit einem Satz war sie vom Sofa hoch und bei ihm. »Ich bin hier, Julius.«

»Selma.« Ein tiefer Atemzug, und er schloss die Augen und seufzte lang anhaltend. »Alles ist gut.«

Dann schlief er ein. Für immer.

Selma blieb noch lange an seinem Bett sitzen, sprach leise mit ihm und betrachtete ihn.

Als sie schließlich aufstand, waren ihre Augen trocken.

Sie hatte keine einzige Träne geweint.

Am Tag der Beisetzung schien die Sonne, es war ein schöner, wenn auch eisig kalter Wintertag.

»Wie kann die Sonne scheinen?«, fragte Hedwig fassungslos.

»Ich glaube, es würde Julius gefallen, mein Liebes.«

Ihre Ziehtochter schaute sie ungläubig an und nickte zögernd. »Wahrscheinlich hast du recht, Maman.« Es war das erste Mal, dass sie Selma so nannte.

Selma schluckte vor Rührung.

Einen Moment blieben sie noch am Grab stehen, dann verließen sie den Friedhof.

Nachdem sie eine Weile stumm nebeneinanderher gegangen waren, räusperte Selma sich. »Du fragst dich bestimmt, warum ich nicht weine. Ich kann nicht, Hedwig, ich kann nicht um ihn weinen.« Vor einiger Zeit hatte sie ihrer Ziehtochter erzählt, wie ihre Verbindung, ihre Ehe entstanden war. Dass sie nicht von Liebe, aber von Respekt und Zuneigung getragen wurde. »Es käme mir seltsam vor, um jemanden zu weinen, der ein so langes und gutes Leben hatte.« Sie musste schlucken. »Vielleicht würde ich es anders sehen, wenn Luise nicht …«

Hedwig legte die Hand auf ihren Arm. »Ich weiß, was du meinst. Und ich verstehe dich.«

»Du bist viel zu erwachsen für dein Alter.«

»Ich musste schnell erwachsen werden, Maman. Mir blieb nichts anderes übrig.«

Selma schaute Hedwig an und zog sie in ihre Arme. »Die Entscheidung, dich zu uns zu nehmen, war wohl die beste, die ich je getroffen habe.«

Hedwig lehnte sich an sie.

Selma konnte spüren, wie sie sich fallen ließ.

Ich gebe ihr Geborgenheit und Sicherheit.

Und diese Tatsache entschädigte Selma für beinahe alles.

28.

Wenige Tage später stand Gisèle am Herd, als Selma am Morgen in die Küche kam. »Bonjour, Madame. Es sind wieder Blumen abgegeben worden. Ich habe sie ins Wasser gestellt und in Ihre Praxis gebracht.«

»Merci, Gisèle.«

Seit Julius' Tod waren täglich Blumen, Gestecke und Körbe mit Leckereien abgegeben worden. Dann und wann war auch jemand vorbeigekommen und hatte eine Schüssel Eintopf gebracht.

»Ich werde heute Nachmittag zu Madame Robert gehen. Hedwigs Kleider müssen ausgelassen werden, sie ist schon wieder gewachsen. Sagten Sie nicht neulich, Ihr Lieblingsrock sei inzwischen ganz zerschlissen?«

Gisèle drehte sich zu ihr um und hob die Augenbrauen. »Ja, das sagte ich, Madame. Ich werde mich wohl von ihm trennen müssen.«

»Ich möchte Ihnen den Stoff für einen neuen Rock schenken, wenn Sie erlauben. Sie können mich begleiten und sich einen hübschen aussuchen.«

»Das ist furchtbar nett von Ihnen, Madame. Und sehr großzügig. Merci beaucoup.«

Selma frühstückte eine Kleinigkeit, ihr Appetit ließ wieder einmal zu wünschen übrig.

Als sie aufstand und in ihre Praxis ging, waren ihre Schritte bleischwer.

Am Vormittag hatte Selma einen Hausbesuch zu machen.

Die alte Madame Lefèvre, die viele Jahre Julius' Patientin gewesen war, saß in ihrem verblichenen Sessel am Fenster und starrte ins Nichts. Selma ging zu ihr und nahm ihre Hand. Während sie ein paar Worte wechselten, kontrollierte sie den Puls der alten Dame.

»Ich möchte nicht mehr leben«, sagte die. »Aber der Herrgott will mich offenbar noch nicht zu sich nehmen.«

»Weil er findet, dass Sie hier noch etwas zu erledigen haben.«

Die alte Dame lächelte schief. Sie hatte nur noch wenige Zähne. »Sie haben gut reden, Madame Beermann. Sie sind jung, und Ihr Mann durfte friedlich gehen. Wieso darf ich nicht? Ich habe lange genug gelebt, es gibt für mich nichts mehr zu tun.«

Selma sah sie mitfühlend an. »Sie haben mir von Ihrer Enkelin erzählt, erinnern Sie sich? Sie sagten, wie traurig Sie sind, weil sie Sie seit einem dummen Streit nicht mehr besuchen kommt.«

»Sie ist ein störrisches Ding.« Die alte Dame grinste verschmitzt. »Genau wie ich. Wir nehmen uns nichts, Madame.«

»Sie könnten den ersten Schritt tun.«

»Damit?« Sie zeigte auf ihre Beine.

Selma tippte sich an die Stirn. »Nein, hiermit.«

»Und wie soll ich das anstellen?«

»Sie könnten mir einen Brief diktieren, und ich sorge dafür, dass Véronique ihn bekommt.«

»Das würden Sie für mich tun?«

Selma nickte, und die alte Dame drückte ihre Hand.

Am Nachmittag verließ Selma das alte, recht schäbige Wohnhaus.

Sie schlug den Weg nach rechts ein, in Richtung 14. Arrondissement. Dort arbeitete Véronique Moreau in einer kleinen Bäckerei, wie Madame Lefèvre ihr erzählt hatte.

Ein eisiger Wind wehte, und Selma schlang die Pelerine enger um ihren Oberkörper. Der Wind durchdrang jede einzelne Wollschicht, und beinahe bereute sie schon, der alten Dame den kleinen Dienst zu erweisen. Jetzt begann es auch noch zu schneien, und sie zog den Hut tiefer ins Gesicht.

Ihre Füße waren kalt, und ihre Beine fühlten sich so klamm und steif an, dass jeder Schritt beschwerlicher wurde.

Als sie an der Bäckerei ankam, stieß sie einen erleichterten Seufzer aus. Sie öffnete die Tür. »Bonjour.«

Eine bildhübsche Frau mit dunklen Locken lächelte sie an. »Bonjour, Madame.«

»Sind Sie Véronique Moreau?«

Die junge Frau nickte überrascht.

»Ich habe etwas für Sie.« Selma zog den Umschlag aus ihrer Tasche und reichte ihn der Frau.

»Von wem ist der? Aber nicht von Jacques, oder? Wenn er Sie geschickt hat ...«

»Nein, Mademoiselle.« Mehr sagte Selma nicht. Sie zeigte auf ein Brot. »Das hätte ich gern. Und zwei Mandelschnecken.« Sie bezahlte und verließ die Bäckerei.

Bevor sie die Tür hinter sich zuzog, warf sie einen letzten Blick auf Véronique, die bereits begonnen hatte, den Brief ihrer Großmutter zu lesen.

Selma hatte den direkten Weg nach Hause nehmen wollen, doch nach einiger Zeit musste sie feststellen, dass sie sich verlaufen hatte.

Verdutzt blieb sie stehen und drehte sich um die eigene Achse. Wie konnte man sich in einem Arrondissement verlaufen, das man eigentlich kannte?

»Ich habe die falsche Abzweigung genommen«, murmelte sie vor sich hin, während sie nach rechts und links blickte. Offenbar war sie vor ein paar Minuten in die falsche Richtung gelaufen. Weil sie nachgedacht und nicht auf die Straße geachtet hatte.

Selma ging ein paar Schritte zurück, blieb vor einer kleinen Boulangerie stehen und überlegte, ob sie auch vorhin daran vorbeigegangen war. Nein, oder doch?

Wieder drehte sie sich um die eigene Achse. Das war doch nicht möglich!

Endlich entdeckte sie ein vertrautes Haus, gleich davor

ging es rechts in eine schmale Seitengasse. Dort war sie hergekommen, plötzlich war sie sich ganz sicher.

Doch als sie vor dem Haus abbog, glaubte sie, noch nie hier gewesen zu sein.

»Madame?« Ein Mann stand auf einmal vor ihr und schaute sie fragend an. »Kann ich Ihnen helfen?«

Sie hatte das Gefühl zu fallen. Der Boden schwankte unter ihren Füßen. Der Mann war Gustav wie aus dem Gesicht geschnitten! Für einen winzigen Augenblick war sie sogar sicher, dass Gustav leibhaftig vor ihr stand. Er war nach Paris gekommen, um bei ihr zu sein. Weil er sich nach ihr sehnte.

Bist du noch zu retten!

»Merci, Monsieur«, stammelte sie. »Ich fürchte, ich habe mich verlaufen. Ich war so in Gedanken, und da ...« Sie schenkte ihm ein Lächeln. »Ich kann mich gerade einfach nicht zurechtfinden.« Sie nannte ihm ihre Adresse, und er beschrieb ihr den Weg.

Sie nickte dankbar. »Natürlich, jetzt erinnere ich mich wieder, wo ich falsch abgebogen sein muss.« Sie bedankte sich und wollte weitergehen.

Der Mann lächelte – wie konnte es sein, dass sich sogar ihr Lächeln ähnelte? – und zeigte nach rechts, wo eine Kutsche stand. »Warum nehmen Sie nicht die Kutsche? Sie sehen müde aus.«

»Vielleicht haben Sie recht.«

Bestimmt hielt er sie für überspannt, und wenn sie ehrlich zu sich selbst war, dann fühlte sie sich auch so.

Am späten Nachmittag stand Gisèle in Madame Roberts Schneideratelier vor dem hohen Regal mit den Stoffballen, den Kopf zur Seite geneigt. Ihre Augen leuchteten, wie Selma amüsiert beobachtet hatte. »Ach, wie soll ich mich da entscheiden? Sehen Sie nur all die wunderhübschen Stoffe, Madame, einer schöner als der andere.«

Madame Robert saß vor der Schneiderpuppe, auf der ein Kleid aus grüner Seide hing. Sie war gerade dabei, die Taille mit Nadeln festzustecken.

»Ich bewundere Sie, Madame«, bekannte Selma freimütig. »Ich bin nicht halb so geschickt mit Nadel und Faden. Ich schaffe es nicht einmal, einen Saum festzustecken, ohne den Stoff zu ruinieren oder mich zu verletzen.«

»Sehen Sie, so hat jeder seine Talente.« Madame Robert schob eine Nadel in den Stoff und lächelte. Sie wurde gleich wieder ernst und warf einen kurzen Blick auf Gisèle, die noch immer vor dem Stoffregal stand. »Auf ein Wort, Madame?«

Selma nickte. Was kam nun?

»Sie wissen, dass mir eine Menge zu Ohren kommt, gleichgültig, ob ich es hören will oder nicht.« Wieder ein flüchtiger Blick zu Gisèle, und Selma glaubte schon, dass es möglicherweise etwas mit ihrer Haushälterin zu tun hatte. »Seit Ihr Mann tot ist, brodelt die Gerüchteküche, Madame. Man erzählt sich, dass Sie keine medizinische Ausbildung haben und eigentlich gar nicht praktizieren dürften.«

»Das ist kein Gerücht, Madame Robert. Mein Mann war Arzt, er hat mich in der Heilkunde ausgebildet.«

»Es sind vor allem die Ärzte und deren Gattinnen, die,

so vermute ich, aus purem Neid sprechen. Sie sind sehr erfolgreich, Madame, Sie haben viele Patienten, und es kommen ständig neue hinzu. Das missfällt den Ärzten, und deren Frauen sorgen sich vermutlich um ihren Lebensstandard.«

Selma zog sich einen Schemel heran. Ihre Knie waren ganz weich geworden. Julius hatte sie gewarnt, und nun schien es Wirklichkeit geworden zu sein.

»Ich höre immer nur zu, Madame, das wissen Sie. Aber neuerdings, wo mir derartige Dinge zu Ohren kommen …« Madame Robert seufzte. »Ich beginne Stellung zu beziehen.«

»Und das wird sich auf Ihr Geschäft auswirken.« Selma nickte. »Das verstehe ich. Sie sind in Sorge, dass Ihnen die Kundschaft ausbleibt, wenn auch ich zu Ihren Kundinnen gehöre.«

Gisèle war neugierig näher getreten. Selma bemerkte sie erst, als sie neben ihr stand. »Ich höre wohl nicht recht. Die Leute zerreißen sich das Maul, weil Sie keine Ärztin sind, Madame? Sie sollten froh sein, dass es jemanden wie Sie gibt. Eine Frau, die sich der Armen und Kranken annimmt. Die Herrn Doktoren tun das nämlich nicht. Sie behandeln nur die, die sie auch bezahlen können. Davon ganz abgesehen, halte ich viele Behandlungen schlichtweg für falsch und unverantwortlich«, ereiferte sie sich. Ihre Wangen brannten. »Pardon, Madame, ich wollte gewiss nicht lauschen, aber ich …«

»Es ist schon gut, Gisèle. Die Leute haben ja recht, ich

habe keine ärztliche Zulassung. Mir war nicht klar, dass ich deswegen Schwierigkeiten bekommen könnte.«

Gisèle legte die Hand auf ihren Arm. »Grämen Sie sich nicht, Madame. Sie sind eine hervorragende Homöopathin. Wussten Sie, dass man Sie den Engel der Armen nennt?«

Selma schluckte. »Ja«, sagte sie leise.

Madame Robert lächelte. »Das klingt sehr schön, nicht wahr? Der Engel der Armen. Ich glaube, ich sollte mich erklären. Sie haben mich missverstanden, Madame Beermann. Ich bin nicht in Sorge, dass mir die Kundschaft wegbleibt. Ich bin in Sorge, was aus Ihnen wird. Und ich sage offen meine Meinung, was ich von diesen Lästermäulern halte.«

»Das sollten Sie besser nicht«, meinte Selma. »Denn dann müsste ich mich um *Sie* sorgen.«

»Was kann man denn da tun?«, rief Gisèle aus. »Man muss doch irgendetwas tun!«

»Was wollen Sie denn tun, Gisèle? Die Leute glauben das, was sie glauben wollen. Oder möchten Sie durch halb Paris laufen und allen erklären, dass ich eine gute Homöopathin bin, auch ohne medizinische Ausbildung?«

»Das würde ich tun, Madame.« Gisèle nickte eifrig.

Selma lächelte sie an. »Ich weiß, Sie meinen es gut, Gisèle, und ich bin gerührt, aber es wäre vergebliche Liebesmüh.« Sie zeigte auf die Stoffballen im Regal. »Was Sie nun tun können, ist, sich einen der hübschen Stoffe für einen neuen Rock auszusuchen.«

Als sie heimgingen, sagte Selma zu ihrer Haushälterin: »Ich

hoffe, Sie werden keine Schwierigkeiten bekommen, weil Sie für mich arbeiten.«

»Und wenn schon!«, empörte sich Gisèle. »Ich werde den Leuten sagen, was ich von ihrem dummen, impertinenten Geschwätz halte!« Ein wenig leiser fragte sie: »Was werden Sie nun tun, Madame?«

»Das, was ich immer tue und getan habe: weitermachen.«

»Dann haben Sie nicht vor, klein beizugeben?«

»Wenn Sie darunter verstehen, dass ich meine Arbeit aufgebe ... Nein, das habe ich gewiss nicht vor.«

Gisèle nickte zufrieden.

Während sie zur Rue de Vaugirard spazierten, ging Selma so vieles durch den Kopf, dass sie Mühe hatte, ihre Gedanken zu sortieren. Was hatte Julius am Sterbebett zu ihr gesagt:

Halte weiter an deinen Zielen, deiner Bestimmung fest. Und wenn nicht hier in Paris, dann in deiner geliebten Heimatstadt.

Sie und Hedwig könnten nach Lübeck zurückkehren, und sie könnte dort als Homöopathin arbeiten. Im Haus ihres Vaters, in seinem früheren Kontor, so wie er es selbst angesprochen hatte. Sie könnte eine Armensprechstunde einrichten.

Und ich könnte mein Versprechen einhalten und für Gustav und Anselm da sein.

Doch genau das war etwas, wovor sie sich fürchtete. Weil es bedeutete, dass sie Gustav wieder öfter sehen, ihn in ihr Leben lassen würde.

»Was ist mit Ihnen, Madame?«, fragte Gisèle.

»Nichts, ich musste nur gerade an etwas denken.«

An den Mann, den sie für immer zu lieben glaubte.

Selma blieb plötzlich stehen. Ihr Herz zog sich zusammen, und sie fühlte sich wie gelähmt.

Früher hatte sie Herzklopfen bekommen, wenn sie an ihn denken musste, hatte sein Gesicht vor Augen gehabt und sich gewünscht, nah bei ihm sein zu können.

Nun aber spürte sie eine merkwürdige Leere. War sie über Gustav hinweg? Hatte er sich aus ihrem Herzen gestohlen, ohne dass sie es bemerkt hatte?

»Madame? Sie sind ganz blass«, meinte ihre Haushälterin mit besorgter Miene.

»Darf ich Ihnen etwas anvertrauen? Ich war einst sehr verliebt in einen Mann, den ich nicht haben konnte. Ich glaubte, ihn nie vergessen zu können, doch plötzlich ist mir …« Selma fasste sich ans Herz. »Es tut nicht mehr weh, wenn ich an ihn denke. Es ist, als läge das alles weit hinter mir.«

Gisèle nickte, als verstünde sie sehr gut.

»Sie wissen, was ich meine, nicht wahr?«

»Oui, Madame, und ob ich das weiß.«

Als sie weitergingen, stellte Selma bestürzt fest, dass sie sich nach dem Gefühl, das sie früher empfunden hatte, zurücksehnte.

29.

Paris im Monat darauf

Gisèle stand in der Küche und summte leise, als Selma an diesem Morgen hereinkam. »Für mich heute nur eine kleine Scheibe Brot, Gisèle. Ich habe gleich einen Hausbesuch zu machen und muss mich sputen.«

Ihre Haushälterin drehte sich zu ihr um. »Aber nicht ohne ein anständiges Frühstück, Madame.«

»Sie klingen wie Helene.« Selma hatte sich gesetzt und sah die Briefe durch, die auf dem Tisch lagen.

»Wer ist Helene?«

»Die Köchin meines Vaters, Gott hab sie selig. Sie war meinem Vater viele Jahre treu ergeben.« Selma lächelte wehmütig. »Und mir.«

Wie oft hatte Helene ihr etwas zugesteckt, ein Zuckerplätzchen, das gerade aus dem Ofen gekommen war, zum Beispiel oder eine Scheibe frisches, herrlich duftendes Rosinenbrot. »Du isst immer wie ein Spatz, meine Kleine«, hatte sie dann gesagt und Selma übers Haar gestrichen.

Vor ein paar Monaten war Helene gestorben, und Selmas Vater hatte sich noch nicht dazu durchringen können, eine neue Köchin einzustellen. »Ich möchte mich auf meine alten Tage nicht mehr an jemand Neues gewöhnen müssen«, hatte er gemeint. Seitdem stand Anna, sein Dienstmädchen, am Herd – schicksalsergeben und vermutlich in der stillen Hoffnung, er würde seine Meinung ändern.

Gisèle stellte eine Kanne Kaffee auf den Tisch. »Nicht zu stark, ganz so, wie Sie ihn mögen.«

Selma trank einen Schluck und wollte gleich wieder aufstehen, doch Gisèle legte ihr sacht, aber bestimmt die Hand auf die Schulter. »Erst müssen Sie etwas essen, Madame.«

»Na schön.« Selma aß halbherzig ein paar Bissen, spülte sie mit Kaffee hinunter und stand auf. »Jetzt muss ich aber wirklich los.«

Sie war bereits an der Tür, als ihr noch etwas einfiel. »Gleich nach dem Hausbesuch laufe ich zu Madame Robert und hole Ihren Rock ab.«

Sie zeigte auf das kleine Kärtchen, das Madame Roberts Laufbursche am Tag zuvor gebracht hatte. Darauf stand, dass der Rock fertig war.

»Aber das kann ich doch selbst tun, Madame«, bot sich Gisèle an.

»Mir wäre lieber, wenn Sie ein Auge auf meine Tochter haben, die neuerdings die Schule ein wenig vernachlässigt.« Was daran lag, dass Hedwig die Schule nicht besonders mochte. Und mit ihr die Mitschülerinnen, die sie albern und langweilig fand.

Normalerweise kam Madame Perron mit ihrer Kinderschar

in Selmas Sprechstunde, doch seit einem Treppensturz war sie nicht gut zu Fuß. In der Wohnung roch es nach angebrannten Zwiebeln, und lautes Kindergeheul war aus der Küche zu hören. »Aber ich habe doch aufgepasst!«

»Hast du nicht, du dumme Gans, sonst wären sie nicht angebrannt!« Dann Topfklappern und ein wütender Aufschrei. »Geh wenigstens aus dem Weg!«

Selma klopfte an die Tür, und der Junge und das Mädchen, die am Herd standen, schraken zusammen und starrten sie angsterfüllt an. »Sagen Sie Maman nichts, Madame, ja? Sie soll sich doch nicht aufregen.«

»Keine Sorge, ich werde schweigen.« Selma nahm den Topf vom Herd, schüttete die pechschwarzen Zwiebeln in den Abfall, füllte Wasser in den Topf und stellte ihn beiseite. »Hat sich einer von euch verbrannt?«, fragte sie wie nebenbei.

Die Kinder räusperten sich unbehaglich, bis schließlich der Junge sagte: »Oui, Madame, aber nur ein bisschen.«

Selma betrachtete seine rechte Hand und sagte zu seiner Schwester, die betreten danebenstand: »Lauf und hol mir meine Tasche. Sie steht im Flur.«

Sie goss Wasser aus dem Krug über die Brandwunde, strich anschließend eine kühle Salbe darüber und wickelte einen Verband darum. Das Töpfchen mit der Salbe ließ sie auf dem Tisch stehen. »Damit bestreichst du einmal täglich die Wunde«, sagte sie zu dem Jungen.

Der nickte eifrig. »Und Sie werden es nicht meiner Mutter sagen?«

»Nein, versprochen. Auch wenn ich befürchte, dass sie euren Streit gehört hat.«

Er schaute sie erschrocken an. »Papa wird furchtbar wütend sein, wenn sie sich nicht ausruhen kann.«

Selma strich ihm übers dunkle Haar. »Mach dir keine Sorgen. Deiner Mutter wird es bald wieder besser gehen. Sie muss nur ihren Fuß schonen.«

Ein Strahlen huschte über sein Gesicht.

Selma ging in die kleine Stube, wo Madame Perron auf dem Sofa lag, eingemummelt bis zum Kinn. »Madame Beermann!« Sie wollte sich aufsetzen, doch Selma hielt sie zurück.

»Schön liegen bleiben. Wie geht es Ihrem Fuß?«

»Schon viel besser. Was war da eben in der Küche los?«

Selma lächelte kopfschüttelnd. »Ein kleiner Streit zwischen Geschwistern, nichts weiter.«

»Dass sie sich nicht *ein Mal* vertragen können.«

Sie stöhnte leise auf, als Selma ihr Fußgelenk vorsichtig abtastete. »Viel besser sagten Sie?«

Die Frau verzog das Gesicht. »Na schön, ein wenig. Können Sie sich vorstellen, wie das ist, wenn man hier liegen muss, während die Kinder das Haus auf den Kopf stellen?«

Selma lachte. »Ja, ich denke, das kann ich.«

»Mein Mann sagt: ›Bleib brav liegen‹, und geht aus dem Haus. Wie die Männer sich das nur immer vorstellen.«

»Sie wissen eben nicht, was eine Frau den ganzen Tag leisten muss.« Selma strich Salbe auf Madame Perrons Fuß und wickelte einen neuen Verband darum.

»Weil sie es gar nicht wissen wollen.«

Selma grinste. »Vermutlich haben Sie recht. Wie geht es Ihrem Jüngsten?«

Der vierjährige Yves litt unter hartnäckigem Milchschorf. Als Madame Perron das erste Mal in die Sprechstunde gekommen war, hatte Selma sich nur mühsam zurückhalten können. Am liebsten hätte sie sofort den Arzt aufgesucht, der die Mutter mit den Worten »Das verliert sich irgendwann« wieder nach Hause geschickt hatte.

»Besser.« Madame Perron lächelte glücklich. »Es ist, als hätte Gott uns ein ganz neues Kind geschenkt, Madame. Monique!«, rief sie laut, und es dauerte nicht lange, und ein weizenblondes Mädchen kam herein. »Sei so lieb und bring uns Yves.«

»Er spielt gerade im Hof, Maman.«

»Allein?«

Das Mädchen schüttelte den Kopf. »Pierre ist bei ihm.«

Es zeigte zum Fenster, und Selma ging hin und warf einen Blick in den Hof. Unten hüpfte ein ebenfalls weizenblonder Junge auf einem Bein und sang dabei vor sich hin. Eine kleine Katze sprang um ihn herum. Ein größerer Junge, offenbar sein älterer Bruder Pierre, warf ihm einen Ball zu, und Yves fing ihn geschickt auf.

Pierre. Selma lächelte in sich hinein. Was wohl aus ihm geworden war? Ob er noch immer in den Tag hineinlebte, zum Frühstück Wein trank und hoffnungslos verträumt war?

Es schien eine Ewigkeit her zu sein, seit sie ihn das letzte Mal gesehen hatte. Eine Ewigkeit und ein anderes Leben.

Selma verabschiedete sich von Madame Perron und deren Kindern und machte sich auf den Weg zum Schneideratelier.

Madame Robert stand vor der Schneiderpuppe, Stecknadeln im Mund, und nickte Selma erfreut zu, als sie hereinkam.

Selma ging umher und strich hier und da über einen der Stoffballen. Das hatte sie auch als kleines Mädchen im Lager ihres Vaters getan.

»Sie möchten bestimmt den Rock für Mademoiselle Gisèle abholen.« Die Schneiderin war zu ihr gekommen und legte ihr das neue Kleidungsstück auf die ausgestreckten Arme. »Ich hoffe, er wird ihr gefallen.«

Selma bewunderte das Stück gebührend. »Sie wird begeistert sein.«

»Ich glaube, ich habe gute Nachrichten für Sie, Madame.« Die Schneiderin war zu ihrem kleinen Pult gegangen, an dem sie ihre Rechnungen schrieb. »Die Gerüchte haben sich in alle Winde zerstreut, stellen Sie sich nur vor. Es scheint der berühmte Schnee von gestern zu sein, Madame Beermann, und niemand interessiert sich mehr dafür, dass Sie keine Ärztin sind.« Sie reichte Selma die Rechnung. »Erst gestern kam mir zu Ohren, wie glücklich man ist, Sie in der Stadt zu haben.«

Selma konnte es kaum glauben. Das wirklich Verblüffende aber war, dass es sie nicht sonderlich interessierte.

»Sie scheinen nicht sehr verwundert zu sein«, meinte Madame Robert und legte Gisèles neuen Rock zusammen.

»Verwundert? Nein, das bin ich tatsächlich nicht. Ich bin

vielmehr überrascht, dass es mir so wenig ausmacht«, gab Selma zu. »Ich dachte, ich würde erleichtert sein, wenn man es mir nicht mehr schwer machen würde.«

»Aber das sind Sie nicht?«

»Nein.« *Und warum das so ist, werde ich herausfinden müssen.* »Au revoir, Madame Robert, und frohe Weihnachten!«

In der Nacht konnte Selma keinen Schlaf finden.

Sie war aufgestanden und zunächst leise umhergegangen.

Wenn die Leute nicht mehr redeten, hieß das, dass sie ungehindert weiterarbeiten könnte. Aber wollte sie das überhaupt noch?

Es war ein äußerst verlockender, verheißungsvoller Gedanke, nach Lübeck zurückzukehren und dort als Homöopathin zu arbeiten. Im Haus ihres Vaters.

Noch vor Kurzem hätte sie diese Aussicht nervös gemacht, vorfreudig. Weil sie dann wieder näher bei Gustav wäre. Doch nun schien das nicht mehr wichtig zu sein.

Weil Gustav ihr nichts mehr bedeutete?

Gleichgültig, wie lange sie darüber grübelte, sie kam zu keinem Schluss. Hatte sie wirklich aufgehört Gustav zu lieben, oder hatte sie nur ihr Herz so fest verschlossen, dass ihr der Zugang zu ihren Gefühlen fehlte?

30.

Paris, zwei Tage vor Jahresende

Selma und Hedwig hatten gemeinsam mit Gisèle die Weihnachtstage verbracht. Draußen hatte es geschneit und gestürmt, während sie in der warmen Stube beisammensaßen und Hedwig ihnen die Weihnachtsgeschichte vorlas.

Seit Selma bei Madame Robert gewesen war, hatte sie sich vorgenommen, mit Hedwig zu sprechen. Sie musste ihre Gedanken endlich in Worte fassen. Nur wie? Immer wenn es einen geeigneten Zeitpunkt gegeben hatte, war sie unschlüssig geworden und hatte es schließlich wieder verschoben.

In der Nacht hatte es dicke Flocken geschneit, und als Selma an diesem Morgen aufstand und zum Fenster ging, sah sie, dass der Garten mit einer Schneeschicht bedeckt war.

Im Frühjahr könnten wir nach Lübeck fahren – und bleiben, dachte sie versonnen und musste lächeln. Mit einem Mal war es ganz leicht, diesen Gedanken zuzulassen.

Weihnachten hatte sie Gustav geschrieben und seinem Sohn ein kleines Spielzeug geschickt.

Gustav. Sie schluckte. Sie musste so oft an ihn und Anselm denken.

Sie ging in die Küche, die Gisèle bereits geheizt hatte, und setzte sich an den Tisch. Sie fühlte sich erschöpft und müde, vielleicht brütete sie etwas aus. Möglicherweise lag es jedoch nur daran, dass sie eine Entscheidung treffen wollte, aber nicht konnte.

Auf dem Tisch lag ein kleiner Stapel Briefe, darunter einer von ihrem Vater.

Selma machte ihn auf und las ihn, während sie eine Tasse Kaffee trank.

Meine liebe Selma,

ich hoffe, Ihr habt die Feiertage gut zugebracht.
Ich bin froh und außerordentlich erleichtert, dass das Gerede aufgehört hat. Aber sagte ich nicht, dass es irgendwann vorbei sein wird und die Leute sich anderen Themen widmen werden?
Dennoch lässt mich ein Gedanke nicht los, und ich hoffe, Du verzeihst mir, wenn ich es ganz offen anspreche:
Wäre es nicht eine Überlegung, nach Lübeck zurückzukehren? Du könntest Dir in der Villa eine Praxis einrichten – wir sprachen bereits darüber, erinnerst Du Dich?
Hedwig könnte hier zur Schule gehen, vielleicht würde sie ihr sogar gefallen. Sie würde sicher rasch neue Freunde finden, und ich hätte Euch nah bei mir.

Ich bin nicht mehr der Jüngste, Selma, und die Aussicht, meine Tochter und meine Enkelin bei mir zu haben, würde mich sehr glücklich machen.

Mit den besten Grüßen für ein neues Jahr
von Deinem Vater

Selma steckte den Brief zurück in den Umschlag.

»Für mich heute nur Kaffee«, murmelte sie geistesabwesend, als Gisèle hereinkam.

Die junge Frau stellte ein Butterfässchen auf den Tisch und schenkte ihr Kaffee nach. »Sie haben in einer halben Stunde eine Patientin. Sie baten mich gestern, Sie daran zu erinnern.«

Selma hob den Kopf und sah sie an. »Richtig. Ich bin zurzeit etwas zerstreut.«

»Aber Sie müssen sich doch jetzt keine Sorgen mehr machen, Madame. Das schreckliche Gerede hat doch aufgehört.«

Selma stand auf und ging zur Tür. »Sie haben recht, Gisèle. Ich sollte mich ein bisschen zusammenreißen.«

»Sie sollten vor allem erst einmal frühstücken, Madame.«

Sie hatte ganz vergessen, etwas zu essen. »Ich habe keinen Appetit, Gisèle. Wären Sie so nett und erinnern meine Tochter an die gepressten Ahornblätter für den Unterricht? Sie liegen in der Schublade im Sekretär, sie hat sie selbst dort hingelegt, wird sich vermutlich aber fragen, wo sie sie gelassen hat.« Sie lächelte flüchtig. »Hedwig ist zurzeit nicht weniger zerstreut als ich.«

Am Abend, nachdem Selma von einem Hausbesuch zurück war und etwas von dem Kohleintopf gegessen hatte, der auf dem Herd stand, ging sie zu Hedwig.

Ihre Ziehtochter lag bäuchlings auf dem Bett, das Kinn in die Handfläche gestützt, und las in einem Buch.

»Störe ich?«

Hedwig drehte sich zur Tür um. »Nein, überhaupt nicht, Maman. Komm nur herein.«

Selma nahm auf dem Stuhl in der Ecke Platz. »Was liest du da?«

»*Zwanzigtausend Meilen unter dem Meer*. In Julius' Bibliothek sind alle Werke von Jules Verne, wusstest du das?«

»Nein, das wusste ich nicht.« Selma unterdrückte ein Seufzen. Julius fehlte ihr. Wie gerne würde sie sich mit ihm austauschen, ihn um Rat fragen.

»Hast du etwas auf dem Herzen, Maman?«

Selma lachte und hätte zugleich am liebsten geweint. Wann immer sie »Herz« hörte, musste sie an Gustav denken. Dieses eine Wort genügte, um sie durcheinanderzubringen. Nur dass es diesmal nicht Wehmut und Sehnsucht waren, die sie erfüllten.

Dieses Mal spürte sie nichts als Beklommenheit.

»Ich möchte dich gern etwas fragen, Hedwig.« Ihre Stimme war rau. »Könntest du dir vorstellen, Paris zu verlassen und mit mir nach Lübeck zu ziehen?«

Hedwig drehte sich auf die Seite und stützte den Kopf

auf den Ellbogen. »Nach Lübeck.« Sie runzelte kurz die Stirn, dann nickte sie. »Ja, das könnte ich.«

»Aber Paris ist deine Heimat.«

»Und Lübeck deine.«

»Du müsstest auf eine neue Schule.«

»Diese hier mag ich sowieso nicht besonders. Die Mädchen sind dumme Gänse. Als gäbe es nichts Wichtigeres als die Jungs von der Schule gegenüber.«

»Ich fürchte, das wird auf der neuen Schule nicht anders sein.«

»Und wenn schon.«

Sie war in einem Alter, in dem sich viele Mädchen bereits Gedanken über eine Heirat machten. Hedwig dagegen grübelte allerhöchstens darüber, ob sie Ärztin oder Apothekerin werden wollte.

»Du müsstest dir neue Freunde suchen.«

Hedwig begann zu lachen. »Man könnte fast meinen, du versuchst, mir Lübeck madig zu machen, Maman.«

»Nein, nein.« Selma räusperte sich. »Heute kam ein Brief meines Vaters, in dem er mich fragt, ob wir nicht darüber nachdenken wollen, nach Lübeck zurückzukehren. Und zum ersten Mal denke ich *ernsthaft* darüber nach, auch wenn der Gedanke, dort als Homöopathin zu arbeiten, nicht neu ist.«

Hedwig schwang die Beine vom Bett und setzte sich hin. »Werden die Leute dort nicht reden, weil du keine Ärztin bist?«

Selma schüttelte den Kopf. »Als Homöopathin brauche ich dort keine ärztliche Zulassung.«

»Dann ist es doch ganz einfach: Wir gehen nach Lübeck.«

Als Selma Gisèle am Tag darauf von ihrem Entschluss erzählte, verzog ihre Haushälterin das Gesicht zu einem flüchtigen, eher freudlosen Lächeln. »Das freut mich für Sie, Madame.«

»Können Sie sich vorstellen, uns zu begleiten?«

Gisèle sank neben ihr auf einen Stuhl und schaute sie ungläubig an. »Was sagen Sie da, Madame?«

»Ich frage Sie, ob Sie mit uns nach Lübeck kommen wollen.«

Gisèle blinzelte. Dann lächelte sie, erst ein wenig verunsichert und schließlich übers ganze Gesicht. »Oui, Madame, das würde ich wirklich gern!«

Selma erwiderte das Lächeln. »Das freut mich, Gisèle.«

»Wann werden wir abreisen?«

»Nicht vor Frühlingsanfang. Ich werde das Haus verkaufen müssen.« Selma schaute sich um und unterdrückte ein wehmütiges Seufzen. Julius hatte das Haus mit seinen kleinen, gemütlichen Räumen geliebt, und auch sie mochte es sehr. Es würde ihr schwerfallen, es zu verkaufen, aber was sollte sie sonst damit tun?

»Madame?« Gisèle nestelte an ihrer Schürze. »Was wird Ihr Vater dazu sagen? Wird er sich nicht überrumpelt fühlen?«

»Das lassen Sie ruhig meine Sorge sein.« Selma schenkte ihr ein aufmunterndes Lächeln.

»Wie Sie meinen.«

»Anna wird hocherfreut sein, sich nicht mehr um das Essen kümmern zu müssen.«

Gisèle nickte. Ganz überzeugt schien sie noch nicht zu sein.

»Nun machen Sie nicht so ein Gesicht. Mein Vater wird Sie ins Herz schließen, Gisèle. Und sollte er wider Erwarten doch dagegen sein, werden Sie weiterhin für mich arbeiten. Sie könnten die Termine entgegennehmen und verwalten und mir in der Praxis zur Hand gehen.«

Die Augen der jungen Frau weiteten sich. »Ich weiß nicht, ob ich das kann, Madame.« Sie schluckte. »Aber ich würde es gern versuchen. Die Aussicht, mit Ihnen und Hedwig nach Deutschland zu gehen, ist sehr verlockend. Ich dachte, ich würde wohl nie aus meiner Heimatstadt herauskommen, und nun ...« Sie schluckte wieder. »Nun liegt dieser Weg vor mir, und ich wäre dumm, ihn nicht gehen zu wollen. Und es gibt ja ohnehin niemanden, der mich hier vermissen wird.«

»Vielleicht wartet in Lübeck ein hübscher junger Mann nur darauf, dass Sie in sein Leben treten.«

Gisèle errötete. »Na, ich weiß nicht, Madame. Wer sollte mich schon wollen?«

»Sie sollten dann und wann einen Blick in den Spiegel werfen, Gisèle«, meinte Selma. »Sie sind bildhübsch und zudem nicht auf den Kopf gefallen.«

»Was Männern oft eher lästig ist«, murmelte die junge Frau, und Selma musste lachen. »Aber man soll immer versuchen, das, was einem vor die Füße gelegt wird, auch zu nutzen, nicht wahr, Madame?«

Selma lächelte. »Dieses Motto zieht sich durch mein bisheriges Leben, Gisèle. Wir scheinen uns ähnlich zu sein.« Sie stand auf und strich ihren Rock glatt. »Ich werde meinem Vater Bescheid geben, dass er die Räume herrichten lassen soll. Sie werden ein schönes, helles Zimmer im Obergeschoss bekommen.«

Ihre Haushälterin nickte mit glühenden Wangen. »Merci, Madame. Ich danke Ihnen so sehr, dass Sie mich bei sich behalten wollen.«

»Ich wäre dumm, täte ich es nicht.«

III. Teil

1876 und 1900

Unsere Sehnsüchte
sind unsere Möglichkeiten.

Robert Browning

31.

Paris im Frühjahr 1876

Als Selma an diesem Morgen sehr früh aufstand, war sie voller Tatendrang und Vorfreude. Doch auch Traurigkeit und etwas Wehmut mischten sich dazu. Heute war ihr letzter Tag in Paris. Am folgenden Tag würden sie nach Lübeck aufbrechen. In der Diele stapelte sich bereits ihr Gepäck.

Heute würde sie ein letztes Mal in ihr Behandlungszimmer gehen, aus dem Fenster schauen und den Kindern auf der Straße beim Spielen zusehen. Ein letztes Mal würde sie mit Madame Fabron sprechen, die am Vormittag einen Termin hatte.

Selma wurde schwer ums Herz. Sie alle würde sie vermissen, sehr sogar.

Gisèle kam aus ihrer Kammer und stolperte über eine Reisetasche, die Hedwig vor der Tür abgestellt hatte. »Mon Dieu! Ich soll mir wohl den Hals brechen!«

»Pardon«, murmelte Hedwig zerknirscht, die fast gleichzeitig aus ihrer Kammer gekommen war. »Ich habe ganz vergessen, sie woanders abzustellen.«

»Dass mir an unserem letzten Tag nur niemand stürzt oder sich verletzt«, sagte Selma. »Wir wollen doch gesund und munter nach Lübeck fahren.«

Sie schenkte den beiden ein Lächeln, bevor sie in ihre Praxis ging und das Fenster öffnete.

Hoffen wir, dass das Wetter auch morgen so herrlich ist, dachte sie.

»Au revoir!«, sagte Madame Fabron ein weiteres Mal, als sie später das Behandlungszimmer verlassen wollte. »Und geben Sie gut auf sich acht, Madame.« Sie tupfte sich mit dem Taschentuch die Nase ab. »Wie soll es ohne Sie nur weitergehen?« Sie winkte ab. »Hören Sie nicht auf mein Gejammere, Madame. Au revoir.« Sie machte die Tür hinter sich zu.

Selma stand am Fenster, die Arme verschränkt. All die Menschen in Paris, für die sie da gewesen war, würden ihr fehlen, und vermutlich hatte Madame Fabron recht, und sie würde auch ihnen fehlen.

Doch sie haderte nicht mit ihrer Entscheidung, es war nur richtig, nach Lübeck zurückzukehren. Den Gedanken an Gustav schob sie gleich wieder weit weg. Sie wollte nicht an ihn denken, vor allem wollte sie nicht darüber grübeln, wie es sich anfühlen würde, ihn wiederzusehen. Weil sie tief in ihrem Inneren befürchtete, nichts mehr empfinden zu können.

Alle drei Frauen hatten schlecht geschlafen und waren in aller Herrgottsfrühe auf den Beinen. Als sie in der Diele aufeinandertrafen, mussten sie gleichzeitig lachen.

Hedwig schleppte das Gepäck vor die Haustür – sie hatten Glück, es würde ganz offensichtlich ein milder, freundlicher Tag werden –, während Gisèle ein letztes Mal die Küche putzte und ständig vor sich hin murmelte, ob sie auch nichts vergessen habe und dass die neuen Besitzer hoffentlich nicht ein Körnchen Staub oder Dreck finden würden.

Sie wuselte durchs Haus, fegte erneut die Stube und blickte sich mit hochrotem Gesicht um.

Selma konnte es nicht mehr mit ansehen. »Gisèle«, sagte sie eindringlich und legte ihr die Hand auf die Schulter. »Sie sind aufgeregt und nervös, das verstehe ich, aber Sie sollten sich zur Ruhe zwingen.«

»Pardon«, murmelte die junge Frau zerknirscht.

»Sie können mir dabei helfen, die beiden Kisten aus meiner Praxis vor die Tür zu tragen.«

Wenig später ging Selma ein letztes Mal durch die Räume, strich über die Möbel, zupfte die Vorhänge zurecht und betrachtete die Stelle an der Wand in ihrem Behandlungszimmer, wo Julius' Porträt gehangen hatte. Es wartete gut verpackt darauf, dass es verladen und mit nach Lübeck genommen wurde. Selma wollte es dort in ihrer Praxis aufhängen.

Am vorigen Tag war sie auf dem Friedhof an Julius' Grab gewesen und hatte ihm davon erzählt. Es hätte ihm sicher gefallen.

»Madame?« Gisèle kam angelaufen, die Röcke gerafft, das Gesicht erhitzt. »Die Kutsche ist da. Wir haben schon begonnen, alles aufzuladen.«

»Ich komme.« Selma musste schlucken. Es war eng in ihrem Hals geworden.

»Verabschieden Sie sich nur in Ruhe«, raunte Gisèle. »Deswegen bin ich nicht gekommen. Monsieur Tozzi ist da und möchte Sie sprechen.«

»Monsieur Tozzi?«, fragte Selma verwundert. Seit es seinem Ischias besser ging, war er nicht mehr in ihrer Praxis gewesen. »Bitten Sie ihn herein.«

Gisèle deutete auf Selmas Anzug. »Wird er nicht ...?«

Selma musste lachen. »Ja, vermutlich wird er. Ich werde es ihm schon erklären.«

Kurz darauf stand er vor ihr, seinen Hut in der Hand, die Augen vor Verwunderung aufgerissen. »Ich wollte eigentlich ... Ich dachte ...«

»Schon gut, Monsieur. Ich bin es. Ich bin Madame Beermann.«

»Aber Sie ...«, stammelte er.

»Ich reise immer als Mann verkleidet.«

Tozzi stutzte, dann nickte er und grinste breit. Er machte eine Verbeugung. »Ich hörte, dass Sie Paris verlassen, und bin gekommen, um Au revoir zu sagen.«

»Wie freundlich von Ihnen, Monsieur.«

»Ich wollte mich auch bei Ihnen bedanken. Nicht nur dafür, dass Sie mich vom Ischias befreit und mir die Leviten gelesen haben ...« Er grinste. »Auch dafür, dass Sie mich und Olivier zusammengebracht haben.«

»Dann ist er weiterhin unter Ihren Fittichen?«

Tozzi nickte. »Er macht sich hervorragend. Olivier hat eine große Karriere vor sich, davon bin ich überzeugt.«

»Ich freue mich, dass der Junge seine Bestimmung gefunden hat. Grüßen Sie ihn bitte von mir.«

»Wir sollten alle nach unserer Bestimmung suchen.« Tozzi drehte den Hut in seinen Händen.

»Was nicht immer heißt, dass wir sie auch finden.«

Er lachte. »Da haben Sie recht, Madame.« Er griff nach ihrer Hand und hauchte einen Kuss darauf. »Merci beaucoup. Für alles.«

Wenige Stunden später saßen sie in der Kutsche; Selma und Hedwig nebeneinander auf der einen, Gisèle ihnen gegenüber auf der anderen Seite.

»Reisen wir als Mann und Frau?«, raunte sie. »Ich meine, als … Ehepaar?«

Selma nickte bemüht ernst. »So ist es. Sie sind meine Gattin, Gisèle.«

»Und wie soll ich Sie anreden, Madame? Ich meine, es wird doch Gelegenheiten geben, bei denen man uns zuhören kann.«

»Nennen Sie mich Anselm, Gisèle.«

»Anselm.« Die junge Frau nickte vor sich hin. »Das klingt hübsch.«

Selma lächelte. »Und es klingt sehr hübsch, wie Sie es aussprechen.«

Während die vollbeladene Kutsche durch die Straßen von Paris holperte, schwiegen sie, sahen stumm aus dem Fenster und warfen sich nur dann und wann einen Blick zu.

Irgendwann schlug Hedwig ihr Buch auf und fing an zu

lesen. Selma schaute weiterhin aus dem Fenster, und Gisèle begann mit ihrer Stickarbeit.

Als Paris schließlich hinter ihnen lag, seufzte Gisèle tief. »Es ist das erste Mal, dass ich aus meiner Heimatstadt hinauskomme, Madame, ist das nicht verrückt? Und dann gleich zu einer so weiten Reise. Und ich werde wohl nicht zurückkommen.«

Selma war nicht sicher, ob sie traurig darüber war. »Sie können Paris besuchen, sooft Sie wollen, Gisèle. Niemand wird Sie davon abhalten.«

»Doch, ich selbst«, erwiderte die junge Frau.

»Aber warum?«

»Weil ich ganz neu anfangen will, Madame. Und ich möchte nicht zurückblicken.«

Selma sagte nichts darauf. Sie verstand Gisèle sogar.

»Sie werden sich sehr wohlfühlen in Lübeck.« Hedwig hatte ihr Buch zugeklappt und einen Finger hineingelegt. »Sie werden meinen Großvater mögen und er Sie.«

»Meinst du, Hedwig?«

Die nickte. »Und das Zimmer, das Sie bekommen, wird Ihnen gefallen. Ich kenne es bereits. Es ist groß und hell und freundlich. Sie werden es lieben.«

Gisèle lehnte sich zurück und seufzte wieder. Kurz darauf huschte ein Lächeln über ihr Gesicht. »Da komme ich das erste Mal aus Paris hinaus ...« Sie zwinkerte Selma zu und lachte. »Und dann gleich als verheiratete Frau.«

Mit jedem Dorf, jeder Stadt, der sie Lübeck näher kamen, zog sich Selmas Magen mehr zusammen.

Sie hatte ihre Empfindungen noch nicht einordnen und bewerten können. Graute ihr davor, Gustav wiederzusehen, weil sie glaubte, die Liebe zu ihm verloren zu haben? Graute ihr vor der künftigen Leere in ihrem Herzen?

Oder graute ihr vielleicht auch davor, dass *er sie* nicht mehr liebte und längst vergessen hatte?

Wenn sie es doch nur wüsste!

»Was ist mit dir, Maman?«, flüsterte Hedwig.

Gisèle war eingeschlafen, den Kopf zur Seite gekippt, den Mund leicht geöffnet.

Erst wollte Selma abwiegeln und ihre Ziehtochter anschwindeln, dann aber entschied sie sich für die Wahrheit. So wie sie es auch von Hedwig erwarten würde. »Ich habe Angst vor meinen eigenen Gefühlen.«

»Erklärst du mir das näher?«

»Ich habe Angst, dass etwas vorbei ist, etwas, das sich wundervoll und zugleich beängstigend und auch falsch angefühlt hat. Ich habe mir oft gewünscht, dass es vorbeigehen wird. Und nun ...« Sie verstummte.

Hedwig nickte mitfühlend. »Welchen Rat würdest du mir oder jemand anderem geben?«

Selma dachte kurz nach. »Dass du dir nicht allzu viele Gedanken machen und es auf dich zukommen lassen solltest. Weil sich die meisten Sorgen und Ängste schlussendlich doch als übertrieben herausstellen.« Sie musste lächeln.

Ihre Ziehtochter erwiderte es. »Ganz genau. Und so solltest auch du es machen, Maman. Manche Ratschläge gelten nicht nur für Kinder, sondern auch für Erwachsene.«

Als Selma lachte, fuhr Gisèle zusammen, blinzelte, murmelte etwas Unverständliches und schlief weiter. Wobei ihre halb geöffneten Lippen leise Pfeiftöne machten.

Hedwig kicherte und presste die Hand auf den Mund.

»Du bist schon lange kein Kind mehr«, meinte Selma nach einer Weile.

»Ich glaube, ich war nie wirklich ein Kind«, entgegnete Hedwig. »Ich durfte nicht.«

Selma strich ihr übers Haar. »Wie gerne würde ich dafür sorgen, dass du deine Kindheit nachholen kannst, aber das wird mir leider nicht möglich sein.«

»Das musst du gar nicht.« Hedwig lehnte den Kopf an ihre Schulter. »Es ist, wie es ist. Ich musste eben schneller erwachsen werden.«

Eine Zeit lang schwiegen sie und schauten wieder aus dem Fenster. Die Landschaft zog an ihnen vorbei; Birken und Eichen, deren hellgrüne Blätter vom Sonnenlicht beschienen wurden, saftig grüne Wiesen und Weiden, auf denen Kühe und Ziegen grasten, kleine Ortschaften, in denen der Frühling Einzug gehalten hatte.

Selma lehnte sich zurück und schloss die Augen. Sie freute sich unbeschreiblich auf Lübeck, wenn doch nur nicht das nervöse Brennen in ihrem Magen wäre.

»Ich bin so froh, dass ich dich habe, Maman«, flüsterte Hedwig und nahm ihre Hand. »Und ich freue mich so unglaublich auf unser neues Zuhause.«

Selma lächelte. »Ich auch.« Sie deutete auf Gisèle, die offenbar fest eingeschlafen war, den Mund noch immer geöffnet.

Hedwig kicherte wieder und kitzelte Gisèle unter dem Kinn.

Selma schüttelte amüsiert den Kopf. »So ganz erwachsen bist du wohl doch noch nicht.«

32.

Lübeck im Sommer desselben Jahres

Das Fenster in Selmas Praxis war geöffnet, und der Gesang einer Nachtigall drang ins Zimmer.

Selma war sehr früh aufgestanden, weil sie noch ein paar Dinge zu erledigen hatte, bevor ihr erster Patient kam. Während sie dem Vogelgesang lauschte, schweiften ihre Gedanken ab. Sie musste daran denken, wie sie im Monat zuvor hier angekommen waren.

Gisèle hatte vor der Gartenpforte gestanden und »Mon Dieu!« ausgerufen. »Was für ein schönes Haus!«

Währenddessen war Hedwig zu ihrem Großvater gestürmt, der sie in der Tür erwartet hatte. »Wir sind endlich da!«

Selma hatte stumm dagestanden und versucht, ihre Emotionen einzuordnen. Doch wie immer in der letzten Zeit war es nicht möglich gewesen. Furcht, Hoffnung und Erwartung hatten sich vermischt und zu einem wirren Gefühlsknoten verschlungen.

Ob Gustav von ihrer Ankunft wusste? Stand er womöglich ganz in der Nähe und beobachtete sie?

Aber er würde mich doch gar nicht erkennen.

Ihr Herz hatte so heftig gepocht, dass ihr schwindelig geworden war.

Als Gisèle später ihr Zimmer in Augenschein nehmen durfte, hatte sie vor Freude ein paar Tränen vergossen. »Dieses große Zimmer soll für mich allein sein?«, hatte sie ungläubig gefragt. Dann hatte sie auf eine der Wände gezeigt. »Dort werde ich das Porträt aufhängen, das Sie von mir gemalt haben, Madame.«

In ihre neue Aufgabe hatte sie sich rasch eingefunden, und Anna war erleichtert wieder zu ihren alten Tätigkeiten übergegangen. Die beiden jungen Frauen verstanden sich auf Anhieb.

Ein Klopfen riss Selma aus ihren Gedanken. »Ja bitte?«

Ihr Vater kam herein. »Guten Morgen. Du siehst aus, als hättest du sehr gut geschlafen.«

»Das habe ich auch«, flüsterte sie und legte den Finger auf die Lippen. »Hörst du das?«

Ihr Vater kam leise näher und nickte. »Eine Nachtigall«, raunte er und sah ganz beglückt aus.

»Warum bist du schon so früh auf?«, fragte sie ihn.

»Ich konnte nicht mehr schlafen. Es zog mich nach draußen zu einem kleinen Spaziergang. Zum Frühstück bin ich wieder da.« Er ging zur Tür und machte sie hinter sich zu.

Selma sah ihre Notizen durch, die sie sich zu Herrn Küster gemacht hatte, der gleich wegen seines chronischen Magenleidens einen Termin hatte. Er mutete sich zu viel zu, das hatte Selma gleich bei ihrem ersten Gespräch herausgefunden. Was allerdings auch daran lag, dass er meinte, in seinem Geschäft unabkömmlich zu sein. Dabei hatte er seinen Schwiegersohn zum Nachfolger gemacht und könnte sich beruhigt und entspannt zurücklehnen. Das jedoch schien nicht seinem Wesen zu entsprechen.

Selma hatte zwei Mittel zusammengestellt, die sie ihm verordnen wollte. Und sie würde ihm ins Gewissen reden, mehr auf sich achtzugeben und sich nach und nach aus dem Geschäft zurückzuziehen.

Die Nachtigall hatte aufgehört zu singen, und Selma schloss das Fenster. Sie setzte sich wieder an den Schreibtisch, strich die Papierbögen vor sich glatt und schob sie zusammen. Seit sie wieder hier war, hatte sie Gustav noch nicht gesehen. Er schien es nicht auf ein Wiedersehen anzulegen, und ihr war es nur recht so. Vielleicht war es ohnehin das Beste, wenn sie sich künftig aus dem Weg gehen würden.

Denk an dein Versprechen, schaltete sich ihr Gewissen ein. *Du hast Luise versprochen, dich um Gustav und Anselm zu kümmern, und das gelingt kaum, wenn du dich zurückziehst und weigerst, ihn sehen zu wollen.*

Ihre tiefe innere Zerrissenheit würde sie früher oder später noch um den Verstand bringen. Sie ärgerte sich maßlos über ihre Unfähigkeit, sich den Dingen zu stellen. Sich Gustav und ihren zwiespältigen Gefühlen zu stellen.

»Madame?« Offenbar hatte Gisèle geklopft, denn sie

stand plötzlich in der Tür und würde sich nie erlauben, ohne Anklopfen hereinzukommen. »Das Frühstück ist fertig.«

Selma stand träge auf. »Ich komme, Gisèle.«

Als sie der Haushälterin ins Esszimmer folgte und sich an den Tisch setzte, sagte sie: »Würden Sie mir einen Gefallen tun und mich künftig Selma nennen?«

Gisèle stand mit der Kaffeekanne neben ihr und schaute sie fassungslos an. »Aber das geht doch nicht!«

»Warum sollte das nicht gehen? Ich würde mich viel wohler fühlen, wenn Sie einfach Selma sagen würden.«

Hedwig kam herein. »Guten Morgen allerseits!« Sie küsste Selma auf die Wange und setzte sich ihr gegenüber. »Was schauen Sie denn so verstört, Gisèle?«

»Ihre Maman hat mich gebeten, sie Selma zu nennen.«

Hedwig zuckte mit den Schultern und nahm sich eine Scheibe Weißbrot. »Warum auch nicht?«

»Weil ich für sie arbeite, Hedwig«, erwiderte Gisèle verständnislos.

Selma bestrich eine Scheibe Brot mit Butter und biss lustlos und ohne Appetit ab.

»Isst Großvater nicht mit uns?«

»Er wollte einen Spaziergang machen und wird gleich da sein.« Selma trank einen Schluck Kaffee und legte die Hand auf ihren Magen. *Wenn ich mich meinen Ängsten nicht stelle, werde auch ich bald ein nervöses Magenleiden haben*, dachte sie.

Die guten Ratschläge, die sie für ihren Patienten hatte, sollte sie als Erste beherzigen.

Auch Ruth hatte gemeint, es wäre wohl am besten,

wenn sie Gustav und Anselm einen Besuch abstatten und die Dinge auf sich zukommen lassen würde.

Nur graute ihr genau davor ja so. Eine Spirale, die sich drehte und drehte und nicht stillstehen wollte.

Ihr Vater kam herein und nahm neben ihr Platz. »Es ist herrlich draußen.« Er nickte Gisèle wohlwollend zu, die ihm Kaffee einschenkte und seinen Teller mit honiggesüßtem Gerstenbrei füllte, neuerdings seine Leib- und Magenspeise.

Hedwig wischte sich den Mund an ihrer Serviette ab und stand auf. »Ich muss los.«

Die Schule machte ihr nach wie vor nicht sonderlich viel Freude, aber Selma glaubte, dass es vor allem daran lag, dass Hedwig unterfordert war. Sie verschlang am liebsten ihre Bücher und verbrachte viel Zeit in der Natur. Sie liebte es, Tiere und Pflanzen zu zeichnen und später zu kolorieren.

»Ich werde im kommenden Monat eine Armensprechstunde einrichten«, erzählte Selma, nachdem Hedwig gegangen war.

»Das finde ich wunderbar.« Ihr Vater lächelte sie an.

»Erich hat sich angeboten, in Zukunft die Arzneikügelchen und Verreibungen herzustellen. Das wird mich sehr entlasten.«

»Brauchen Sie noch etwas?«, fragte Gisèle, und Selma und ihr Vater schüttelten den Kopf.

Sie hatte kaum den Raum verlassen, als ihr Vater sich räusperte. »Wie lange willst du es noch vor dir herschieben?«

»Wovon sprichst du?« Die Frage war überflüssig, sie wusste es natürlich.

»So kenne ich dich gar nicht, Selma. Du warst immer ein entschlossener Mensch.« Er schob seinen leeren Teller beiseite. »Geh zu ihm und sprich mit ihm.«

»Du musst mich nicht an mein Versprechen erinnern«, sagte sie ein wenig säuerlich. »Das weiß ich selbst, Papa.«

»Es geht nicht um dein Versprechen. Wovor läufst du davon?«

»Vor mir selbst«, gab sie zu.

Er trank seinen Kaffee aus und schien nachzudenken.

»Wenn er mich sehen will, warum kommt er dann nicht?«, fragte sie nach einer Weile.

Ihr Vater schnaubte kopfschüttelnd. »Es passt nicht zu dir, so zu denken.«

»Ich habe Angst«, gestand sie schließlich mit gesenkter Stimme. »Ich weiß nicht, was ich fühlen werde.«

»Aber das wirst du erst erfahren, wenn du es zulässt, Selma.«

»Denkst du, das wüsste ich nicht?«, erwiderte sie schroff. »Verzeih, Papa, ich wollte nicht ...« Sie seufzte tief. »Ich habe schreckliche Angst, dass ich ... ihn nicht mehr liebe.«

33.

Lübeck, in der Woche darauf

Es hatte sich rasch herumgesprochen, dass Selma eine homöopathische Praxis eröffnet und sich auf Kinderheilkunde spezialisiert hatte.

An diesem Abend hatte sie zwei Hausbesuche gemacht, einen bei einer jungen Mutter, die ihr erstes Kind geboren hatte, und den zweiten bei den Moormanns, einem älteren Ehepaar, das nicht mehr gut laufen konnte.

Als sie nur noch eine Straße von der Villa entfernt war, begann es zu regnen. Erst nieselte es, dann öffnete der Himmel seine Schleusen, und es schüttete wie aus Eimern.

Selma lief schneller, öffnete die Gartenpforte und betrat kurz darauf das Vestibül. Sie hängte ihren klatschnassen Umhang an den Garderobenständer, und als sie aus ihren Schuhen schlüpfen wollte, kippte sie beinahe um und stieß dabei gegen die Truhe.

Die Tür der Bibliothek wurde geöffnet, und ihr Vater kam heraus. »Was machst du denn für einen Krach?«

»Entschuldige, ich bin an die Truhe gestoßen. Bist du so

nett und bittest Gisèle, mich morgen früh zu wecken? Ich möchte nicht wieder verschlafen.« Am Morgen war sie so spät aufgestanden, dass sie ohne Frühstück in die Praxis gemusst hatte, weil die erste Patientin bereits auf sie gewartet hatte.

»Bist du betrunken?«

»Betrunken? Nein, aber die Moormanns hatten einen köstlichen Sherry da.«

Ihr Vater grinste. »Und du hast dir zwei oder drei Gläschen genehmigt.«

»Nur zwei, ehrlich. Gute Nacht, Papa, schlaf gut.«

»*Du* wirst wunderbar schlafen, davon bin ich überzeugt.«

Sie lief nach oben und klopfte an Hedwigs Zimmertür. »Schläfst du schon?«, wisperte sie.

»Ja.« Ein Kichern.

Selma huschte ins Zimmer und deckte Hedwig zu, obwohl es stickig im Zimmer war. »Soll ich lieber das Fenster öffnen? Der Regen scheint aufgehört zu haben.«

»Ja, wenn du so gut sein willst. Bist du nass geworden?«

»Bis auf die Haut.« Selma öffnete das Oberlicht. »Aber die Luft ist herrlich.« Sie ging zur Tür und warf ihrer Tochter eine Kusshand zu. »Schlaf gut, mein Liebes.«

»Warte noch, Maman. Nur einen Augenblick.«

»Hast du etwas angestellt?«

»Ich?«

Selma lachte und setzte sich zu ihr auf die Bettkante.

»Ich denke gerade viel über meine Zukunft nach.«

»Das tust du doch ständig. Und wie, findest du, sollte deine Zukunft aussehen?«

»Ich möchte möglichst rasch heiraten und acht Kinder bekommen. Mindestens.«

Selma knuffte sie und lachte kopfschüttelnd.

»Vielleicht möchte ich Apothekerin werden.«

»Apothekerin? Das fände ich wundervoll. Du könntest bei Erich in die Lehre gehen«, schlug Selma vor.

Hedwig nickte. »Daran habe ich auch schon gedacht.«

Selma wollte schon wieder aufstehen und das Zimmer verlassen, als Hedwig noch sagte: »Ich glaube, ich möchte in deine Fußstapfen treten.«

»Wirklich?« Ihr Herz machte einen Satz.

»Würdest du mich ausbilden?«

»Mit Freuden.« Selma gab ihr einen Kuss auf die Stirn. »Und nun wird geschlafen.«

Am nächsten Vormittag kam ein Junge in die Sprechstunde, der so laut hustete, dass sie es schon unten in der Diele gehört hatte. Seine Augen waren trüb, seine Nase rot geschwollen.

»Bist du allein gekommen?«, fragte Selma und musste daran denken, wie Hedwig das erste Mal bei ihr in der Sprechstunde aufgetaucht war.

Der Junge nickte.

»Was ist mit deinen Eltern?«

»Mein Vater arbeitet, und meine Mutter …« Er schniefte und wischte sich mit dem Handrücken über die Nase. »Sie schämt sich.«

»Wie heißt du?«

»Fritz.«

»Und wie alt bist du?«

»Fast zwölf.«

»Warum schämt deine Mutter sich, Fritz?«

»Weil wir kein Geld haben, um einen Doktor zu bezahlen.« Er stellte einen Weidenkorb auf den Tisch, darin lagen ein Glas Pflaumenmarmelade und ein herrlich duftendes Brot. »Das ist für Sie. Mein Freund hat gesagt, dass Sie auch arme Leute behandeln.«

Selma nickte. »Das stimmt. Es wird bald eine Armensprechstunde geben. Aber es ist gut, dass du nicht mehr gewartet hast, Fritz, dein Husten klingt scheußlich.«

Sie bat ihn, Jacke und Hemd auszuziehen, und horchte seine Lunge und Bronchien ab. »Ich werde dir ein Mittel und ein Töpfchen Salbe mitgeben. Habt ihr Schafwolle im Haus?«

Der Junge nickte.

»Die Salbe streichst du vor dem Schlafengehen auf deine Brust, und darüber legst du eine Schicht Schafwolle.«

Er nickte wieder und fragte nicht nach, was das für eine eigenartige Anordnung war.

Sie gab ihm ein Arzneifläschchen und einen kleinen Salbentiegel. »Komm in ein paar Tagen wieder zu mir, Fritz.«

Er hatte sich flink wieder angezogen. »Das mache ich. Vielen Dank.«

Sie begleitete ihn zur Tür. »Und richte deiner Mutter meinen Dank aus.«

Er nickte eifrig und verabschiedete sich.

Selma hörte eine vertraute Männerstimme, und ihr Herzschlag setzte für einen Moment aus. Gustav!

Sie wollte sich in ihrer Praxis verschanzen, die Tür verschließen und erst wieder öffnen, wenn er gegangen war.

Sie hörte aber noch eine weitere Stimme, die eines Kindes.

Er hatte Anselm mitgebracht.

Sie lehnte sich an die Tür und atmete tief durch.

Dann stand Gustav plötzlich vor ihr. »Frau Beermann.« Ein Lächeln.

»Herr Klee.« Sie erwiderte das Lächeln ein wenig verkrampft und scheu.

Sein kleiner Sohn stand neben ihm, die kleine Hand in seiner, und musterte sie neugierig.

Sie hockte sich hin und strich ihm übers weiche Haar. Er sah Luise ähnlich, hatte die gleiche Haarfarbe. »Guten Tag, Anselm.«

Der Junge grinste und legte den Kopf schief.

»Was führt Sie zu mir, Gustav?« Ihre Stimme war brüchig. »Herr Klee«, verbesserte sie sich hastig.

»Mein Sohn. Er leidet unter einem Hautekzem. Ich mag damit nicht zu unserem Hausarzt gehen.«

Sie hob den Kopf und sah Gustav an. Er zog sie seinem Arzt vor?

»Würden Sie es sich ansehen, Selma?«

Und er nannte sie wieder Selma.

»Natürlich.« Sie musste sich räuspern. »Bitte.« Sie trat beiseite und ließ die beiden in ihr Behandlungszimmer.

Ihre Hand zitterte, als sie die Tür schloss.

Anselm rutschte auf den Schemel, den sie für Kinder an ihrem Schreibtisch aufgestellt hatte.

Selma ging zu ihm und hockte sich vor ihn hin. »Nun, Anselm?«

Der Junge kicherte vergnügt.

An Gustav gewandt fragte sie: »Wo ist das Ekzem?«

»Vor allem hinter seinen Ohren und am Hals.«

Selma betrachtete die weißlichen Stellen genauer und strich mit dem Finger sacht darüber. »Kratzt er sich?«

Gustav nickte.

»Und nässt es gelegentlich?«

Wieder nickte er.

Sie wollte sich gerade abwenden, als Anselm die Ärmchen ausstreckte und um ihren Hals legte.

Ihr blieb vor Schreck, aber auch vor Freude fast das Herz stehen. Der Kleine schmiegte sich an sie.

Gustav hatte verblüfft die Augenbrauen gehoben. »Das habe ich noch nie erlebt.«

Selma lächelte. Auch sie hatte so etwas noch nie erlebt. Es war hin und wieder geschehen, dass ein Kind sehr zutraulich wurde und ihre Hand nahm, aber eine solche Zuneigungs- und Vertrauensbekundung war ihr neu.

Als sie sich an ihren Schreibtisch setzte, waren ihre Knie butterweich. »Ich gebe Ihnen eine Salbe mit«, sagte sie mit rauer Stimme. »Das Ekzem wird bald verschwinden, nehme ich an. Viele kleine Kinder leiden darunter.«

Zum ersten Mal sah sie Gustav offen an.

In seinem Blick lag Wärme. Sie konnte die Augen nicht abwenden, musste plötzlich wieder daran denken, wie sie sich das erste Mal begegnet waren. Sie erinnerte sich wieder sehr genau an ihren ersten und einzigen Kuss und an die

Sehnsucht, die sie danach verspürt hatte. Sie wusste wieder, warum sie sich in ihn verliebt hatte und dass sie nie aufgehört hatte, sich nach ihm zu sehnen.

Ihr Herz zog sich zusammen, weil sie endlich wieder das spürte, was sie so gehofft hatte: Sie liebte ihn noch immer.

Ihre Liebe war nicht verloren gegangen, sie hatte sie nur tief, ganz tief, in sich vergraben, um sie dort zu bewahren.

Langsam streckte Gustav die Hand aus, und sie legte ihre darauf. »Ich bin so froh, dass du wieder da bist«, sagte er leise.

Selma brauchte einen Moment, um etwas zu erwidern. »Ich auch, Gustav.«

Epilog

Lübeck im Herbst 1900

Selma schob die Gartenpforte auf und blieb stehen, um den Duft der Astern einzuatmen, die sie im Frühjahr gepflanzt hatte. In den regenreichen Wochen danach hatten sich die Schnecken darüber hergemacht, offenbar gehörten Astern zu ihrer Leib- und Magenspeise. Morgen für Morgen war Selma in den Garten gegangen und hatte unermüdlich Schnecke um Schnecke eingesammelt. Gustav hatte ihr oft dabei geholfen und leise vor sich hin geschimpft, wenn er eine Schnecke von einem Blatt, einer Blüte gepflückt hatte.

Anselm kam aus dem Haus gelaufen. »Da bist du ja endlich!«

Er war bereits fertig angezogen, trug den nagelneuen Gehrock und die gestreifte Weste. Seine Hosen waren geplättet, und der Kragen seines weißen Hemdes frisch gestärkt.

Selma legte den Arm um ihn und lehnte den Kopf an seine Schulter. Er war groß, sehr groß, genau wie sein Vater. »Ich war doch nur eine halbe Stunde spazieren.«

»Eine halbe Stunde? Du warst über eine Stunde fort.«

Selma sah ihn erstaunt an. »Wirklich? Dann scheine ich vollkommen die Zeit vergessen zu haben.«

Vor der Haustür blieb sie stehen und betrachtete ihn eingehend. »Du siehst gut aus, Anselm. Ich glaube, du bist der hübscheste Bräutigam, den ich je gesehen habe.« Sie zwinkerte ihm zu.

Nein, der hübscheste Bräutigam war damals Gustav gewesen, als er sie zum Altar geführt hatte. Ihr Herz hatte vor Glück und Liebe so laut gepocht, dass sie überzeugt gewesen war, alle könnten es hören.

Anselm hielt ihr die Tür auf, und sie legte Mantel und Hut ab. Gisèle kam aus der Küche, die Blusenärmel bis zum Ellbogen hochgeschoben. »Der vermaledeite Herd! Können Sie ihm nicht gut zureden?«

Selma folgte ihr in die Küche. »Vielleicht ist es an der Zeit für einen neuen Herd, Gisèle.«

»Das Feuer geht ständig aus.« Gisèle warf die Hände in die Luft. »Und die ersten Gäste werden bald kommen.«

»Ruhig Blut, meine Liebe.« Selma legte die Hand auf ihren Arm. »Tief durchatmen. So ist es gut. Die Gäste werden nicht vor dem Mittag da sein.« Sie nahm eine Schürze vom Haken und band sie sich um. »Bis dahin wird alles fertig sein.«

»Was tun Sie denn da?«

»Ihnen helfen.«

»Das kommt ja gar nicht infrage. Das kann Hedwig tun.« Wie gerufen erschien ihre Tochter in der Tür. »Der

Herd?«, fragte sie mit einem Seufzen. »Vielleicht ist es an der Zeit für einen neuen.«

Selma und Gisèle warfen sich einen belustigten Blick zu.

Die Haushälterin hockte sich vor die Herdklappe, legte Holz nach und sprach ein paar warnende Worte.

Tatsächlich begann es zu knistern, und alle lachten erleichtert.

»Hoffen wir, dass es so bleibt«, meinte Gisèle und scheuchte alle aus der Küche. »Das hier ist mein Revier. Sie alle haben gewiss Besseres zu tun, als mir im Weg herumzustehen.«

Es wurde ein rauschendes Fest, eine Hochzeit, wie Anselm und seine Frau Johanna sie sich gewünscht hatten. Die Geschenke waren im Salon auf zwei großen Tischen gestapelt worden, und die Villa quoll über vor Blumensträußen und Gestecken.

Anselm und seine Frau würden künftig die Villa Klee bewohnen, und Selma hoffte inständig, dass schon bald kleine Kinderfüßchen durchs Haus tapsen würden.

So wie bei Hedwig und deren Mann Fritz, die rasch hintereinander drei Kinder bekommen hatten; zwei Töchter und einen Sohn.

Selma genoss ihre Rolle als Großmutter. Sie spielte mit den Kleinen, las ihnen vor und brachte sie zu Bett. Als sie größer wurden, ging sie mit ihnen ins Museum und zeigte ihnen Lübeck, wie sie es noch nicht kannten.

Ihre Enkelin Isabel, die Älteste der drei, war ihr Augenstern. Das Mädchen begann schon recht früh, sich für ihre

Arbeit zu interessieren. Sie saß gern bei ihr in der Praxis und schaute ihr dabei zu, wie Arzneikügelchen und Verreibungen hergestellt wurden. Später half sie ihr beim Abfüllen.

»Wenn ich groß bin, werde ich auch Homöopathin«, hatte sie irgendwann verkündet, und wie ernst es ihr war, stellte Selma rasch fest. Dann nämlich, als sie anfing, in den Heilkundebüchern zu lesen, die Selma aus Paris mitgebracht hatte.

Hedwig, die Apothekerin geworden war, hatte unterdessen begonnen, Julius' Werk zu überarbeiten, um es neu auflegen zu lassen. Wie stolz er auf sie wäre.

Die Hochzeitsgäste waren bereits gegangen, und Selma hatte sich in die kleine Gartenlaube gesetzt. Die Kletterrose, die Gustav ihr vor vielen Jahren geschenkt hatte, bedeckte mittlerweile die linke Seite fast vollständig.

Selma legte die Beine auf einen Stuhl und schloss die Augen. Irgendwo raschelte es, vielleicht eine Maus? In einer der Tannen saß eine Eule, ihr Rufen war zu hören.

Als sie leise Schritte hörte, schlug sie die Augen auf.

Sie lächelte in sich hinein, weil sie ahnte, wer da kam.

Und tatsächlich. Kurz darauf setzte sich Friedrich zu ihr, ihr und Gustavs gemeinsamer Sohn. Er war zu einer Zeit geboren worden, als sie schon nicht mehr zu hoffen gewagt hatte, Gustav ein Kind schenken zu können.

»Es ist noch kühl um diese Zeit, Mama.« Er legte ihr eine Decke um die Schultern, und sie schüttelte amüsiert den Kopf.

»Ich bin nicht aus Zucker, Friedrich.«

Er setzte sich neben sie. »Ist es nicht herrlich hier? Immer wenn ich in Hamburg bin, sehne ich mich nach zu Hause. Und wenn ich länger hier bin, habe ich wieder Sehnsucht nach Hamburg.« Er studierte dort Medizin, hatte schon als kleiner Junge Arzt werden wollen.

Selma hatte ihre Meinung über Ärzte erneut gründlich überdenken müssen und war zu dem Schluss gekommen, dass sie der Medizin eine neue Chance geben sollte. Ihrem Sohn zuliebe.

»So ähnlich ging es mir damals auch«, erwiderte sie sanft und strich über seine Hand. »Ich fühlte mich in Paris und in Lübeck zu Hause. Irgendwann aber überwog die Sehnsucht nach Lübeck.«

»Und du bist wieder zurückgekommen.« Er nickte. »Vielleicht geht es mir irgendwann auch so, wer weiß.«

Selma horchte auf. »Ich glaube, Hedwig kommt.«

Wenig später gesellte sich ihre Tochter zu ihnen. »Ein Familientreffen, wie schön. Erinnert ihr euch noch an früher, wenn wir hier abends oft zusammengesessen und Mühle gespielt haben?«

»Oh ja.« Friedrich seufzte.

»Es war eine wunderschöne Hochzeit, nicht wahr? Ich erinnere mich noch gut an meine«, sagte Hedwig nach einer Weile. »Ich war so nervös, dass ich vor dem Altar gestolpert bin und den Pastor beinahe umgerissen hätte.«

Friedrich lachte. »Oh ja, daran erinnere ich mich auch.«

»Du warst doch noch viel zu klein«, neckte sie ihn.

Wieder waren Schritte zu hören, und wieder meinte Selma zu wissen, wer auf dem Weg zu ihnen war.

Als Gustav sich wortlos setzte, musste sie lachen. »Es ist doch erstaunlich, wie gut ich eure Schritte kenne.«

Ihr Sohn erhob sich und gähnte. »Vielleicht habe ich jetzt die nötige Bettschwere. Gute Nacht allerseits. Es war ein wirklich schönes Fest.« Er gab Selma einen Kuss auf die Stirn und strich Gustav im Vorbeigehen über die Schulter.

Gustav blickte ihm nach, und Selmas Herz zog sich vor lauter Glück zusammen.

Gustav griff nach ihrer Hand und hauchte einen Kuss darauf. »Ich bin zu müde, um schlafen zu können.«

»Das geht mir genauso.«

Sie hielten sich bei den Händen, wie so oft, wenn sie hier saßen.

Nach einer Weile sagte Selma: »Ich habe heute oft an sie gedacht.«

»Ich auch.«

Sie sprachen von Luise.

»Es hätte ihr gefallen«, sagte Gustav weiter. »Sie wäre ungeheuer stolz auf Anselm.«

Eine Zeit lang blieben sie noch sitzen, dann erhoben sie sich gleichzeitig, ohne ein Wort darüber verloren zu haben, und gingen Hand in Hand zurück ins Haus.

Danksagung

Die Lebensgeschichte der Mélanie Hahnemann hat mich zwar zu diesem Roman inspiriert, ich wollte aber eine eigenständige Geschichte – die der Kaufmannstochter Selma aus Lübeck – erzählen und mir schriftstellerische Freiheiten erlauben. Nur das Alter, das künstlerische Talent, die Leidenschaft für die Homöopathie und eine Adoptivtochter haben die beiden gemeinsam.

Julius Beermann dagegen ähnelt Samuel Hahnemann vermutlich ein wenig mehr.

Im Jahr 1872, in dem mein Roman beginnt, war Mélanie Hahnemann bereits zweiundsiebzig Jahre alt und ihr Mann seit fast dreißig Jahren tot.

Mein Dank geht an meine Lektorinnen Wiebke Bolliger und Ingola Lammers. Dir, liebe Wiebke, danke ich vor allem für Deine Geduld und den Glauben an mich, Ingola Lammers für ihre gewohnt feinfühlige und respektvolle Arbeit, ihr wachsames Auge und den letzten Schliff, der dieser Geschichte sehr gutgetan hat.

Außerdem danke ich Heilpraktikerin Helga Prill aus

Bremen, die meine Fragen beantwortete. Eventuelle Fehler gehen auf mein Konto.